緑衣のメトセラ

福田和代

集英社文庫

緑衣のメトセラ

請西太一郎《じょうざいたいちろう》が見た時、〈それ〉は波の間でゆらゆらと揺らいでいた。

上下する波に、ほっかりと力を抜いて身を任せているようで、最初、請西は大きなコンブだと思ったのだ。生のコンブみたいに、ぬめりのある深緑色をしていたのだ。しかし、コンブにしては、いくらなんでも大きすぎる。それに、表面のつやがない。

「何だろうね」

ほっかむりの上に麦わら帽子をかぶり、日焼けを防いでいる妻の佐知代《さちよ》が、船の艫《とも》から同じように不審そうな視線を投げていた。紫外線の影響か、目尻にカラスの足跡が目立ち始めている。

「わからんな。邪魔にならんやったら、ほっとこう」

あんなに大きな魚が、東京湾にいるという話も聞いたことはない。あるいは、三半規管をやられて、誤って湾に迷い込んできた、イルカかサメの死骸だろうか。

請西夫婦は、羽田《はねだ》漁港から午前五時に第一請西丸を出し、昨日仕掛けた「アナゴ筒」を見にいくところだ。現代のアナゴ漁は、二日がかりで行う。筒漁という方式だ。

「ド」と呼ばれる、口径十センチ、長さ八十センチの長細い筒に餌を入れて海中に沈める。ここにアナゴが入り込むと抜けだせなくなる。一日目はこの「ド」を三百本、三時間近くかけて海中に仕掛けていく。二日目の朝に引き上げる。メソッコという、アナゴの半年魚が仕掛けにかかっても逃げ出せるよう、「ド」には小さな穴がいくつも開いている。梅雨時の今は、飴色《あめいろ》の脂が乗ったアナゴの最盛期だ。

羽田空港建設で海が埋め立てられ、大田区で漁業に従事する人口は減少した。廃業したり、釣り船に商売替えしたりする中でわずかながら、請西のようにアナゴ漁やアサリ漁を細々と続ける漁師もいる。請西は羽田の漁師の三代目で、四十歳を過ぎて、会社を辞めて羽田に戻ってきたのだ。

江戸前寿司を生んだ東京湾は、本来とても魚種の多い、良い漁場だ。多摩川、荒川、江戸川といった一級河川が、上流からプランクトンを運び込むため、栄養が豊富だ。しかも、日本一の消費量を誇る首都圏が後ろに控えている。

請西は船の舳先《へさき》に立ち、数メートル先の波間に漂う浮遊物を見つめていた。船の操舵《そうだ》室《しつ》には、若い乗組員の行正《ゆきまさ》がいる。二十八歳だが、会社勤めに飽き足らず、漁業に自分の未来を賭けることにしたらしい。今朝の日の出は午前四時半頃で、あたりはもう朝の太陽にまぶしく照らし出されている。梅雨の晴れ間で、今日は暑くなりそうだった。

その時、ひときわ大きな波が来て、〈それ〉にざぶりと覆いかぶさった。行正に、波に注意しろと言ってやりながら、請西はなにげなく〈それ〉を見た。

〈それ〉の一部が、波に揺すられてゆらりと動きだした。

――海藻の枝かな。

目を凝らした時、佐知代が「いやっ」と小さく悲鳴を上げた。

「あれ、手とちがうの！」

本体から離れた棒状のものが、ゆっくり波の間から持ち上げられた。

――腕だ。

請西は驚きのあまり頭が痺《しび》れたようになり、とっさに写真を撮るのも忘れていた。緑色の腕の先で、五本の指が扇のように開いていく。その間にはっきりと見える、緑色の水かき――。

また、ざぶりと高波をかぶった。

〈それ〉は、波の下に隠れて見えなくなった。白く泡が立っている。船はすっかり〈それ〉を追い越し、〈それ〉は後ろに遠く離れていきつつある。船を停《と》めろと行正に命じるつもりはなかった。むしろ、できる限り早く、この海域から離れてしまいたかった。

1

母の寝室に置いた小型のテレビが、バラエティ番組を流し続けている。十五年以上前に購入した、アナログ放送用のころんと丸みを帯びた受像機で、地上デジタル放送に切り替わったあとは、デジタルチューナーを取りつけて使っている。世の中は薄型テレビばやりだが、小暮家《こぐれけ》には縁がない。

小暮アキは、食卓に請求書や領収書、レシートの束を広げ、家計簿と電卓を片手に整理しているところだった。

——そろそろテレビも買い替えなきゃいけないんだけど。

このうちにあるテレビは、母の水穂《みずほ》が見ている、骨董品《こっとうひん》一台だけだ。画面の色が、紫がかってきている。気息奄々《きそくえんえん》、早く交代要員を呼んでくれと、テレビが訴えかけているかのようだ。あれが映らなくなったら、水穂はテレビを直せと猛烈に訴えるだろう。

二年前に転んで腰椎を圧迫骨折して以来、彼女は歩くのが億劫《おっくう》になって、日がな一日、テレビを眺めている。視聴するというより、眺めているというのが正しい表現で、目の前で色彩が絶えまなく移り変わっていれば、それで満足らしかった。

井《い》の頭《かしら》にある、築四十年を超える2DKのマンションは、西日が強く当たるので壁紙はすっかり日焼けしている。両親が結婚した時に、中古でここを買ったのだった。設備は古びているが、賃貸料を払う必要がないから助かる。

「アキさん、アキさあん」

水穂が呼んでいる。隣りあわせの部屋でふすまが開いているのだから、そんな必要もないのだが、少し耳が遠くなっているせいか、大海原にでもいて叫んでいるような大声だ。軽い認知症を患っているためかもしれない。アキは母が四十を過ぎてからの子で、気がつけば母は七十歳を超えている。

家計簿をつけるボールペンを置いて、隣の部屋を覗《のぞ》いた。

「お茶がもうないのよ。ポットにお湯をたしてちょうだい」

四畳半の居室にベッドを置き、水穂は一日中そこに寝ている。サイドテーブルを差した指は、骨と皮ばかりに痩せていた。食も細くなっている。

「はいはい」

まったく歩けないわけではないので、本当は自分で立ち上がってお湯くらい入れたほうがいいのだが、ガスの火を使わせるのも少々心配だ。世話を焼きすぎるのが、かえって良くないのかもしれない。自分でやったほうが早いと思ってしまうのも悪い癖だ。魔法瓶にお湯をたして、そばに置いておく。

母が化粧をしなくなったのは、骨折して入院した頃からだろうか。それまできちんとファンデーションを塗り、紅をさすのを日課にしていた人が、急にかまわなくなった。たまに病院に行くとき以外は、買い物にも出かけず、誰にも会わない生活になったからかもしれない。それからというもの、恐ろしいほどの速さで老化が進み、認知症も進行しているようだ。

——いつまで、こんな生活が続けられるだろう。

時おり、無性に不安になる。父親はアキが子どもの頃に亡くなって、ふたり暮らしの生活を支えるのは、ライターをしているアキのわずかな原稿収入と、たまに見つける日払いのアルバイト収入だった。コンビニあたりで継続的に働いたほうが、収入的にはマシなのかもしれないが、水穂を長時間ひとりで放っておくことができないのだからしかたがない。

帳簿付けに戻っても、なかなか作業に集中できず、ついぼんやりしてしまう。ライターと名乗っていても、アキの書く原稿が雑誌などに掲載されることは、近ごろではほとんどない。つきあいのあった編集者が異動や退職で連絡が取れなくなり、注文が来なくなったせいもあるが、一枚あたり数千円の原稿料を稼ぐより割のいい方法を見つけたからでもある。

玄関の扉を叩《たた》く音で、我に返った。

「アキ姐《ねえ》、いますか。俺です」

あれは千足善雄《ちたりよしお》の声だ。あいつまた来たのか、とアキは顔をしかめた。千足ときたら、このところ毎日のように遊びに来る。時間を持て余しているらしい。こちらはそれほど暇じゃないってのに。

アキはテーブルの上をざっと片づけて立ち上がり、念のためドアスコープで外を確かめて、鍵を開けた。マンションの廊下に、千足がグレーの冴《さ》えないスウェット姿で立っている。毛玉だらけで、袖口が伸びきってだらしない。

「なに、ちたりん。どうしたの」

自分でも口調が冷たいと感じたが、千足はまったく気づいていないらしい。スーパーのレジ袋を提げて、ぺこりと頭を下げた。

「お邪魔します。あ、おばさん、千足です。お邪魔しまっす」

上がれと言ったわけではないのだが、すっかりその気になっている。水穂の部屋にも、律儀に声をかけて頭を下げている。母は千足が小さい頃からお気に入りで、来たと知るとにこにこして、お菓子があるから食べていきなさいと言った。たぶん、一週間前には存在した饅頭《まんじゆう》のことだろう。

「今日、駅前のスーパーで、カップ麺の特売やってたんすよ。アキ姐、いるかなと思って」

「えっ、ほんと。――ありがと、助かるよ」

そんな用件だとは予想しなかった。邪慳《じやけん》な応対をしてしまったことに、ちょっぴり良心のとがめを感じながらも、レジ袋に溢《あふ》れんばかりに詰め込まれたカップ麺を、ありがたく受け取る。千足は、ひとの好《よ》さそうな丸顔で、にこにこと笑った。

「お菓子はもうないんだけど、お茶くらい淹《い》れるよ。上がりなよ」

アキが声をかけると、嬉《うれ》しそうにした。

千足は同じマンションの、一階下の住人だ。五つ年下で、アキがこのあたりの子どもたちのガキ大将だった頃、後ろをついてまわる洟垂《はなた》れ小僧のひとりだった。同い年の子どもらのなかで、おむつが取れたのも、会話ができるようになったのも一番遅かった。誰もが千足のことを、「少し成長の遅い、おとなしくて気の利かない男の子」だと思っていた。

アキがたまにアルバイトに出る時には、千足が代わりに母の面倒を見てくれる。今日みたいに安売りの日用雑貨や食料品を届けてくれることもあるが、アキも懐に余裕のある時にはお返しするので、お互いさまだ。

「アキ姐、この記事見ました？」

千足が目を輝かせ、食卓につきながらスウェットのポケットからしわくちゃになった紙きれを取り出した。週刊誌のページを引きちぎったものだ。アキは眉をひそめた。

「あんた、何やってんの！　またコンビニで雑誌を破ったの？」

「だって、カップ麺を買ったらカネなかったんすよ」

千足が悪びれずに応じる。何度言ったらわかるのかとアキは頭を抱えた。千足は、たまにこういう子どもみたいな悪さをする。悪いことだとは思っていないらしい。こんな男が、まるで舎弟のように自分につきまとうので、こちらはよけいにみっともないことになる。

「ダメだよ、ちたりん。あんた、そんなことしてたら絶対いつか捕まるよ。つまんないことで、警察の世話になんかなるなよ」

「平気ですよ、いつも違う店を選んでるし」

「そういう問題じゃないだろ、ちたりんのくせに生意気言いやがって」

どうせやるなら、レジごといただくとでもいうならともかく――いやいや、それでも割に合わない。だいいち、千足がやっても失敗するに決まっている。本気で腹を立てたのが伝わったのか、千足がしゅんと眉を下げた。

「すんません。だけど、アキ姐にこれ見せたくて」

差し出した記事は、くしゃくしゃになって脂染みで汚れていたが、一ページの半分を割いて、東北地方に現れたミステリーサークルについて書いたものだった。

「ああ、ミステリーサークルね。昔、日本でも流行《はや》ったね。ヨーロッパじゃ今でもよく作られて話題になるけど、日本でもまた？」

「ね、面白いでしょ」

千足が目を輝かせて身を乗り出した。

「きっと、宇宙人が作《つ》ったんですよ。ＵＦＯが来たのかも」

アキは眉を吊り上げた。

「なに寝ぼけたこと言ってんの！　ミステリーサークルってのは、人間がいたずらで作ってるんだよ。宇宙人のわけがないだろ。雑誌を売るために、面白おかしく書いてるんだよ」

千足が涙目になって俯《うつむ》いた。

もし、アキ自身がこの話を聞き込んだのなら、やっぱり派手なタイトルをつけて煽《あお》っただろう。当然だ。宇宙人が作ったミステリーサークル、古いお寺から見つかる人魚のミイラ、河童《かっぱ》が残したといういわくつきの腕のミイラ、髪が伸びる日本人形、ネス湖のネッシー、読者はそういう怪奇と陰謀論が大好きだ。記事になっているからといって、記者自身がそれを信じているかどうかは別の問題だ。

「いいかい、ちたりん。あたしはあんたが心配で、きついことを言うんだからね。いい年して、こんな記事読んで嬉しがってる場合じゃないだろ」

「――そうなんすけど」

もちろん、わかっている。千足は普通の二十五歳の男より、精神的に幼い。高校を出てすぐ働こうとしたが、工事現場では体力が続かず、コンビニではレジ打ちを覚えられず、ボウリング場では客にいじめられ、働く意欲をなくして実家に閉じこもった。親が心配して、手に職をつけさせようと調理師学校に通わせたので、調理師免許を持っているものの、今のところ、外に出て働く気はないようだ。両親はマンションの近くで小さな薬店を経営している。裕福ではないが、食べていくのには困らないだけに、真剣に職を探す気力も湧かないらしい。薬店を継げばいいと、気楽に考えているのかもしれない。経理どころか、単純な小学生レベルの計算も怪しいくせに。親から小遣いをもらって、いまだにぶらぶらしている。輝夫《てるお》という弟がひとりいたが、こちらは兄を反面教師にしたらしく、奨学金を得て地方の大学に進学して、さっさと実家を出てしまった。兄弟なのに、えらい違いだ。

とはいえ、自分だって千足とたいした違いがあるわけじゃない。

——いつ、メシが食えなくなるかわからないって時にさ。ひとに偉そうなこと言ってる場合じゃないんだけど。

アキは軽く舌打ちした。

「ああ。どっかに、スクープのネタが転がってないかねえ」

できれば、半年くらい引っ張って、本が一冊書けるくらいのネタがいい。他の誰もまだ目をつけてなくて、自分だけが気づいている。そんな大スクープがあれば、貧乏暮らしとはおさらばだ。水穂の認知症が今より進んでも、ちゃんとした医師に診せられて、ひょっとしたらまともな介護施設に入れてあげることだってできるかもしれない。

「スクープって、どんなのですか」

千足がおずおずとおもねるように口にした。アキは、ふんと鼻を鳴らした。

「ちたりんには、わかんないよ。タイトルを見ただけで読者がびっくりして、よだれを垂らしながら飛びついてくるようなネタさ。その記事が載ってるだけで、週刊誌の売り上げが何倍にも跳ね上がるような特ダネだよ」

「特ダネ――」

おぼつかない表情で、うーんと唸《うな》りながら千足が考え込んでいる。

「向かいの新藤《しんどう》のばあちゃんが、一昨日《おととい》の夜にUFOを見たって言ってたけど――」

「あのばあちゃんはいっつも、ヘリコプターや人工衛星や国際宇宙ステーションの光を見ては、UFOだ、UFOだって騒いでるだろ。ダメダメ、そんなのはスクープにはならないよ」

アキは、白い皿におかきをひとつかみ出し、口に放り込んだ。急須からプラスチックのカップに出がらしの番茶を注ぐ。二番どころか、四番煎じだ。いつからこんなしみったれた生活をするようになったんだろう、とため息をつく。

「政治家とか、金持ちで強い奴《やつ》――権力者が隠れて悪いことをしてるってネタなんかいいね。みんな大好きなんだよ、強くて悪い奴を引きずり下ろすのがさ。そのほうがすっきりするだろ？」

千足が真剣な表情で考え込んでいるので、思わずぷっと吹き出した。同時に、うぶな千足をからかうのが気の毒になった。

「やだなあ、ちたりん。冗談だよ。あんたやあたしが、そのへんで見たり聞いたりするようなネタじゃ、スクープにはならないよ」

「それじゃ、どのへんで見るようなネタだったら、なるんすか」

千足はあくまで真面目に尋ねている。アキはにやにや笑った。

「そうだなあ。永田町周辺とかさあ」

「永田町――」

ぽかんと口を開き、それが自分には縁のない地域だとようやく理解できたようだ。恨めしげに上目遣いになり、おかきをひとつつまんで口に入れた。

「俺、アキ姐のためならなんでもするのになあ。でも俺、頭が悪いからほんとに、なんにもできなくて――」

「何言ってんの」

たぶんこの男は、三十になっても四十になっても、小汚いスウェットを着てサンダルをつっかけて、特売のカップ麺や惣菜《そうざい》を他人の家に届けて、宇宙人や妖怪や河童を追いかけて、幸せそうにしているのだろう。正直、めんどくさい男だ。いつまでもガキみたいだし、甘えるんじゃないと叱りたくなる時もある。

千足が、洗いざらして伸びたスウェットの袖口をもじもじといじった。

「あ、そうだ。俺、松ちゃんちのおばさんの見舞いに行かなくちゃ」

「見舞い？　おばさん、どうかしたの」

悪ガキ仲間の松原雄太《まつばらゆうた》は、高校を出て建設会社の見習いになり、今では立派な鳶《とび》の職人だ。同じく建設作業に従事しながら、力仕事にすぐ音をあげた千足のことを、根性無しとからかっているが、千足は気にしていない。

「入院したんすよ」

千足が、叱られた子犬のような濡《ぬ》れた目で俯く。

「松ちゃんが言うには、ガンなんだって。身体《からだ》のあちこちに転移してるから手遅れで、もう手術もできないって」

「最近じゃ、いいお薬ができたし、ガンも治る病気になってきたのに——」

早期発見すれば、放射線治療や薬で完治する見込みも高くなってきた。あちこち転移しているというからには、具合が悪いのを放置していたのだろうか。

松原の母親は、まだ六十歳にもならないはずだ。女性は身体の痛みや不調を抱えていても、つい我慢してしまう辛抱強い人が多く、悪化させてしまうのかもしれない。松原は高校生の頃からやんちゃだったが、家族思いのいいところもあった。今ごろさぞショックを受けているだろう。

「なんか最近、俺らの周囲でガンになる人、増えたような気がしません？」

玄関に下りてサンダルをつっかけながら、千足が切なげに訴えた。

「やっぱ、食べ物がダメなんかな。福島原発の放射線のせいとか、いろいろ言う奴がいるけど」

「まさか——それは考えすぎだよ」

食品が放射性物質で汚染されているかどうかを、厚生労働省などがどのように検査しているか、アキも興味を持って調べたことがあった。しかし、千足にそれを詳しく話したところで、理解できないだろう。

「そう言えば、何年か前に近所にできた老人ホームが——どうも、ガンの巣になってるんじゃないかと思って」

秘密めかして千足が声をひそめた。また何を言いだすのかと、アキは顔をしかめる。

「ガンの巣?」

「ほら、そこに近づくとガンになるような、物体というか物質というか、あるんじゃないすかね。近所の人に聞いたことがあるんすけど、そのあたり一帯は昔、軍需工場があったところで、地下に毒ガスでも埋まってるかもしれんって」

「まさか——」

アキは苦笑した。三鷹《みたか》、吉祥寺《きちじょうじ》あたりでいえば、現在の武蔵野《むさしの》中央公園は、戦時中には中島《なかじま》飛行機の軍需工場だった所で、周辺にも関連工場や施設があったと言われる。

しかし、千足の頭の中には、そういう歴史的事実とは無関係に、さまざまな〈都市伝説〉が詰まっているようだ。

「でもね、アキ姐。そのホームに入った人らが、たまにうちの店に買い物に来るんすけど、俺もう何人もガンになった患者さんと話をしましたよ」

「そりゃ、年をとってどこか悪いところがあるから、自力で生活するのがしんどくてホームに入ったってことだよ。なかにはガンの人もいるだろうし、ホームに入ったからガンになったわけじゃないって」

アキが苦笑して否定すると、千足は面白くなさそうに頬を軽くふくらませたが、それ以上は何も言わなかった。自分の考えに自信がないのだ。

「松ちゃんに会ったら、あたしも近いうちにお見舞いに行くって言っといて。よろしくね」

千足を送り出し、鍵をかけた。

――まさかね。

研究が進んで良い治療薬や治療法ができ、ガンは必ずしも死病とは言えなくなった。とはいえ、今でも高い関心と注目を集める病気ではある。それは、「ガンとは闘うな、自然にまかせよ」などとうたう医師たちの著書が、ここ数年、爆発的に売れ行きを伸ばしていることでもわかる。

（ガンになる人、増えたような気がしません？）

千足の深刻な表情を思い出す。日ごろ、難しいことを考えない男だけに、怖がりようが哀れなほどだった。

ガンの増加は、社会の高齢化と密接な関係がある。高齢になれば、どうしてもガンが見つかる確率は高くなるのだ。

――近所にできた老人ホームか。

千足の言葉を思い出しながら、ノートパソコンを立ち上げ、地図を開いてみた。まさかとは思うが、万が一ということもある。

吉祥寺の界隈《かいわい》にも、病院や高齢者の介護施設、高齢者マンションなどが立ち並ぶようになった。住みたい街のランキングでは、必ず上位に食い込む。交通と買い物の利便性が良く、駅のそばに井の頭恩賜公園があり自然も豊かだ。洒落《しやれ》たカフェや雑貨の店なども豊富で、街に成熟した雰囲気がある。老若男女に好まれる街なので、きっと老人ホームも人気が高いだろう。

母の介護をするようになってから、近所を歩くのも必要最低限になっている。千足の言う、何年か前にできた老人ホームというのは、マンションから徒歩二十分ばかりの場所にある、「吉祥寺メゾンメトセラ」という、住宅型有料老人ホームのことだろう。唯一それだけが、アキの知らないホームだった。

「ああ、不破《ふわ》病院の隣なんだ」

十年近く前に、オーナーが替わって病院の名前も変わった。あくまで健康体のアキが、病院の世話になることはめったにない。近所の噂《うわさ》では、親切な良い医師が多いそうで、総じて好ましい評判が立っている。

メゾンメトセラのホームページが見つかった。経営母体は医療法人不破会となっており、不破病院と同じ医療法人が経営しているらしい。病院の敷地内に老人ホームを併設したようだ。ホームの開設は八年も前のことで、知らなかったのが不思議なくらいだった。

メゾンメトセラが公開している写真を見ると、共用部分のロビーやエントランス、エレベーターホールや各階にある談話室など、まるで一流ホテル並みに豪華だった。「老人ホーム」という施設のイメージを、根底から覆す設備の良さだ。

入居者は、一時金を支払って終身入居する権利を得る。それとは別に、医療負担としても一時金を支払うほか、毎月の管理費と食費を負担することになっている。金額を見て、アキは目を回しそうになった。

「——どんな奴らが住むんだよ！」

部屋を購入するわけではなく、終身入居の権利を買うだけだ。入居して十五年未満で亡くなった場合は、一定割合の金額が一時金から返還されるが、十五年以上経《た》つと返還されない。それでも、部屋の広さに応じて、高級マンション並みの金額がずらりと並んでいる。いちばん高額な部屋は、一億円を超えていた。持ち家なら売却代金は子どもらに相続されるが、このホームの場合は十五年経てば返還金すらなくなる。

毎月支払う管理費と食費も、安くはない。安くないどころか、年金暮らしの一般的な夫婦の生活費を軽く超えてしまうだろう。

――あるところには、あるんだよね。

スーパーの特売に頼って生活している、自分や千足のような人間には、想像もつかない暮らしがあるのだろう。生まれついての才能の違いなのか、それとも努力の差なのか、よくわからない。三十歳になるまで、ライターとして浮草のような好き放題の暮らしをしてきた。その間、いろんなことを我慢してコツコツ勉強して、大きな運を摑《つか》んでいたら、何もかも変わっていたのかもしれない。

「アキさん、アキさん」

隣の部屋で母が呼んでいる。はっとして、立ち上がった。お湯がなくなったのか、トイレに行きたいのか――とりあえず、これが自分の現実だ。

骨折以来、めっきり身体が弱り、自分ではお湯の一杯も沸かす気力をなくしてしまった水穂を見ていると、不憫《ふびん》に思う反面、本当は彼女がもうひと頑張りすれば、元の暮らしに戻ることもできるんじゃないか――という疑念も湧いてくる。

元気な頃を知っているから、よけいに苛立《いらだ》つのだろうか。もっとしっかりしてほしい、こんなはずじゃない、水穂がひとりで日常生活を送れるなら、自分は働きに出ることができて、暮らし向きも楽になるのに。できるだけベッドから出て歩くべきだと言っても、転ぶのが怖いのか動こうとしない。骨折後のリハビリも、通っている間は状態が改善していたのに、いつの間にかやめてしまって、それからは悪くなる一方だ。リハビリに通っていなければ、病院側もこちらの状況を知りようがない。

結局、誰にもぶつけようのない腹立ちが、アキのなかに溜《た》まっていく。

ちらりとノートパソコンの画面を見た。

超高級老人ホームに、多数のガンを患う入居者がいたりすれば、何かの記事にはなるかもしれない。だが、もしそれが本当だったとしても、余命わずかな患者が、評判のいい病院と同じ経営母体のホームに住んで、手厚い終末看護を希望したという、それだけのことかもしれない。証拠もないのに、妙に思わせぶりな記事を書いたら、医療法人から訴えられて終わりだ。

「アキさあん」

水穂の声がひときわ大きくなった。アキは慌てて「はあい」と返事をした。

足の踏み場もないほど、古い雑誌や書籍、得体のしれない書類のコピーで埋もれた室内に、アキは顔をしかめて入っていった。

七年もののパソコンのモニターは、とっくにスクリーンセーバーに切り替わっていて、その前で肘《ひじ》掛《か》け椅子《いす》にだらしなく座り、週刊誌を顔に載せていびきをかいている島津《しまづ》晃《あきら》は、いま事務所に泥棒が入ってきても、そのまま熟睡していそうな雰囲気だった。もっとも、島津の編集プロダクションに入った泥棒は、盗《と》るものがなくて困るだろう。

新宿と大久保の中間あたりにある、間口の狭いビルの五階だ。

雑誌や原稿のサルガッソー海みたいになっているデスクの上に、発売されたばかりの週刊誌が目次を開いたまま載っている。「東京湾に河童の死体?」という時代錯誤な見出しを見て、苦笑いした。島津が興味を持ったのは、どうせ隣の株式投資に関する特集記事だろうが――。

なんとなく、河童の記事を開いてみた。千足に毒されたのかもしれない。

六月十三日の午前六時頃というから、一週間近く前の話だ。羽田の漁師がアナゴ漁に出港し、東京湾に浮かぶ深緑色の物体を見た。それは、水かきのついた手のようなものを持っていたというのだ。目撃した漁師が確認しようとした時にはもう、波間に沈んでどこにいったかわからなくなっていた。漁師は港に戻ってから漁協の職員らに話し、それが記者にも伝わったようだ。念のため、警察が「人ではなかった」ことを確認しようと船を出して捜したが、見つからなかった。

河童、もしくは半魚人の伝説は、真実だったのだろうか。――これを書いた記者は、そう記事を結んでいる。漁師が見たという「物体」の写真でもあれば、見開きページを割く記事になったのかもしれないが、残念ながら撮影しなかったらしい。

アキは週刊誌を丸め、島津の耳元にメガホンのように当てた。

「ちょっと、島津さん！」

島津のいびきが止まる。

「事務所の鍵も開けっぱなしで、用心が悪いなあ、もう！」

応接セットの長椅子とテーブルは、とうに雑誌の山で隠れている。

「――なんだ。びっくりさせるなよ」

大きなあくびとともに島津がもぞもぞ動きだす。短く刈った髪と、もみ上げから顎にかけて伸ばした鬚《ひげ》の長さが、ほぼ同じくらいだ。鼻の付け根が日本人離れして高く、目つきが鋭く、猛禽類《もうきんるい》を思わせる異相だった。

「小暮じゃないか」

「小暮じゃないか、じゃないですよ」

目尻を吊り上げ、アキは「はい」と言いながら右の手のひらを島津に向けて差し出した。

「何だその手は」

「冗談。この前の原稿、いくらになったんですか」

島津は煙草《たばこ》のヤニで黄色くなった歯を剝《む》き出し、にやりと笑った。この男は、世間の趨勢《すうせい》にかかわらず、自分のスタイルを生涯貫くと宣言している。煙草に酒に博打《ばくち》だ。今どき珍しいほど昭和な男だ。

「冗談だよ。そう怒りなさんな」

デスクの引き出しを開け、定形の茶封筒をひとつ取り出した。

「ほれ。お前さんの取り分だ」

いそいそと受け取り、中に入った一万円札を数えてアキは顔をしかめた。

「何これ——これっぽっちなの？」

「これっぽっちはないだろう。取り決めどおり、お前さんの取り分、きっちり三割だ。近ごろ、どいつもこいつもシケてるからなあ。あの記事はこれだけにしかならなかったよ」

島津が指を三本立ててみせる。三十万円だ。アキはがっかりした気分を隠しもせず、むくれながら封筒を大きなショルダーバッグに押し込んだ。水穂が昼寝に入ったのを見て、金を受け取りにきたのだ。銀行振込にしてもらうわけにはいかない金だし、水穂はいちど昼寝を始めると、二時間は起きない。

近ごろアキが、まともな雑誌に記事を提供していない理由がこれだ。先月、島津とアキは、都内のとある一流料亭で、メニューに書かれた素材と実際に提供する食材とに食い違いがあることを摑み、十枚程度の記事にした。記事を持って島津が料亭の女将《おかみ》にインタビューを申し込み、内容を確認してほしいと尋ねたところ、彼女が差し出したのがその金額だったというのだ。

(私らだって、真面目に商売してらっしゃるおたくのような有名店を、こんな記事ひとつで廃業させたりしたくはないんですよ)

島津のことだから、そのくらいのことは言ったのだろう。

「ちぇっ。あんな料亭、つぶれちゃえばいいんだよ。これっぽっちなら、真面目に記事を書いたほうが稼げるんじゃないの」

「そう思うなら、そうしろよ」

島津がメビウスの箱をデスクの角に打ちつけ、取り出した煙草を一本くわえた。

島津は大学の二年先輩で、アキを文筆活動に引っ張り込んだ張本人だ。卒業すると中堅出版社に入社し、ゴシップ系の週刊誌の編集者になった。アキが多少、文章を書けることを知っていて、「夜の街に女子大生が潜入！」といった囲み記事を書かせるようになったのだ。当時はまだ、多少なりとも女子大生というブランドに値打ちがあった。

数年前に出版社を退職し、編集プロダクションを立ち上げた後は、たまに硬派な社会ネタのノンフィクションを出す以外、こうした記事をもとにささやかな「礼金」を得て糊口《ここう》をしのいでいる。その商売を始める時にも、ひとりじゃ手が回らないからと後輩のアキを誘った男だった。

アキは、記事を書くためのデータや資料、証言を集めて、島津の意見も入れながら文章に起こす。最終的に、恐喝の場に出かけていくのは島津ひとりだ。手間暇かかるのはアキだが、危険度は遥《はる》かに島津のほうが高く、身体を張るだけ取り分も多い。

世の中、小さな不正が限りなく転がっている、というのが島津の口癖だ。法人、個人を問わない。産地偽装、消費期限の改ざん、いったん消費期限が切れた食品の再利用。食品工場の不潔な作業環境だって、公になれば企業イメージに大きなダメージを与えるだろう。交通違反などの法律違反も馬鹿にはできない。違法な薬物の摂取ももちろん問題になる。

島津は嗅覚がひと一倍きくらしく、小さな不正の噂を聞き込んでは、内部告発者や、退職させられた元従業員らから詳しい情報を摑《つか》むのだった。いわば彼らは、世の中にいやというほど転がっている、小さな不正のおかげでメシが食えている。

「あーあ。どこかに、大きなネタが転がってないかなあ」

パイプ椅子を開いてガタガタとデスクに近づけながら、アキはぼやいた。

「ネタは転がるものではない、掘り出すものである。なんてな」

島津はのんきに煙を吐き出している。学生時代からつきあっていた奥さんがいて、長女は八歳、長男は五歳だ。奥さんが正社員のウェブデザイナーで、しっかり稼いでいるからこんなに気楽な暮らしができるのだろう。

「大きなネタなんかお前、百年早いぞ。俺たちが暴くのは、お高くとまった料理屋の小さな嘘《うそ》や、巷《ちまた》では聖人君子であってほしいと思われている職業に就いた奴らの、ささやかなごまかしが関の山だ。俺たちは、ちっぽけな正義をふりかざして、そいつを金に換えてるんだよ。大きなネタは、命を賭けて大きな正義を守りたがってる連中に任せておきな」

島津はゴツいブーツを履いた両足をデスクに載せ、ギシギシと椅子の背を揺らしてくつろいだ表情を浮かべた。デスクの上で、書類の山が今にも崩れそうだ。

「でもほら、あれなんかいいセンいってたでしょ。病院が生活保護の受給者ばっかり入院させて、病床の七割が受給者で埋まってたやつ」

「あれは、院長が世間体を気にするタイプだったからうまくいったんだ。問題といえば問題だが、違法ってわけではなかったからな」

看護師のなかに、病院のやり方に疑問を持つ女性がいて、協力してくれたおかげで入院患者の情報が手に入った。でなければ、無理だっただろう。その看護師は、島津が院長から百万円ほどの現金を受け取った後、情報漏洩《ろうえい》を責められて退職したと聞いている。その後、どうなったかはアキも知らない。

「地方自治体の選挙で実弾ばらまいた話とか、ないの？　島津さんなら、いろいろ噂を聞いてそうじゃないですか」

「今どき、そんなあからさまな選挙違反やるなんざ、よっぽどのカッペだろ。今は団扇《うちわ》でモメるんだぜ、団扇」

島津が鼻から煙を吹き出して笑った。

「そんなに言うなら、お前さんも探してくれればいいんだ。うまいネタをな」

――それができるなら苦労はない。

もし自分にそんな才覚があるなら、島津抜きで、ひとりでやってもいいのだ。それなら七割も持っていかれずにすむ。

「お前さんが探してきたネタなら、分け前は五分と五分でもいい」

島津が甘い言葉を囁《ささや》いた。どうせ無理だとバカにしているのだろう。とはいえ、取り分が五分になるのは魅力的だった。つい、目が輝く。

「――ネタかあ」

「ちゃんと金になるやつにしろよ」

それが問題だ。なかには、資金繰りが苦しくて、にっちもさっちもいかなくなって不正に手を出す奴もいる。そんなのを脅したところで、金なんか取れない。

「病院――」

「あん？」

アキの呟《つぶや》きに、島津が耳をそばだてる。

「いや、ただの噂なんですけどね。病院が経営してる老人ホームがあって、入居者のガンの発生率が異常に高いっていうもんだから」

言ってしまってから、黙っておけば良かったかとちらりと考えた。自分ひとりのネタにして、島津抜きで調査を進めたほうが、金になるかもしれないのに。相手との交渉まで自力でやれば、五割どころか十割が自分のものになる。仁義や礼儀より、目先の金だ。

「ああ、そりゃ無理だ。やめとけ、やめとけ」

島津が煙草を持たない右手を振った。

「老人ホームなんだから、そもそも高齢者ばかりだろう。ガンの発生率なんか高くて当たり前だ。そうでなくても、そういうのは研究者が膨大なデータを取って調べるならともかく、素人の手には負えないよ」

島津の言葉にも一理ある。確率の問題は、母集団の構成内容に大きく依存するだろう。高齢だったり、もともと病気がちだったり――。病院に隣接するホームなのだから、入居者の多くは不破病院から紹介を受けて入居したのかもしれない。元から病気を抱えていた可能性もある。

「労多くして功少なしってやつだ。そのネタはすっぱり諦めたほうがいいぞ」

「すごい高級老人ホームだから、金持ちばかりが住んでて、いけると思ったんだけどな」

「そんなに高級なのか？」

島津に手の内を明かすべきかどうか少し迷ったが、アキはメゾンメトセラのホームページを検索し、パソコンの画面に表示させた。熱心に読んでいた島津が、「ふん」と鼻を鳴らして椅子の背に深く凭《もた》れる。

島津の頭がアキの顔に近づいた拍子に、脂っぽい臭いがした。昨日は、また自宅に帰らなかったのかもしれない。仕事熱心というより、島津のはある種の病気だ。仕事のそばにいないと落ち着かないのだ。

「俺たち庶民には高嶺《たかね》の花だが、この程度の一時金なら、自宅を売却すれば払える奴らはごまんといるだろう。入居者を詳しく調べても、面白いネタが出るとは限らないな」

「ちぇ――」

島津の言うとおり、諦めたほうが良さそうだ。金だけ受け取り、アキは次の仕事のあてもないまま事務所を出て電車に乗った。

――そうだ。松ちゃんちのおばさんのお見舞い、行っとこうか。

松原の母親は、千足に聞いたところでは不破病院に入院しているそうだ。ついでにメゾンメトセラの件を調べてみようか、という下心がなかったわけではないが、無駄だという島津の判断は正しいだろう。

この土地に昔から住んでいる友達は、どんどん減っている。みんな仕事や家庭の都合で引っ越した。松原や千足のような連中は、大事な昔なじみだ。松原の母にも、子どもの頃には世話になった。泥だらけになって遊んでいる子どもらに、手作りのプリンをふるまってくれたものだ。

——懐かしいな。

もう何年も会っていないことを思い出し、途中でかぼちゃのプリンを手土産に購入した。

不破病院は、吉祥寺の駅からバス道の吉祥寺通りを下り、人見《ひとみ》街道沿いにある。病院自体はアキが生まれる前からあったはずだ。

駅からバスに乗っても良かったが、なんとなく歩きだした。自宅からもそれほど遠くはない。吉祥寺界隈の風雅な賑《にぎ》わいが気に入っている。駅から離れると、洒落たカフェなどは減っていくのだが、その分、生活感が出て味わい深い印象になる。

ぶらぶらと歩きまわり、病院の隣に併設された老人ホームの外観も確認した。病院の隣に以前は何があったのか、何度も通った道なのに、どうしても思い出せない。商店や、普通の住宅が並んでいたような気もする。不破病院と名前を変えてから、近隣の土地を併せて購入したようだ。巨大な一画が医療法人不破会のものになっている。

病院の建物とは植え込みや私道で区切られた区画に、落ち着いた煉瓦色《れんがいろ》のメゾンメトセラが建っている。庭園を広く取り、塀を高くめぐらせて外部からの視線を遮っているのは、入居者のプライバシーを守るためだろう。門から垣間《かいま》見える庭園には、紫陽花《あじさい》がこんもりと丸い花を咲かせている。季節ごとに、さまざまな花が入居者の目を楽しませるのだろうか。

玄関にはマイクロバスが停まっていた。車体にホームの名前があり、フロントガラスには「吉祥寺駅行き」と書かれたプレートが掲げられている。駅とホームを往復する定期便のようだ。柔らかな水音も聞こえるので、見えない場所に噴水でもあるのだろう。

——こんなところに住める、恵まれた人たちもいるんだ。

アキが侘《わび》しさを覚えるほど、メゾンメトセラの環境は垂涎《すいぜん》ものだった。ホームページによれば、施設の中に医務室があり、夜間でも医師がひとり待機しているほか、隣の不破病院とは同じ系列なので、何かあればすぐ診察を受けられるそうだ。高齢者にとっては安心感のあるサービスだろう。

打ちのめされた気分で、病院の玄関をくぐった。こちらの建物は、アキが高校生の頃に建て替えを行った、親しみやすい普通の病院だった。多くの患者で混みあうロビーを通りすぎて病棟に行き、ナースセンターで松原の母親が入院している部屋を教えてもらう。

「——あら、アキちゃん？」

四人部屋の病室で、イヤフォンをつけてテレビを見ていた松原佳美《よしみ》が、笑顔を見せた。

少し痩せたし、白髪が目立つ。それでも思ったより元気そうで、顔色もいい。

「入院したってちたりんから聞いて、びっくりして。これ、お土産。食べられます?」

「かぼちゃプリンじゃない。これ大好きなの。私ね、食べるほうはなんともないから」

アキはベッドのそばにパイプ椅子を広げ、腰を下ろした。

「千足君から聞いた? ガンだって」

いきなりあっさりと告白され、どう答えればいいのかわからず曖昧に頷《うなず》く。

「いいのよ、隠してないし、ちゃんと告知を受けてるから。それに、転移してるとは言っても、体調は日によってずいぶん違うし、今日は気分も悪くないの」

佳美の口調は、あっけらかんとしている。千足は、ガンが全身に転移して、あとは死を待つばかりのように言っていたのに。

「お医者さんはなんて?」

「身体に合うお薬が見つかったら、自宅療養に切り替えましょうって。病院にいると退屈でしょうからって。まだ若いんだけど、親切でいい先生なのよ」

自宅療養とか、病院にいると退屈だとか、佳美の口から飛び出す言葉に目を丸くする。考えようによっては、手の施しようがないから、自宅で家族と過ごす時間を少しでも長く取れるようにとの配慮かもしれない。

「あんまり来ることなかったんだけど、いい病院みたいだね」

他の三つのベッドも埋まっている。ひとりは佳美と同じようにバラエティ番組を見ていて、あとのふたりは眠っているようだ。みんな六十代後半から七十代くらいに見えた。

「そうよ。ここの院長先生、見た？」

佳美が華やいだ様子で顔を輝かせ、声をひそめた。

「ううん、見てない」

「不破先生。テレビに出てくる俳優さんみたいにいい男なのよ。三十二歳で思慧《しえ》大学の教授になって、長く研究活動をリードしていたんですって。いるところにはいるのよね、そういう頭抜けた才能のある人が」

研究活動をリードするだなんて、佳美の言葉とも思えないから、看護師あたりの受け売りだろう。

「若い先生なの？」

「ううん――いまおいくつかしら、五十は過ぎてるわね。大学での研究をもとに、企業と合同で新薬やサプリメントを開発したりしてね、特許もたくさん持ってるんですって。そうやって資金を作って、病院を手に入れたのよ。すごい先生なの」

大学での研究成果は、職務発明となって原則大学側に特許権が生じるのではなかったかと、アキは首を傾《かし》げた。佳美はうっとりと不破院長の話を続けている。彼女は悪い人ではないのだが、昔から惚《ほ》れっぽいところがあった。鳶職の亭主が若くして亡くなったこともあり、見映えのする周囲の男たちと噂になることも多かった。

「何の研究をしている先生なの？」

「若返りよ！」

佳美が目を瞠《みは》り、得意満面の笑みを浮かべた。——若返り、とアキは口の中でもごもごと呟いた。大学教授の研究テーマなら、もう少し言い方があるだろう。

「それってつまり——アンチエイジングって意味だよね？」

「そうよ、そうそう。アンチエイジング。大学教授時代の研究はね、難しいのよ。よく新聞に載ってるiPS細胞とか、ああいうことを研究してたんですって。聞いてもよくわかんないの。でもある時、そこから派生してアンチエイジングの研究を始めたら、今までまでになかった新しい理論を発見したんですって」

佳美の口調は生き生きして、新しくのめりこんだ宗教について語るようだ。

「先生はね、アンチエイジングの研究とガンの研究は裏表で、自分の研究はガンの抑制にも役立つって言うの。私の病気も、いい抗ガン剤が見つかるかもしれないからって」

なるほど、とアキは目からウロコが落ちた気分になった。佳美の気分が落ち込んでいないのは、希望を失っていないからだ。不破院長の研究が自分の病気を治してくれるかもしれないと、望みをつないでいるからだ。

偽薬効果《プラセボ》という言葉があるが、人間の身体は気持ちの持ちようで活力を取り戻すこともある。末期ガンで手の施しようがないと伝えるか、効果のある薬が見つかるかもしれないと気力を支えるほうがいいか。穏やかに自分の死を見つめ、終末を心安らかに受け入れさせるほうがいいのか、最後まで闘う覚悟を持たせるほうがいいのか。それは、患者の個性にもよるかもしれない。

「私には、アンブロシアって薬が合うんじゃないかって先生が言うの」

佳美が目を輝かせた。

「——アンブロシア？」

それは、食べた者は不老不死になるという、ギリシア神話に出てくる神々の食べ物ではなかったか。

「そうよ。そういう名前なんですって。先生が作ったお薬。今、試してもらっているの」

なんだか、神話の世界に迷い込んだような気分だ。

「とにかく、思ったより元気そうで安心したよ。退院したら知らせてね。お祝いに駆けつけるからね」

よもやま話を半時間ほど続けて、佳美を元気づけて病室を出た。廊下を歩いてみると、予想していた以上に清潔感があり、看護師や看護助手らの動きもきびきびとして、なにより院内の雰囲気が明るい。働いている人たちの表情がいいせいだろうか。

——いい病院じゃないの。

メゾンメトセラを調査して記事を書こうと企んでいたことなど忘れ、アキは病棟のエレベーターホールに隣接したスペースの長椅子に腰を下ろし、窓の外に広がる緑の庭園に目をやった。スピーカーからは、聞き取れるか聞き取れないかのボリュームで、環境音楽が流れている。病棟は清潔でも、かすかに患者の排泄物《はいせつぶつ》が臭ったりするものだが、この病院はそれすらも最小限に抑えてあった。

庭園には、鳥も遊びに来ている。近くに井の頭公園もあるし、自然が豊富な環境だから、鳥の種類も豊富だろう。時間を忘れてここでぼんやり過ごしたかったが、そろそろ母が目を覚ます時刻だった。目覚めてアキの姿がないと、不安がるかもしれない。

——帰ろう。

エレベーターに乗り、一階ロビーまで降りる。エレベーターの壁に張られた大きな鏡に映る自分を、アキはしげしげと眺めた。三十歳にしては、老けて見えないか。外出して人に会う機会が減り、服装や化粧にもかまわなくなった。肌や髪のつやも失《う》せたようだ。

このままおばさんになるのかと、エレベーターを降りながらため息をつく。

——人間は老化する。そして死ぬ。

そんな当たり前のことが、今日はやけに重くのしかかる。人間が生物である限り、死という最終的な到達点からは逃れようがない。佳美も、母も——自分も。

玄関に向かおうとして、別の出入り口からロビーに向かってくる男女の集団に視線を奪われた。それは、白衣の医師と看護師たちだったが、なぜか華やかな印象を残す一団だ。先頭を切る中年の男性は、穏やかな自信に満ち、一瞬で周囲の目を引く太陽のような確かさを発散している。

「院長先生」

看護師がそう呼びかけるのが聞こえた。

——ああ、あれが院長の不破なのか。

佳美が絶賛していた天才肌の院長は、役者にしたいような二枚目だ。アキには見向きもせず、不破院長らの一団は、エレベーターホールに向かって立ち去った。

彼らが来たのは、メゾンメトセラの方向だった。院長みずから入居者の回診に行っていたのだろうか。

——なるほどね、人気が出るわけだ。

なんとなく立ち去りがたい、不思議な感覚を覚えていた。

2

遅れてきた杉原《すぎはら》は、カウンター席に腰を下ろすなり手を上げて、生ビールを頼んだ。

「脳みそ溶けそうな暑さだよな」

おしぼりで手を拭い、顔までごしごしと拭き始めた杉原に、アキは嫌な顔をしてみせた。

「ちょっと、おっさんくさいよ杉原」

「こういうの、禁断の味だよな。上司がやるのを見ててさ、三十過ぎたら、俺もやってみようと思ってたんだ」

作務衣《さむえ》のような制服を着た店員が、すぐさま冷えたビールを運んでくる。ふたりは軽くジョッキのふちを打ちつけて、日ごろの疲れをねぎらった。杉原は顎を上げて、ごくごくとビールを喉に流し込んだ。とがった喉仏が皮膚の下で力強く上下するのを、アキは珍しいもののように眺めている。

「うまい。仕事帰りの一杯はたまらんね」

江東区にある病院で臨床検査技師をしている杉原は、中学時代の同級生だ。引っ越して住まいは変わったが、連絡を取り続けている。

「ほんとに、美味《おい》しそうに飲むよねえ」

「おごりだと思うと、なおさらうまいね」

杉原が、白い泡を唇の端につけて笑う。

「何か聞きたいこと、あるんだろ」

つきあいが長いと、何もかも見透かされてしまうのが難点だ。知人に医療関係者は何人かいるが、中でも広範囲にわたって知識が豊富なのが杉原だった。これまでにも、医学知識の必要な記事を書く時には、彼を頼りにしてきた。ほどよく口が軽く、ビールと焼き鳥でますます軽くなるのもいい。

新橋《しんばし》のこの店は、カウンターの目の前で店主が比内地鶏《ひないじどり》を焼いてくれる。懐の寒いアキが取材場所に使えるくらい、価格も良心的だ。今夜は仕事があるからと千足を呼び出して、水穂の世話を頼んできた。水穂は十時を過ぎれば眠ってしまうので問題ないだろう。

「ガンについて教えてほしいんだよ。あのさ、日本人のガンの発生率って、どのくらいなの」

「お前また、ざっくりした質問だなあ」

杉原が呆《あき》れたように苦笑した。

「胃ガン、肺ガン、肝臓ガン、膵臓《すいぞう》ガンに血液のガンとガンの種類もいろいろあるし、年代や性別によっても罹患率《りかんりつ》は変わるんだ」

「そんな細かいこと言われたって、あたしに理解できるわけないだろ。もっと、あたしにもわかるように言ってよ」

「ならひとことで言ってやる。日本人は、ふたりにひとりがガンになり、三人にひとりがガンで死ぬ。どうだ、わかりやすいだろう」

杉原はにやりとし、白い歯でつくねをぐいと串から引き抜いた。

――ふたりにひとりがガンになるのか。

アキは虚をつかれて、ジョッキを持ち上げたまま考え込んだ。意外な多さなのか、それほどでもないのか、よくわからない。

「今度は何を調べてるんだ？」

「――ある老人ホームで、ガンになる入居者が異常に多いって話を聞いたんだよ」

面白そうに続きを促す杉原に、固有名詞を伏せて説明する。

「それは、証明が難しい話だなあ」

遠慮なく次のジョッキを頼み、焼き鳥をつまみながら、杉原は説明する口も休めない。

「異常に多いというが、高齢者ばかりの老人ホームでガン患者が多いのは当然といえば当然だ。知ってると思うけど、生物は高齢になるほどガンにかかりやすくなる」

杉原も、島津と同じことを言う。彼は、アキがまだ週刊誌のライターをやっていると信じている。この質問も、記事になる前提で考えてくれているのだろう。ちらりと罪悪感を覚えるが、背に腹は代えられない。

島津にそのネタは諦めろと言われたが、不破病院の明るい玄関や、メゾンメトセラの豪華な造りを見るうちに、アキの気持ちに鋭い棘《とげ》のような引っかかりが生まれた。嫉妬

——だとは思いたくない。

　それに、手持ちの資金が逼迫《ひっぱく》している。島津から次の仕事の指示はない。今は新しいノンフィクションに取りかかっているようだ。彼は奥さんが働いているからのんびりしていられるが、こっちは自分が稼がなければ収入がない。なんとしても、ネタが必要だ。

「高齢になるとガンにかかりやすくなるのは、どうして？」

「俺たちの身体ってのはさ、細胞が自分をコピーして増やして、古くなった細胞を捨てるわけよ。ところがコピーする時に、たまに失敗するんだな。どこか壊れた細胞ができちゃうわけ。その壊れたやつが、どんどん増えていくと——」

「ガンになる？」

「そういうこと」

　基本中の基本でも、杉原はバカにしたような態度を取らない。こんな話について尋ねる時に、いつも杉原を頼るのは、それが理由かもしれない。

「壊れた細胞ができても、人間の身体ってのはうまくできていてな。免疫細胞が発動して、コピーミスが起きた細胞を殺すんだ。だから、そうそう問題にはならないんだが、たまに殺し損ねた細胞が残って、そいつが蓄積されて増えていく」

「だから、高齢者に多い——か」

　アキはちびちびとビールを舐《な》めながら、杉原の話を自分なりに消化した。

「ただ、老化とガン化の関係は、本当はもっと複雑なんだ。もし興味があるなら、読みやすそうな本を選んで送るよ」

「本当？　助かるよ。高齢者にガンが多くなるのはわかったけど、なんとなくあの老人ホーム、普通じゃない感じがするんだよね」

「どういうふうに？」

「美しすぎるっていうか――。これだけ病院経営が苦しいと言われてる時代に、大学を辞めてすぐ病院を買い取って、老人ホームを併設するとかさ。裏があると思わない？」

杉原がビールを吹き出しそうな顔になった。

「お前、短絡しすぎ。経営が順調な病院も多いし、老人ホームの経営には、いまや外食産業も参入する時代だ。超高齢社会に突入して、これから伸びる可能性の高い産業であることは、間違いないよ」

杉原にそう言われると、そうかもしれないという気がする。それでも、簡単に諦める気になれないのは、昨日見かけた不破院長とその取り巻きたちが、あまりに輝かしい、オリュンポスの神々のようにきらきらしい姿だったからだろうか。

――どうして、こんなに違うんだよ。

こっちは、地べたを這《は》いずるように生きてるのに。食べていくので精一杯なのに。

人生のスタート地点では、そこまで差があったとは思えない。父親が早くに亡くなったというハンディはあるものの、母は女手ひとつで自分を大学まで出してくれた。もちろん自分も、奨学金をもらったりアルバイトをしたりと努力は怠らなかった。

学生時代に島津に誘われ、いいアルバイトになると思って週刊誌のライター稼業に飛び込んだのが、結果的に悪かったのか。しかし、堅い企業の事務職が自分に務まったかどうか、自信はない。

ライター業にしても、島津の指示に従って、唯々諾々と書き続けてきた。なりたくてなったわけじゃない。ただ、誘われたから飛び込んでみただけだ。そんな、甘い気持ちがあったのかもしれない。振り返ってみれば、あれは自分の仕事だと胸を張って誇れるような記事は、ひとつもない。そんな、忸怩《じくじ》たる思いもある。

「お前もさあ、そんなめんどくさい記事ばかり書いてないで、そろそろ結婚して落ち着いたほうがいいんじゃないの。それとも千足と結婚するの？」

「ばっ……ばっかじゃないの。なんでちたりんとあたしが結婚するのよ」

思わず声を荒らげ、顔が赤らむのを覚える。こちらを見た杉原の目が、同情するような視線なのも気がかりだ。

「前につきあってた都庁の公務員は、どうなった」

「別れた」

「大学の先生は」

「なんで簡単に別れるんだよ。せっかく合コンで美味しいとこ紹介してやってるのに」

「とっくに別れた」

そう言われると面目ない。だが、生活の安定感で群を抜いていた公務員は、週刊誌の記者稼業に理解を示してくれなかったし、大学の先生は非正規雇用で、契約期間が満了するとただの高学歴なニートになってしまった。苦境に立つ者同士が支えあう——なんてのはうるわしい幻想で、どちらも生活にくたびれ果てて、互いの思いやりのなさを罵りあって終わった、苦い記憶しかない。

衣食足りて礼節を知るというが、生活が安定してこそ人格も磨く気になるというものだ。

「まあ、しかたがないな。俺たちくらいの年齢になると、いい男はとっくに結婚してるもんな」

しょげたアキに気を遣ったつもりか、杉原が冗談っぽく言って、自分の左手薬指に輝く結婚指輪を見せびらかした。結婚三年、子どもはまだだが、幸せな時だろう。

「いいんだ。あたし、男より仕事に生きるから」

「お前、そういうタイプだったかなあ」

ほとんど取材にならなかったが、二時間あまりさんざん笑って、会計しようとすると先に杉原が払ってくれていたことに気がついた。スマートな真似《まね》をする奴だ。こちらの窮状も、うすうす理解してくれているのだろう。

新橋から吉祥寺まで電車で帰りながら、たしかに杉原はいい男で、そういう奴ほど早く売れていくのだと思った。寂しいけれど、これが現実だ。こんなに楽しい気分になったのも久しぶりだった。杉原のおかげだ。

「あ、お帰りなさい」

井の頭のマンションに戻ると、千足が食卓でスマートフォンを見ていた。テレビは水穂の寝室にしかないし、他にやることもないのだろう。ついさっき、杉原に千足と結婚するのかと尋ねられたことを思い出し、まじまじと観察したが、伸びたスウェットにぼさぼさ頭で、どこからどう見ても結婚相手として考えたいタイプではない。だいいち、収入のない千足と結婚したのでは、生活を支えてもらうこともできない。

小さくため息をつき、玄関から上がる。

「悪かったね、ちたりん。お母ちゃん、もう寝た？」

「はい、さっき寝ましたよ」

念のためにふすまを開けて覗くと、ベッドの上ですやすやと寝息をたてて眠っている。テレビも消えていた。気を利かせて、千足が消してくれたのだろう。

「ありがとう、助かったよ。これさ、お土産。良かったら食べて」

新橋の中華料理屋で、肉まんのテイクアウトができる店があった。持ち帰った饅頭は、まだほのかに温かかった。千足が好物に目を輝かせる。大口あけて食らいつく彼に緑茶を淹れてやり、アキは腰を下ろして薄い雑誌を開いた。駅の構内に置いてある、無料のアルバイト情報誌だ。地域ごとにまとめられているので、家から近い場所でアルバイトを探そうと思った。まとまったお金が欲しいから新しい恐喝のネタも欲しいが、のんびり待っていられる状況ではない。単発バイトで、少しでもいいから稼ぎたい。

本当は、コンビニでもスーパーのレジ打ちでも何でもいいから毎日働きたいのだが、水穂をそうそうひとりにしておけない。毎日、千足に来てもらうわけにもいかない。たまに外で数日働き、わずかなりとアルバイト料を得て糊口をしのいでいる。

——生活保護の受給者ばかり入院させてる病院の記事を書いた時は、美味しかったな。

数十万円という、ちょっとしたボーナスが転がり込んできたものだ。あんな成功体験を持ってしまうと、なかなかやめられない。

「また食品PRスタッフのバイトにでも登録しようかなあ。もうちょっと若かったら、キャバクラもいいと思うんだけど。こんなオバちゃんじゃねえ」

時給を見て、冗談まじりに愚痴をこぼすと、千足が憤然と顔を上げた。

「何言ってるんですか、アキ姐は若いし、きれいですよ！」

真剣さに圧倒され、杉原にからかわれた後だけに、恥ずかしくなる。

「そ——そうかな？　ありがと」

急いでアルバイト情報誌に視線を戻し、ぱらぱらとめくった。当然のことだが、看護師や准看護師、薬剤師などの資格保有者の時給は、それなりにいい。

「いいなあ、医療関係のアルバイト。だけど、素人にできる仕事ってないんだよね」

ふいに、見覚えのある名前が飛び込んできた。医療法人不破会といえば、不破病院とメゾンメトセラの経営母体だ。募集しているのは、病院とホームで働く栄養士と調理師、調理補助スタッフだった。看護師などに比べると時給はぐっと低くなるが、調理補助スタッフなら資格も必要ない。

「これに応募したら、一石二鳥になるのかな」

スタッフとして働きながら、病院内部を探る。それも、スパイのようでわくわくする。おまけにこれが新しいネタになれば、島津を見返してやることができる。

「アキ姐、料理できましたっけ」

肉まんをぺろりとたいらげた千足が、指についた肉汁を舐めながら尋ねる。

「調理補助って書いてあるから、そんなに手のかかることはやらないだろ。キャベツの千切りくらいなら、あたしにだってできるさ」

たいしたことはできないが、簡単な料理も作る。弁当や惣菜を買うより、自炊したほうがずっと安上がりなのだ。本当かなあ、という表情を千足がした。舎弟のくせに、いちいち逆らう奴だ。

「なんだよ。ちょっと調理師免許持ってるからって、生意気だな」

「すんません」

怒ってみせると、千足が恐縮したように頭を下げた。そうしながら、アルバイト情報誌にじっと視線を当てていた。


翌朝は、水穂の唸り声で始まった。

「お母ちゃん？　どうしたの。どこか痛いの？」

アキは布団から跳ね起き、隣室のベッドで苦悶《くもん》の表情を浮かべて唸る水穂に問いかけた。腹部を押さえ、赤ん坊のように身体を丸めて苦痛に耐えている。

「おなか？　おなか痛いの？」

表情から察するに、尋常な痛みではなさそうだ。救急車を待つ間に、水穂はベッドに少し嘔吐《おうと》した。胆汁のような黄色い液体だ。

救急隊員は、担架に水穂の身体を固定して二階から下ろし、救急車に乗せた。付き添いで同乗したアキが手を握っているのにも気づかないほどの、差し込むような痛みらしい。

「近くの不破病院が受け入れ可能だそうです。すぐに行けますから」

「えっ——不破病院ですか」

携帯電話で病院と連絡を取った隊員が、アキの驚きに不審そうな表情になる。

「すいません、そんな近くで見つかると思わなかったので」

もちろん近いほうが助かるのだが、まさか調査対象にしようと考えている不破病院に、母が運び込まれることになるとは。

歩いて二十分ほどの距離だから、車だとあっという間だった。水穂がストレッチャーで救急搬入口から処置室に運び込まれるのを見送り、アキは廊下の長椅子に座り込んだ。救急・夜間の出入り口も、間口が広く照明も明るく、清潔感がある。時おり行きかう看護師や看護助手の姿にも、自然に背筋が伸びるような活気がある。

しばらくして診察室に呼ばれ、ストレッチャーに寝かされている水穂の横で、レントゲン写真などを見せられた。医師は苑田《そのだ》という、三十そこそこに見える青年だ。白衣にマスクをかけているので、顔の見える部分は太い眉とぱっちりした二重の目だけだった。

急な腹痛の原因は大腸の腸閉塞で、しばらく入院が必要だという診断だった。

「場合によっては手術が必要になりますが、口から飲んだり食べたりするのをやめて、しばらく点滴で腸を休めるうちに、改善するケースも多いです」

安心させようとしたのか、苑田は目だけで微笑《ほほえ》みながら言った。

「そうですか――」

そう聞いてほっとしたが、今度は入院や手術の費用が心配になる。医師の若さと優しげな風情に、つい相談したくなった。

「そのう、お恥ずかしいんですけど、うちにはあまりお金がないんです。入院すると、どのくらい費用がかかるんでしょうか」

「お母さんは、七十歳を過ぎてますよね」

こんな相談も今どき珍しくないのか、苑田医師は気さくにパソコンに表示される電子カルテを見直した。キーボードに載せた手の爪はピンク色で、手入れの行き届いたきれいな指先をしている。この医師は、自分のような心配をしたことはないだろう。

「高齢者医療制度があるので、たぶんご心配されるほどにはなりませんよ。この病院は無料低額診療事業も行っているので、一度、受付に相談してみてください」

何度も礼を言いながら、まずは入院病棟に付き添い、そこで看護師から同意書などの書類を渡された。入院に必要な着替えも持ってこなければいけない。鼻からチューブを通して、腸に溜まったものを吸い出したので、水穂の痛みは少しおさまったようだ。

「いったん家に戻って、また来るからね」

心細げな母にそう告げた後、受付に行ってこちらの経済的な窮状を話し、相談に乗ってもらうことになった。島津とやっている恐喝行為で得た金は、表に出せない。父は自営業者で四十代で亡くなったので年金の保険料を納めた期間が短く、母はずっとパートで働いていて、国民年金を納めていなかった。つまり、無年金だ。小暮家の表向きの収入は、アキの時々のアルバイト収入で、月に数万円にしかならない。受付の女性は同情的で、申請書類を渡して親切に説明してくれた。

低所得者やホームレス、DV被害者など、生計をたてることが困難な人に、医療機関が無料または低額な料金で診療を行う制度があるとは聞いていた。水穂が以前、腰椎圧迫骨折になった時は、たまたまアキの金回りがいい時期で、そんな制度を利用する必要もなかったのだ。

――良かった。なんとかなりそう。

あの医師と受付の女性に、自分はここの院長を強請《ゆす》るつもりでいたと話したら、どんな顔をするだろう。そんなことを考えて、苦笑した。病院で出会った人たちはみんな親切だが、自分が置かれた環境との落差に納得できるわけではない。

印鑑や着替えを取りに、自宅に戻ってきた。空を見ると、真っ黒な雲が西の空を覆っていて、ひと雨来そうだ。折り畳みの傘を鞄《かばん》に入れ、汗をかきながら小走りに病院と自宅を往復し、病院の玄関に走り込む直前に、さあっという涼しげな音とともに、スコールのような大粒の雨がアスファルトを叩き始めた。ジーンズの裾が黒くなるほど、あっという間に濡れた。

タオルで衣服を拭いていると、同じように駆け込んでくる患者や病院関係者らが、次々に横を通りすぎていく。なんとなく、玄関の脇に張られた病院案内図を眺めた。

T字形をした病院の建物は、T字の足の部分が外来の診察室と検査室で、それ以外が病棟となっている。五階建ての建物は、改築したものの、アキが子どもの頃から知る病院とさほど変化はない。

エレベーターに向かおうとして、脇を通りすぎた人影をなにげなく見た。背中まである髪を首の後ろで束ねた若い女性だ。白衣を着て、ナースサンダルを履いている。俯き加減の横顔に見覚えがある気がして、振り返って二度見した。

――三塚《みつか》さん。

見覚えがあるはずだ。彼女――三塚真弓《まゆみ》は、生活保護受給者ばかりを入院させる病院の、内部告発をした看護師だった。アキと島津が記事を書いて、少しばかり小遣いを稼いだせいで、病院を辞めさせられたとは聞いていたが、不破病院に転職したとは知らなかった。

脊髄反射的に声をかけようとして、思いとどまる。

――バカだね。声なんかかけたら、向こうも気まずいし、こっちもやりにくいじゃないか。

三塚は病院の不正に目をつむることができず、世論に訴えて状況を正すつもりだったのだ。ところが、アキが書いた記事は、いつまで待っても雑誌に載らなかった。

(いつになったら載るんですか)

咎《とが》めるように尋ねられたが、（あれは編集者の意向でボツになった）と答えるしかなかった。その裏で、島津が病院を強請っていたわけだ。辞めさせられた時には、当然、内部告発の犯人捜しが行われただろうし、ひょっとすると病院側は彼女も島津から謝礼を受け取ったと誤解したかもしれない。身体を張ったのに正義はなされず、職も失ったのだから、三塚がアキを恨んでいて当然だ。

またしても、かすかな罪悪感が胸を刺す。

これから母がお世話になろうという病院で、彼女と再会するとは思いもよらなかった。

――まあ、良かったじゃない。

三塚が新たな職場を得ていたと知り、ほっとした部分もある。他人の恨みが怖くて、島津と組んで仕事などできないが、それでも三塚のような情報提供者の恨みは買いたくないものだ。

彼女はこちらに気づかぬ様子で、エレベーターの裏側にある暗い階段を下りていった。

「朝から救急車が近くで停まったと思ったら、運ばれたのが小暮のおばさんだっていうから、びっくりしたんですよ」

その日の夕方、千足は何を思ったのか、コンビニのピザまんを見舞いに持参した。水穂は薬が効いて眠っているし、だいいちしばらく口からものを食べられないのだと言うと、病室で自分が食べ始めた。アキはあまり食欲がない。病室は四人部屋で、ベッドに横になっているのは、いずれもほぼ寝たきりの高齢者だ。水穂の隣のベッドにいる九十代の老女は、自分で身体を動かせないらしいが、痩せた顔に目ばかりぎょろりと大きくて、仕切りのカーテンを開けているので、常に監視されているような気がする。

どうせなら、松原佳美と同室になれたら良かったのだが、彼女の部屋は満員だった。水穂が入院したことは報告したので、さっそく見舞いに来た近所の人間に話したらしい。町内の情報網は立派に機能している。

アキはふと、千足がいつものスウェットよりマシな、半袖のワイシャツとスラックスを身に着けていることに気がついた。

「ちたりん、どうしたのさ。今日はずいぶんおしゃれなカッコしてるね」

「あ、これですか」

千足は子どもの頃から少し変わっていて、他人に対する遠慮や、恥ずかしいという感覚を持たない。同室の患者たちに聞かれるのも気にならないらしく、平気な顔で話し続けた。

「俺、ここの調理のバイト、やることにしました。さっき面接受けたら、明日から来てって言われたんで」

「ちたりんがここで働くって？　どうしたの、急に。雨が降るんじゃないか——って、もう降ってるか」

　高校を出た後、どんな仕事に就いても長続きせず、せっかく取得した調理師免許も宝の持ち腐れで、引きこもっていた男だ。千足がやる気を出したことにも驚いたが、たとえアルバイトでも、不破病院が彼を雇う気になったとは驚きだった。

「二年くらい、引きこもりやってて――俺も、このままじゃダメだとは思ってたんで。アキ姐が調理師のバイト情報を見てるなんて、これも何かの縁かと思って」

「びっくりしたけど、いいことだよ。あんたも仕事しなくちゃ。いきなり頑張りすぎなくていいから、できれば長続きするようにね」

　ピザまんの汁で、赤っぽく染まった唇と顎をごしごしこすり、千足が子どものように目を瞠って頷く。

「アキ姐、俺にできることがあったら言ってください。やりますから」

　はっとした。千足は、アキが不破病院に関心を持っていることに気づいているのだ。ひょっとすると、それでここで働く気になったのかもしれない。

「うん――ありがと。だけど、ちたりんはまず、ちゃんと仕事ができるようにならなくちゃダメだよ。周りの人と仲良くしてね」

　まっすぐこちらを見つめている千足に、かろうじて笑顔を作る。

　勤め先の弱みを探るなんてデリケートな情報収集が、千足にできるはずがない。たとえできたとしても、千足にそんなことをさせてはいけないし、させるつもりもなかった。

アキは自分を薄汚い小悪党のひとり――しかもまだ一人前ですらない――だと考えているが、千足のように純で愚かな後輩を、自分の都合で仲間に引きずり込んだりしてはいけないという、ささやかな良心は持っている。そこが、島津と自分の違いだ。島津なら平気な顔をして、千足に情報収集を命ずるだろう。

明日は早朝からバイトだと言って、妙に意気込んだ千足が帰っていった。

――うまくいくといいんだけど。

子どもの頃から、パートを掛け持ちして苦労しながら自分を育てる水穂の姿を見てきたからだろうか。アキは、人間にはなにより働くこととその稼ぎが大切だと思っている。男も女も変わりはない。まず、自分の力で自分を食わせることだ。そしてできれば、家族を養える経済力を持つことだ。

アキが子どもの頃、誕生日になると、水穂はスーパーで百円のケーキをひとつだけ買ってきた。端を紙みたいに薄く削って自分の皿に取り、残りをアキの皿に盛り付けた。水穂が全然食べないと、アキが怒るからだ。

アキにはケーキをケーキ屋で買う発想がなかったし、ましてやホールでまるごと買う人がいるなんて、思いもよらなかった。小学校の頃、友達の誕生会に招かれて、大きなケーキを人数分に切り分けるのを見た時には、死ぬほどびっくりしたものだ。

そんなことを考えながら帰り支度をしていると、妙にしんみりした気分になった。

「また明日、来るからね」

眠っている水穂に声をかけ、病室を出る。毎日来たいが、水穂が入院している間はアルバイトを入れられるいい機会でもある。

エレベーターを待っていると、リハビリの理学療法士が患者を乗せた車椅子を押してきた。

「今日は雨だから、沢《さわ》さんの好きな屋上に行けないね。リハビリ室に行きましょうか」

車椅子に乗っているのは高齢の男性で、杖《つえ》を抱いているところを見ると、骨折のリハビリ中なのかもしれない。

——屋上があるのか。

昔から、アキは空に近い場所が好きだった。誰もいない屋上に出れば、沈んだ気分が晴れるかもしれない。雨は降っているが、少しくらい濡れたってかまうものか。

下りのエレベーターを見送り、誰も乗っていない次のエレベーターで、屋上のボタンを押した。階数が一階から屋上までしかないことに気がついた。三塚が階段を下りていくのを見かけたので地下もあるはずだが、関係者以外が立ち入らないよう、別に専用エレベーターでも設けているのかもしれない。

扉が開くと、コンクリートにガラス張りの空間があった。ガラスの自動ドアをくぐって外に出られる。車椅子の患者が楽に出入りできるように配慮しているのだろう。

外に出ると、ねっとりと蒸し暑い空気に取り巻かれた。

雨は小降りになっている。コンクリートを叩く雨音もひそやかだ。自動ドアの外に庇《ひさし》があり、アキは雨宿りしながら、屋上から見る風景に目を細めた。六月も半ばを過ぎると、日没がずいぶん遅くなる。雨雲のせいで薄暗いが、それでも灰色の街が遠くまで見通せた。

このあたりは、吉祥寺駅周辺と違って、建物が高層化していない。見通しのいい景色に慰められる。雨のせいで灰色に曇っているが、晴れたら気分がいいだろう。井の頭恩賜公園のこんもりとした緑と、玉川《たまがわ》上水緑道沿いのうっすらとした緑が、くすんだコンクリートやサイディングの屋根の間に覗いている。

ふいに、煙草の臭いを嗅いだ。不思議に感じて見回すと、聴診器をポケットに突っ込んだ白衣の男性がひとり、塔屋の陰に隠れるように、煙草をふかしている。白い煙の筋が、湿った風に乗って漂ってきた。島津が吸っている国産煙草とは、違う香りがする。

そこに、喫煙所があるらしい。男は屋上に設置された灰皿で丁寧に吸いがらを潰すと、ポケットから煙草の箱を取り出した。

——長いまつげだ。

アキより少し年下のようだ。男前というより、女性的に見えるほど繊細な顔立ちだ。

背丈は男性にしては低いほうだが、ひどい猫背なのか背中のあたりが丸くなっている。せっかくのきれいな顔立ちなのに、姿勢がぶざまでもったいなく見えた。薄い唇に新しい煙草をくわえて、ポケットに手を突っ込んでライターを探りながら、ふとアキと視線が合った。慌てて目を逸《そ》らしたのは、アキのほうだった。

——いいじゃん別に、医者が屋上でこそこそ煙草吸っててもさ。

一瞬焦った自分を叱る。健康志向で凝り固まった医師よりむしろ、そんな医師のほうに親しみを感じる。自動ドアが開く音がした。

「桂《かつら》先生、こんなところにいらっしゃったんですか」

声に聞き覚えがある。看護師の三塚真弓だった。ぎくりとして、アキは顔をそむけた。

「院長先生が呼んでます。早くいらしてください」

「——ん」

桂と呼ばれた青年医師は、短く答えたが急ぐ様子はない。この若さで、彼には憂愁の気配が宿っていた。皺《しわ》ひとつない美男のくせに、熟れた柿のように崩れた匂いがした。

「院内ではPHSを持ってくださいよ。私たちも、いちいち捜すの面倒なんですから」

答えがないのを見ると、よっぽど桂は他人に縛られるのが嫌いなのだろう。

やがて、吸いさしを灰皿に押しつける音がして、桂はエレベーターに向かった。三塚はじりじりしながら待っているようだ。

「――すいませんでした」

その穏やかな声が自分に向けられたものだと、アキは気づいた。自分のそばで煙草を吸ったことを詫《わ》びたようだ。顔立ちから想像するより、ずっと落ち着いた低い声だった。

「いえ、こちらこそお邪魔をして」

しかたなくそちらに顔を向け、軽く頭を下げた時、三塚が息を呑《の》んだのがわかった。こちらが誰だか気づいたのだろう。しかし、何も言わなかった。黙って柱の後を追い、エレベーターに乗り込んで姿を消した。

アキは、呆然《ぼうぜん》と彼らを見送った。

＊

どうしてこんなことになったのか、〈かれ〉にもわからなかった。

ただ、外の輝きが見えたのだ。ほんの短い間だったが、〈かれ〉を世話する人々が、目を離した隙に。

慣れて、油断したのかもしれない。ひとつ言えることは、〈かれ〉は油断しなかったし、常に好奇心に満ち、外の世界に興味津々だったということだ。

それで、歩きだした。

白い、ひらひらする布地を身にまとったままだった。これまで肌は常に乾き、居心地のよい空気にいつも取り巻かれていた。だから、外に出たとたん、息苦しいほど重たく、べっとりと濡れた空気がまとわりついてきた時、思わず大きく喘《あえ》いだ。

あわあわとした柔らかみのある光もなかった。暗闇に取り巻かれ、ただなんとなく前に進んでいくと、時おり刺すように白い輝きに襲われて目を痛めた。たまに、前後左右から射るような光で照らされたかと思えば、音階のある大きな破裂音で脅かされた。それは、〈かれ〉のすぐ脇をすり抜けていった。

——怖かった。

どうしてこんなところに出てきてしまったのかと悔い、もといた場所に戻りたいと思ったが、どこからどう来たのかわからなくなっていた。ただ、まっすぐ前を向いて足を動かしていただけのはずなのに。

やさしい声のそばに戻りたかった。乾いた空気のなかで暮らしたかった。時おり現れるやさしい手のひとが、「おまえはいいこだね」と言いながら頭を撫《な》でてくれるひとときが、なにより幸福感に満ちていた。

向こうから、細いわっかがふたつついたものにまたがったひとが、こちらを睨《にら》みつけるように見ていた。目が良くないのか、こちらの様子がよく見えないようだ。〈白いの〉をぎゅっと身体に巻きつけ、急いでそのひとから逃げた。これ以上、知らないひとに見られるのが嫌で、身を隠したかった。

——暗い、もっと暗い場所に逃げたい。

本能的に逃げて、身を隠す場所を探して、そのうちにさまざまな草と木が、腕を伸ばして影をつくる茂みを見つけ、柵をよじ登ってそこに隠れようとした。それは思いがけず深くて、足を滑らせた〈かれ〉は、なにが起きたのかわからないまま、斜めになった土のうえを転がり落ち、尻から冷たい水にはまった。水は流れていた。あちこちすりむいて痛かったが、ひんやりした感覚が、もといた場所に通じるような気がして、そこが気に入った。〈かれ〉の身体はすっかり隠れていて、誰にも見えないようだ。

流れていく水に沿って歩いていけば、もとの場所に戻れるのではないかと思った。だから、流れに従って進み始めた。

＊

朝から夕方まで食品ＰＲやレジ打ちのアルバイトをして、終われば病院に駆けつけて看護師から母の容体について聞き、必要なものを母に尋ねるのが日課になった。水穂は、入院して痛みが楽になったらしく、病室でイヤフォンをつけてテレビを見ている。このまま状態が改善すれば、十日もせずに退院できると回診中の苑田医師にも言われた。

「二年前に腰の骨を折ったそうですね。だけど、今はすっかり治ってますから。小暮さん、おうちに帰ったら頑張って歩いたほうが、健康にいいですよ」

苑田は親切で、水穂に親身になって話しかけてくれる。アキにも、自宅でできる簡単なリハビリを教えてくれたり、介護保険の申請が必要なら、病院の生活支援相談室が相談に応じると教えてくれたり、何から何まで懇切に面倒を見てくれた。看護師や看護助手たちも同じで、わがままな病人を相手に、いつも和やかに笑顔で接してくれる。

——こんな病院もあるんだ。

アキは、目からウロコが落ちる思いがした。

環境が急に変わると認知症が進行するのではないかと恐れたが、テレビのおかげか、さほど母の日常生活に変化はないようだ。ただ、栄養は点滴で摂《と》っているため、食事もできず水も飲めないのが辛《つら》いらしい。しきりに菓子を食べたいといい、饅頭があるはずだというのだが、医師に止められている。

「おばさん、具合はどうですか」

アキが帰る頃になると、千足がふらりと入ってくる。続くのか心配したが、三日経ってもまだ調理補助の仕事に飽きてはいないらしいので、今のところうまくいっているようだ。

「おなかがすいた。先生がなんにも食べさしてくれないから」

水穂がふくれっ面で千足相手に文句を言う。認知症になると子どもに戻るというが、子どもでも、もう少しものわかりがいいはずだ。

「じきに治るよ。治って家に帰ったら、美味しいものを食べたらいいじゃない」

適当にいなして、千足を連れて帰ることにした。どのみち、帰る方向は同じなのだ。

梅雨らしい天気が続き、今日もしとしとと霧のように細かい雨が地面を濡らしている。

千足は病院で働くようになって、シャツとスラックスを着用し、スニーカーを履くようになった。スウェットにサンダル履きの通勤は、さすがに認められないらしい。そんな普通の格好をすると、急に大人になったようでおかしい。

「アキ姐は大丈夫なんですか。うちの母ちゃんが心配してますけど」

千足が一人前の顔をして尋ねた。

「大丈夫さ。平気、平気。おばさんにもよろしく言っといて」

笑顔で応じたものの、本音はもうくたくただ。慣れない仕事で神経が張るせいか、よく眠れない。しかし、そんな弱音を千足に聞かせてどうなるものでもない。

「それより仕事はどうなんだい。うまくいってる？」

「まあまあ、ですかね。よく叱られるけど、料理、嫌いじゃないし。行ってみたら、ほんとにキャベツやら大根やら切ってるだけで」

「なんだ、ほんとう？　それならあたしにも務まりそうだね」

ひとしきり、涙がにじむほど大笑いする。

千足が勤務している厨房《ちゅうぼう》は、院内食だけでなく、メゾンメトセラの入居者に提供する食事も作っているそうだ。入院患者に出す食事は、患者の病状や容体によって、塩分の量などが厳しく決められている。肉や野菜などのおかずも、ほとんどみじん切りにしたものから、ひと口サイズ、普通に嚙《か》み切って食べるサイズなどさまざまだし、白米の炊き方もおかゆから普通のご飯まで指定が入る。なかにはパン食の患者や、うどんがいいという人もいる。食物アレルギーを持つ患者には、厳格に対応しなければ命にも関わる。メゾンメトセラの食事についても、似たような状況らしい。メニューは同じでも、入居者ごとに内容はずいぶん違うのだ。それを、厨房で朝昼晩と三食用意する。厨房はいつも人手が足りず、大忙しだという。

——なるほどね。ちたりんみたいな、長らく引きこもってた応募者を、あっさり雇い入れるわけだ。

それで納得したのが、前の病院を内部告発した三塚が、ここで仕事を見つけたことだ。人手が足りないので、看護師資格を持っていれば、厳しい審査などせずに受け入れたのかもしれない。病院経営の不正を暴いた看護師なんて、どこの病院も嫌がりそうだ。現にアキが耳にした噂では、前の病院の院長が、三塚を雇うなと知り合いの医師らに告げて回ったらしい。

結局、不破病院はいろんな意味で「いい病院」のようだ。病院と老人ホームの多角経営がうまくいっているようなのも、経営方針が正しく、医師の評判もいいからだろう。

ひとを雇うということは、相手の人生にもなにがしかの責任を負うということだ。オリュンポスの神のようだと思った、不破院長を思い出す。見かけが立派なだけではない。あの先生は、医師としても経営者としても腕がいいのだろう。

「いい職場が見つかって、良かったね。今度こそ、長続きするように頑張りなよ」

千足が浮かぬ表情になった。

「うん――いい、職場なんですけどね」

「なんだい。どうかしたの」

「どう、ってことでもないんですけど」

千足がぐずぐずと言う。彼は子どもの頃から、煮え切らない態度でよくアキを苛立たせた。

「またいじめられてるとか？」

彼は動作がゆっくりで呑み込みが悪く、昔から常にヒエラルキーの最下層として扱われ、いじめられてきた。アキの問いに、千足は首を横に振った。

「そうじゃなくて。ルールが多くて覚えきれないんですよ。俺、頭悪いし」

「そりゃ、病院の食事を作るんだから、ルールも厳しいんじゃない？　患者さんの口に入るものだよ、責任重大だもん」

「そうなんですけど、厨房の仕事に関することだけじゃないんです。地下にゴミ置き場があって、生ゴミを捨てに行ったりするんですけど、ゴミ置き場の中でも、俺たちが通っていい道が厳しく決められてるんですよ」

「どういうこと？」

「患者の体液がついたゴミは分けて管理しないといけないから、それ以外のゴミを扱う人間はここを通れって、歩いていい床に青いテープを貼ってあるんです」

青いテープの上を、恐る恐る歩いていく千足を想像すると、妙におかしくなって笑ってしまった。

「そりゃ、しかたがないよ。そういうゴミ、感染性廃棄物っていうんだ。患者の体液がついたガーゼや包帯、注射針から、病原体が拡散しないように、取り扱いが厳しく決められてるの。分別しないといけないしさ。ちたりんみたいに、食べ物を扱う職種なら、やかましく言われて当然だよ」

「アキ姐、詳しいですね」

千足が尊敬のまなざしを向けてきたが、そんなことより、気になることがあった。

「ゴミ置き場が地下にあるって言ったよね。あの病院の地下って、他に何があるの。看護師が地下に行く時って、何をしに行くの」

地下に続く階段を下りていった三塚の背中が目に浮かぶ。この三日、病院を訪れた時に、好奇心を全開にして病院内部を歩きまわったのだが、入院病棟はどのフロアもレイアウトがほぼ同じで、外来や検査室なども、特にユニークなところはない。興味を引かれた点を強いて挙げるなら、アンチエイジングの相談を受け付けていることだろうか。美容に関する相談を受けるのかと思い込んでいたが、実際には生活習慣病や更年期障害の予防など、さまざまなことを行っているらしい。

不破病院は、雑誌やテレビのバラエティなどでもよく取り上げられるせいか、三階の待ち合いスペースはいつも患者で溢れかえっていた。

それほど歩きまわったアキでも、地下を探検したことはない。一度、三塚が下りていった階段を地下一階まで下りてみたが、関係者以外立ち入り禁止の立て札がすぐにあり、奥を窺《うかが》い見ただけで引き返した。ただの取材なら侵入したが、水穂が入院している今は、お行儀よくしていたほうが良さそうだ。

「そうだな、地下にはゴミ置き場とボイラー室がありますよ。それから備蓄倉庫も地下だな。災害時に、病院が避難の拠点になれるように、非常食や毛布、ガソリンなんかも置いてるらしいです。ナースや、お医者さんの一部は、地下にロッカールームがあるらしいですよ。仮眠室があるって噂も聞いたなあ」

ロッカールームがあるのなら、三塚はそこに行ったのかもしれない。あれから彼女に会う機会は一度もなかった。向こうはアキがここにいる理由を調べたのかもしれない。

母親の病室がわかれば、そこには近づかないだろう。
ほっとするような、残念なような複雑な気分だ。三塚がこちらにいい感情を持っているとは思えないが、あれから何が起きて、なぜいま不破病院にいるのか、聞いてみたい気もする。せっかく彼女が勤めているのなら、看護師の目から見た不破病院についても話を聞きたい。

——そうだよ、患者の側から見ればいい病院でも、働く人の目から見ればブラックだった、なんてこともありうるし。

「そう言えばさ、ちたりんったらずいぶん、不破病院に詳しくなったね。まだ働き始めて三日だろ」

千足は照れたように顔を真っ赤にし、だらしなく唇を緩めた。

「えへへ、まあ」

千足がこんなに喜ぶのは、誉《ほ》められた経験が少ないからだ。両親は、早々と兄のほうを見放して、できのいい弟を可愛《かわい》がっていたし、職場ではさぞ小言を聞かされただろう。アキも、どちらかと言えば子どもの頃はガキ大将で、千足のようなぼんやりした取り巻きに親切にした覚えなどない。すぐ泣くし、文字どおりの洟垂れ小僧で、自分より幼い子どもらにまでいじめられて、泣いて帰ってくるような奴だった。それでも、アキ姐、アキ姐と今でも慕ってくれる理由はアキにもよくわからない。

「そう言えば、不破院長の話も聞きました」

「院長？」

「あの人、若い頃に、ボランティアで海外の紛争地とか災害が起きた土地に行って、医療活動をしてたそうです。長い間、アフリカにも行ってたそうですよ」

大学病院に勤務し、研究を主にしていた、何不自由のないエリートを想像していたアキは、驚いて千足を見た。

「そうなの？　そんなふうに見えないよね」

「かっこいいですよね」

医師やパイロットに憧れる少年のように、遠い目をしている。子どものように純粋だが、それだけではこの世の中を生き抜けない。

「ちたりん、頑張りなよ。久しぶりの仕事で疲れるだろうけど、負けるんじゃないよ。あんただって一人前に働けるってところを、みんなに見せてやらないと」

はい、と応じて頷いた千足は、照れくさそうにこちらを見て、にたにた笑った。

水穂は、全部で十日あまりの入院で回復し、退院した。退院の前に、苑田医師に教わったとおり介護保険の申請を出すことにし、病院の生活支援相談室が手続きも代行してくれた。結果が出るのはまだ先だが、もし介護保険の申請が通れば、ヘルパーを頼んで仕事に行けるようになるかもしれない。

受付で相談して、今回の診療費についてはほとんど無料ですむことにもなった。そのためには、家庭の経済的な事情をすっかり文書にして提出する必要もあったが、その程度のことで医療を低額で受けられるのなら、お安いご用だ。

——世の中、案外捨てたもんじゃないよね。

自分が世間の暗い面ばかり見てしまうのは、島津の影響を強く受けすぎたせいだろうか。人間はみんな、他の人間の富を奪おうと虎視眈々《こしたんたん》としており、そのためには他人の命を犠牲にすることも厭《いと》わない。そう、長年にわたり刷り込まれてきたのだ。

また、これまでアキが取材してきた連中も、島津のものの見方を裏付けるような、こすっからい奴らばかりだった。

——先に、不破病院の先生たちみたいな人に出会ってたらな。

そうしたら、自分は今とは全然違う記事を書いていただろうか。もっとまともで明るくて、ひたすら天を向いて歩くような力強い記事を書こうと思っただろうか。

「荷物、俺が持ちますよ」

退院の日、わざわざ職場に断って休憩を取り、手伝いに来てくれた千足を見やる。そう、世の中にはこんな男もいるのだ。

千足は慣れない仕事に苦心しているせいか、顔色が冴えなかった。冴えないというより、ほとんど土気色のような肌をして、しきりに汗を拭っているのは、暑さのせいだけではないらしいことに、初めて気がついた。

「ちたりん、あんた――大丈夫？　どこか悪いの？」

「いや、そんなことないですよ。平気です」

「熱でもあるんじゃないの。本当に平気？」

「平気っす」

平気なわけがないと思ったが、それ以上強くは言えない。荷物を持って自宅まで送るという千足をとどめ、今日は早退させてもらうように説得したものの、言うことを聞きそうになかった。

――よっぽど忙しいのかな。

元気なだけがとりえの男だ。せっかく職場に少し慣れてきたところで、体調不良でも頑張るところを見せたいのかもしれない。しかし、もし季節はずれのインフルエンザにでもかかっていたら、病院の厨房なんかでウイルスをまき散らしてとんでもないことになる。

「調子が悪いなら、ちゃんと病院で診てもらうようにね」

千足は辛そうだったが、心配してもらったことが嬉しいのか、にこにこしながら頷いた。

——その夜遅く、マンションの近くで救急車のサイレンが止まった。水穂は眠っていたが、アキはなんとなく眠れずにパソコンを開き、不破病院の情報を整理していた。ずいぶん近いので、胸騒ぎがして外に出てみると、階下が騒がしい。様子を見にいくと、千足の部屋から救急隊員が担架を運び出すところだった。後ろから、不安そうな千足の母が、慌てて身に着けたのか、くしゃくしゃのブラウスにスパッツ姿でついてくる。

「——ちたりん？」

担架に乗せられて、死人のような顔色で目を閉じている千足を見て、アキは驚愕《きようがく》のあまり口に手を当てた。意識がないのか、こちらの声に反応はない。目を閉じて黙っていれば、二十代半ばの普通の男のようにも見えた。

「アキちゃん！」

千足の母親が、泣きだしそうな顔でこちらを振り向いた。

「おばさん、どうしたの。ちたりん、具合が悪いの？」

「気分が悪いって言って、早めにふとんに入ったのよ。様子を見にいったら、意識がなくって——息はあるけど、顔が真っ赤でひどい熱があって——」

その間にも、担架は救急車に運び込まれていく。同乗する母親を救急車に乗せてやりながら、アキは言葉がなかった。

悪い夢を見ているのだ。そうとしか思えないほど、心臓が激しい鼓動を打ち続けていた。

3

「——死んだ？」

若い女性の当直医が告げた言葉を信じられず、アキは呆然と呟いた。

相手の医師は、頭にシャワーキャップのようなものをかぶり、大きなマスクをかけているせいで表情はわかりにくいが、疲れ切った様子で項垂《うなだ》れている。

「本当に残念です。病院に着いた時には、心肺停止状態でした。蘇生に手を尽くしましたが——」

千足の母親が青ざめてよろめき、廊下の長椅子に座り込んだ。アキも同じように、倒れ込みたい気分だった。

——とても信じられない。

驚きのあまり、すぐには声も出なかった。

千足が高熱を出して意識不明となり、救急車で運ばれた先は不破病院だった。救急患者のために病床を空けているようで、近隣で救急の呼び出しがあると、かなり高い確率で不破病院に運ばれるらしい。

千足の母親が動転していたので、アキも病院に駆けつけて付き添った。水穂はいったん眠ってしまえば、朝まで起きることはないから心配ない。千足の父親は体調を崩しており、今も自宅で寝ているらしい。息子が急死したなんて、夢にも考えてはいないだろう。

「先生、千足君は、つい昨日のお昼にも、私と元気に喋《しゃべ》っていたんです。うちの母の退院を手伝ってくれたりもして――突然死んだなんて、信じられません。いったい、どうしてこんなことに」

言い募るうちに、胸に大きな固まりがつかえて、涙が溢れた。

子どもの頃から知っているが、二十年以上経っても、千足は全然変わらなかった。大人になれなかったのだろうが、子どもの純粋さを失わなかったとも言えるだろう。トロくて、どんくさくて、純朴だった。

「死因はこれから調べますが、症状から見て感染症の疑いがあります。かなり熱が高かったようですが、体調が悪いのを我慢していたんじゃないでしょうか」

水穂の退院を手伝ってくれた時、千足の顔色が土気色で、熱でもあるんじゃないかと心配したことを思い出した。あの時、無理にでも医者に引っ張っていくべきだったのか。

「感染症――って、インフルエンザみたいなウイルスにやられたってことですか」

詳しいことはまだわからないと言われたが、千足が病院の厨房で働いていたと聞いて、医師が震え上がったようにも見えた。

「息子さんの血液などを検査機関に送って、調べてもらいます。一緒に住んでおられるご家族は、ご両親だけですか」

千足の母親は、息子の突然の死に呆然として答えられる状態ではない。アキが代わりに千足家の家族構成を説明した。そうです、同居する家族は両親だけです。自宅は井の頭のマンションです。厨房に勤め始めたのは、ほんの十日くらい前からで……。

「今さらそんなこと聞いて、どうするのよ！　善雄は戻ってこないんでしょ！」

突然、母親が金切り声を上げたので、アキと医師はびくりとしてそちらを振り向いた。アキは慰めの言葉に困ったが、医師が穏やかに引き受けてくれた。

「――本当に、突然のことでお気の毒に思います。ですが――感染症の場合、感染経路を調べないといけませんし、他に感染拡大していないことも確認しないと。ご家族の血液も、検査させていただくことになると思います。お母さんは、熱はありませんか」

気遣わしげな医師の言葉に、母親はひくりと喉を鳴らし、声を殺してぽろぽろと涙を流した。アキは彼女の隣に腰を下ろし、黙って肩を抱いた。医師は、しばらくそっとしておくべきと判断したのか、一礼して処置室に戻っていった。処置室から、看護師たちに指示する声がかすかに洩《も》れる。

医師がどこかに電話をかけ始めたらしく、患者の病室が何号室だったかと尋ねる声が遠くに聞こえた。聞き慣れない病名について話している。こんな時に、別の患者のことなんかどうでもいいじゃないかと腹立たしいのは、こちらのエゴだ。医師も看護師も、大勢の患者を抱えて奮闘している。

現実感が失せていた。

「せっかく——やっと、仕事が見つかったって喜んでたのに——。ずっと引きこもってたあの子が、働く気になったところだったのに」

千足の母親が嗚咽《おえつ》を洩らして呟く繰り言を、アキは黙って聞くしかなかった。

その場で母親とアキも採血され、自宅にいる父親は日を改めて採血に来てほしいと念を押された。

誰かが亡くなると、家族はその死を静かに悼むより先に、通夜や葬儀など段取りの嵐に投げ込まれる。千足の場合は特に、まだ若く予想もしない死だけに、家族の混乱もひどかった。葬儀の参列者は親族と親しい知人のみとしたが、地方自治体の公務員をしている次男は、すぐには帰れない用があるというので、葬儀社の手配もアキが手伝わねば話が進まない。千足の両親を励ましながらどうにか葬儀を終え、小さな骨箱に納まった千足を仏壇に安置し、みんながほっとひと息ついたのは、彼が亡くなって三日後だった。

葬儀には、幼馴染《おさなな じ》みの松原も仕事を休んで来ていた。

（あいつ、小学生の頃に、チョコレートくれてさ）

寂しい葬儀の帰りに、松原が小声で話し始めた。当時の松原はいじめっ子だったはずだが、誰かと喧嘩《けんか》して膝をすりむき、校庭の隅で仏頂面をして座っていると、千足が来たのだそうだ。

(ほら、ひと口サイズのチョコあるじゃん。あれを握り締めててさ。くれたはいいけど、紙を剝いたら溶けてぐちょぐちょで)

(ちたりんらしいよね)

涙ぐみながらひとしきり笑った後、なぜ千足はこんなに急に亡くなったのかと、松原も首を傾げていた。

「近ごろ、千足ちゃんは来ないねえ」

母の水穂は、何度説明してもお気に入りの千足が死んだことを受け入れられず、ベッドの上でお茶を飲んでテレビを見ながら、そんなことを呟く。アキ自身も、スーパーで特売のカップ麺を見ては千足が喜ぶと思い、彼がもういないことを思い出して愕然《がくぜん》とした。

——これからは、留守中にお母ちゃんの様子を見てもらうこともできないんだ。

そんな現実も、重くのしかかる。これまで頼りないだけと考えていた千足の存在が、意外なほど自分を支えてくれていたのだと、あらためて思い知った。感謝どころか、千足のめんどくささに苛立つことも多かったのに。

思いがけない突然の死。しかも、これから彼の人生が好転するのではないかと、周囲の誰もが期待をかけていた矢先の死。

「アキちゃんにお願いがあるんだけど」

千足の母親が、げっそりとやつれた表情で現れたのは、葬儀のしばらく後だった。千足が亡くなってから、薬店は閉めたままだ。地方の大学を出て、そちらで自治体の公務員になった弟は、先行きの不安な個人経営の薬店を継ぐ気はないらしい。父親も身体を壊しているし、頼みの長男が亡くなって、やる気をなくしたようだった。父親はあれからずっと自宅にこもりっきりで、昼間も横になっていると聞く。

「善雄の死因について、病院から説明があるっていうの。でも、私が聞いても理解できるかどうか心配で」

「あたしでいいんなら、一緒に行くよ」

――それがせめてもの千足への供養になるのなら。

それに、突然死の原因も知りたかった。水穂をひとりにするのは不安だったが、歩いて二十分ほどの病院で、話を聞くだけだ。

不破病院の受付で来意を告げると、まっすぐ応接室に案内された。壁の上部にずらりと英文の表彰状のようなものが並んでいる。研究に対する顕彰のようだ。眺めていると、先日の女性の当直医と共に、背広姿の中年男性が入ってきた。この病院の関係者は、院長を始め、医師、看護師、看護助手や理学療法士ら、みな背筋のぴんと伸びた、きらきらしい人々ばかりだと感じていたが、この男性は珍しく、地味な中年男といった雰囲気の持ち主だった。逆にほっとする。

「事務長の若林《わかばやし》です」

額が広くなりつつある頭を下げ、説明を始めたのは若林のほうだった。千足の母親は、暗い表情のまま俯いて聞いている。

「千足善雄さんの血液を、国立感染症研究所に送って検査を依頼しておりましたが、結果が返ってきたので、お越し願いました」

「本当に、感染症だったんですか」

アキの質問に、医師と若林が揃《そろ》って頷く。

「マールブルグ病、あるいはマールブルグ出血熱ともいう、国内での感染例は、これが初めてになるたいへん珍しい病気です」

耳慣れない言葉に、アキたちはぽかんとしたまま続く言葉を待った。千足が亡くなった夜、医師が電話でそんな名前の病気について話していたような気もした。

若林は黒い縁のメガネを取り出してかけ、持参した書類を見ながら説明を続けた。

「マールブルグ出血熱というのは、マールブルグウイルスを病原体とする病気です。ケニア、ウガンダ、ジンバブエ、コンゴ、アンゴラといった国で、これまで発生しているそうです。ドイツでも感染例がありますが、これはウガンダから輸入した研究用のサルから感染したものです。マールブルグウイルスはオオコウモリを宿主としていると考えられ、エボラウイルスと同じフィロウイルス科に属しています。珍しい病気ですが、発症すると致死率が高くて――」

「ちょっと――待ってください」

アキは慌てて若林を制止した。立て板に水の説明だが、こちらの理解が追いつかない。

「だって、感染症ということは、千足君はどこかでウイルスに感染したということになりますよね？　海外には出たこともなかったんですよ。それに国内初って、いったいどういうこと――」

医師が神経質そうに頷いたが、口を開いたのはやはり若林だった。

「実は、ウガンダでマールブルグ出血熱に感染した日本人の患者さんが、帰国して当病院に入院されているのです」

「不破病院に、ですか？」

「そうです。紛争地帯などでボランティア活動をされていた医師の方でね。マールブルグ出血熱の死亡率は、九十パーセントと言われるくらい高いんですが、その方は幸い向こうの病院で早期に手当てを受けて、ほぼ回復されたので日本に戻ってきたんです。しかし、熱がひいて体調が回復しても、精液などの体液にはウイルスが生き残っていると言われています」

新聞にも載ったと言われたが、まったく記憶になかった。国外で感染したことや、回復後に帰国したことから、社会的に影響の大きな病気ではないと見られて、扱いが小さかったのかもしれない。

「千足君が、その患者さんと接触した可能性はあるんですか」

「それはありません。患者さんは、本人の意思もあって病棟で隔離されていますし、千足さんがそこに入った形跡はありません」

若林が断言した。

「しかしですね——理由もなく、千足さんがマールブルグ出血熱に感染するはずがない。この感染症は、患者が発生すると厚生労働省にも報告を上げなければいけませんので、保健所も来まして、感染経路を調べたんです。そうすると、ひとつわかったんですが——」

若林はなぜか、言いにくそうに口ごもった。

「何が、わかったんですか」

「ご存じかもしれませんが、患者さんの血液や体液がついたものは、感染性廃棄物といって、他のゴミとは別に保管しなければいけないんです。当病院では、地下に廃棄物の保管所があるんですが、感染性廃棄物はその一角を壁で仕切って、関係者以外は立ち入りできないように、出入り口に鍵を掛けています。感染性廃棄物の置き場であるという注意書きも貼ってありますし、うかつに誰かが迷い込むような場所ではないんですね。ところが――」

黙って聞いている千足の母親も、話に釣り込まれたように、眉をひそめた。

「地下にある防犯カメラの映像を見ると、千足さんが、亡くなる三日前の夕方に、感染性廃棄物の保管所の鍵を開けて入っているんです」

若林のメガネの奥の目が、苦り切っている。無性に息苦しくなって、アキは小さく喘いだ。

「そんな――どうして？」

「それは私どものほうが知りたいくらいです。千足さんは厨房に勤務していたので、地下のゴミ置き場に出入りすることはあったんですが、なぜそんな特殊な部屋にまで入ったのかわからないんです」

「千足君は、なぜ鍵を持っていたんですか。関係者以外は立ち入りできないんですよね」

「守衛室に合い鍵が掛けてあるんですが、普通はそんな場所、誰も好んで出入りしませんし、鍵はわりと目につくところにあったんです。守衛の目を盗んで、それを持ち出したようです」

何か言おうと口を開きかけた時、千足の母親がテーブルに手のひらを叩きつけた。

「そんなこと――あるわけないでしょう！　どうしてうちの子が、そんな馬鹿なことをするんですか？」

「そうですよ――それに、廃棄物の入れ物って蓋がついてますよね。危険なウイルスが付着している可能性のある廃棄物なら、二重になった密閉容器だったりするはずです。実際に感染するなんて、それを無理に開けて、中身に触れでもしない限り、ありえないでしょう」

家族やアキの反発は予想していたらしく、若林は落ち着いて頷いた。彼はタブレット端末を取り出し、画面をこちらに向けた。

「あまり、こういうものをご遺族にお見せするのは、どうかと思ったんですが――たぶん、ご覧いただかないと信じてもらえないでしょうから。これが防犯カメラに映っていたものです」

千足のぼさぼさ頭が画面に現れた。保管所のドアを開け、ひとりで入っていくところがしっかり映っている。千足の母親は、気を失うのではないかと心配になるほど、目を大きく見開いて画面を睨んでいた。

「私たちも信じられず、先ほどそちらがおっしゃった、廃棄物の容器の蓋ですね。指紋を調べてもらったんです。中身は廃棄された後でしたが、蓋から千足さんの指紋が出ました」

若林の態度が、若干勝ち誇っているように感じられるのが腹立たしい。

「どうして——。どうしてこんな馬鹿なことを、うちの息子が」

呻《うめ》くように呟き、千足の母親はがくりと首を垂れた。その言葉を聞いた瞬間、アキは頭を殴られたような衝撃を受けた。

——あたしのせいだ！

(アキ姐、俺にできることがあったら言ってください。やりますから)

珍しく真剣な顔をして、千足が熱心にそう言う声が耳にはっきりと甦《よみがえ》った。

——ちたりんは、気づいてた。あたしが不破病院の内情に疑念を抱いているって。

地下に何があるのかと、あれこれ尋ねたのも自分だ。千足はあたしにいいところを見せようとして、鍵の掛かった廃棄物保管所の中を確認したのではないか。鍵を掛けたゴミ置き場、蓋のついた密閉容器。事情を知る人間には当然のことでも、疑惑を持って見る人間には、怪しげに映ったのかもしれない。感染性廃棄物の危険性も、千足はよく理解していなかった可能性がある。

自分が不破病院の内情を知りたがったばかりに、千足は死んだのか。

「マールブルグ出血熱の、国内初の感染例ですから、この件はマスコミが取り上げると思います。ただ、病院側の管理体制が甘いといった取り上げられ方は、こちらとしても遺憾ですので、何があったのか公表せざるをえないんです。そのことを、ぜひご遺族様にもご理解いただきたくて、今日はご足労願ったわけなんです」

院内感染が発生したのは、病院側に落ち度があったからではなかった。何の目的かはわからないが、適切に管理されている医療廃棄物の保管所に、千足がわざわざ侵入して荒らしたからで、責任は千足自身にある。——そう発表すると、若林は言っているのだった。

千足の母親とふたりで、呆然としたまま病院を出た。事務長の若林も医師も、態度は丁寧だし千足の死を悼んでくれたが、妙な男を雇い入れたことを後悔し、面倒な真似をしてくれたものだと考えている内心が透けて見えた。向こうの立場なら、それも当然かもしれないが——。

「——もう、私はどうすればいいのか、わからなくなっちゃったよ。うちの息子が、そこまで馬鹿だったなんて——」

帰る道すがら、そう言って千足の母親に泣かれたのが、一番こたえた。あれは自分のせいなのだ、千足は自分のためにやったのだとは、とても口にできなかった。

千足の母親を自宅まで送った。

「アキちゃん、いろいろと本当にありがとう。お世話になりました」

彼女はこの数日間で、十ほども老け込んだように見えた。涙もろくなった目を拭い、何度もアキの手を握って頷いた。

「あの子、ほんとに馬鹿で頼りない子だったけど、優しいところもあったよね。アキちゃんのこと、いつもお姉さんみたいに慕ってたんだよ。あんたと松原君だけが、あの子に優しくしてくれた。本当にありがとう」

薄暗い玄関に彼女が吸い込まれるのを見届けた後、アキはひとりで涙を流した。見慣れたはずの古ぼけたマンションが、今日はなぜかよそよそしい。鉄錆《てつさび》の浮いた階段を、足を引きずるように上る。二階の通路から見える灰色の街に、気分が滅入《めい》る。気持ちが落ち着くまで、自宅に戻ることができなかった。千足や家族に申し訳なくて、ひたすら後悔するばかりだ。

——島津さんにだって、あれだけやめとけって止められたのにさ。

馬鹿だなあ、と腹の底からため息が出るのは、自分の愚かさに対してだった。防犯カメラに映った千足の映像、あれが最後に撮られた彼の動画だと気づき、あんなものでもデータをもらってくればよかったと思った時。

細く尖《とが》らせた錐《きり》の先が、自分の脳天から地面までを貫くように、ひらめいた。

——どうしてそんな場所に、防犯カメラがあるんだろう。

事務長は、地下の廃棄物の保管所だと言っていた。要するにゴミ捨て場だ。感染性廃棄物はその一角を仕切って作った小部屋に保管してあると言ったが、そんな場所にまでカメラを設置するものだろうか。

胸騒ぎがして、杉原にメールを打った。地元とは長く疎遠になっているので千足の葬儀には来ていなかったが、死んだと聞いて驚いていた。

「ちょっと教えて。病院の、感染性廃棄物を保管してある場所って、防犯カメラで監視するのが普通なの？」

メールの返信は意外に早く届いた。

『うちの病院ではカメラなんかないよ。あったから変だとも言えないけど。どうして？』

理由をうまく説明することはできなかった。ありがとう、とひとまず返信する。

不破病院は、千足が廃棄物保管所の鍵を盗んで侵入したと公表するつもりだ。自業自得、とまでは言わなかったが、彼らが言いたいのは結局そういうことだろう。

——しかし、彼らには後ろ暗いところが本当にまったくないのだろうか？

容器の蓋に千足の指紋が残っていたというが、ウイルスに感染したということは、容器を開けて、血液などで汚染された中身に手を触れたということだ。千足が自分からそんなことをしたのだろうか。薬店の息子のくせに衛生には無頓着なところもあったけれど、気の弱い一面もあって、血液など見ただけでウェッと叫んで逃げ出しそうな男だったのに。

——調べてやる。

とことん調べてやると、誓った。

これまで自分は、島津に誘われるまま文章を書き、頼まれるまま恐喝にも手を貸した。思いがけない収入になったし、たとえ署名記事でなくとも、雑誌に自分の書いた文章が載れば、最初のうちはずいぶん誇らしい気持ちにもなった。ただ、そこに自分の意思や、書かなければならないという強い動機はなかった。それも、島津と自分の違いだった。たとえ、文章を企業恐喝の手段にして稼いでいても、島津には動機があった。彼なりの正義が、島津を動かしていた。だからこそ、時に金にもならぬノンフィクションを夢中で書いて、世に問うのだ。

——それに比べて、あたしは何をしていたのだろう。ただ島津の言いなりに、恐喝のネタをこしらえていただけだ。

(アキ姐)

目を閉じると、千足の頼りなげな声が聞こえてくる。

初めて、この件は自分の手で真相を追及しなければならないと、身の内にふつふつと湧く力を感じた。自分には、千足をあんな場所に送り込んでしまった責任がある。

鍵を開けて、そっと自宅に戻ると、水穂の部屋で点《つ》けっぱなしのテレビがちらついている。開いたふすまから中を覗くと、真剣な顔をして水穂が画面を見つめていた。

「——ただいま。帰ったからね」

「ああ、おかえり」

良かった、今日はわりあい調子がいいらしい。ずっとこんな具合でいてくれるなら、不破病院を調べたり、生活費を稼ぐためにアルバイトをしたりする間、安心して留守にできるのだが。

二時間くらい留守にしてもいいかと尋ねると、水穂は決まって朗らかに「いいよ、いいよ」と安請け合いをする。そのくせ、アキが出かけた後ですぐ、お湯がない、トイレに行きたいと何度もアキを呼ぶらしいのだ。そう、隣家の老婦人が教えてくれた。彼女も足が悪く、ほとんど寝たきりで娘夫婦の世話になっている。

病院を調べるなら、水穂の世話をしてくれる人を探さなければならないかもしれない。

——でも、どうやって調べる？

千足の母親に付き添ったので、アキが千足と親しかったことは知られてしまった。病院の内部に潜り込む手は、使えないだろう。不調を訴えて検査入院などしても、病院に後ろ暗いところがあるなら、マークされているかもしれない。

アキの脳裏に浮かんだのは、看護師の三塚真弓だった。

——いくら何でも、三塚さんはムリだよな。

以前、生活保護受給者ばかりを食い物にする病院を取材した時、三塚は正義感に溢れた若い看護師だった。

（健康な方を病人に仕立てあげて入院させ、必要ない手術をして臓器を切り取るなんて、まともな病院のすることではありません）

病院の経営破綻が、たびたび話題に上った頃で、当時の三塚が勤務していた病院も、経営難に苦しみ悪質な手口で利益を得ようとしたのだった。不正の噂を聞き込んできたのは島津だったが、いざ調査を始めたアキに、積極的に内部情報を洩らしてくれたのは、勤務先の現状に怒りを覚えていた三塚だった。

彼女がいなければ、あの調査は実現しなかっただろう。

しかし、もう彼女を当てにはできない。前回の件で、すっかり懲りたはずだ。自分たちとは関わりたくないだろう。

――別の情報源を探さなきゃ。

アキは、薄暗い食卓の椅子に座り、不破病院を調べる方法を考え始めた。

病院に呼び出された翌日、厚生労働省が記者会見を開き、マールブルグ出血熱の国内初の感染例が確認されたことを公表した。ただ、若林が話していたように、病院側は充分な管理体制をとっていたにもかかわらず、患者が感染性廃棄物に故意に近づいた、という表現で発表され、現時点で他への感染は見られないという内容だったためか、大手マスコミの記事は、センセーショナルなものではなかった。一部の週刊誌やネットでは、亡くなった患者はどういう目的で廃棄物に近づいたのか、テロリストだったのか自殺まがいの行為だったのか——といったさまざまな憶測が流れたようだ。

亡くなった患者の個人情報は極秘扱いのはずだが、どうやって嗅ぎつけるのか、記者たちがしばらくマンションのそばに何組も張りついていた。千足の両親は、マスコミの騒ぎを嫌って次男の家の近くに避難したようだ。

——ちたりんは被害者なのに。

しかし、立場が違えば、アキが記者の側に回っていたかもしれない。

水穂が昼寝に入ったのを確かめ、不破病院に駆けつける。どんな病院でも、入院患者の見舞いに来た人間を、むげに扱うことはないだろう。

まだ退院の許可が下りない松原の母に、プリンとムースの差し入れを持参し、雑談を交わした後、病棟に警戒厳重な感染症の患者がいないか聞いてみた。

「感染症？　さあ、知らないわね。特に警戒が厳しいなんて話は聞かないけど」

「立ち入りを禁止されている病室とか、ありませんか」

「そんなの、いっぱいあるんじゃない？　面会謝絶って札を掛けてる個室もあるしさ」

松原の母は、あいかわらず病の重さを感じさせない、はつらつとした表情でプリンを食べながら言う。サイドテーブルに、ハードカバーのミステリーが三冊積まれていて、どうしたのか聞いてみると、院内の図書室でボランティアをしている人たちが、週に二度ほど巡回して本を貸してくれるのだそうだ。

見舞いにかこつけて病棟を歩きまわってみると、たしかに面会謝絶と書かれた部屋が複数見つかった。

若林が話したように、先月の新聞に、ウガンダでマールブルグ出血熱に感染した日本人医師が、症状が軽くなったため帰国して日本の病院で引き続き治療を受けるとの報道が載っていた。ほんの十数行の短い記事だ。読者の不安を徒《いたずら》に煽らないよう、配慮したのかもしれない。

問題は、医師の名前はむろん性別すら、記事に掲載されていないことだった。プライバシー保護のためだろう。ただ、その医師がボランティア団体に所属し、海外の紛争地帯や貧困層の多い地域での医療行為に従事していたことが書かれていただけだ。

マールブルグ出血熱という感染症は、エボラ出血熱並みに恐ろしい病気として、ネット上では昔から話題になっていたようで、初の日本人患者の発生が、面白おかしく取り上げられている。しかし、患者の個人情報については、まったく洩れていない。そのことも、不破病院の管理体制の強固さを窺わせる。

——この病棟のどこかに、ウイルスを持つ医師がいるはずなんだ。

その医師と話せば、千足の感染について、病院側が隠している事実が明らかになるのではないかと、淡い期待を持っている。

不破病院を探るのは、予想以上に困難だった。どんな職場でも、内情を探るには、不満を抱えて辞めた職員を探すのが一番だ。もちろん、退職にいたった経緯があるわけで、どうしても偏見や私情が混じることは否めないが、これまでこのやり方で、たいていうまく情報を手に入れてきた。ところが、不破病院に関しては、そういう情報提供者が見つからない。杉原の知人を介して、退職した看護師などを調べてもらったりもしたが、みんな円満退職で、病院のことを悪く言わない。

(こんなに評判がいいと、かえって怪しく感じるのは、あたしの性格が悪いからかな)

杉原に電話でぼやいて、吹き出される始末だった。

(それにしても、お前が前に言ってたのが、不破病院だったとはな。下手につつくのは、やめたほうがいいと思うぞ。あそこの経営状態は、今の院長になってからずいぶんいいそうだよ。悪いことをする必要なんかないはずだけどな)

また、あの院長だ。あの、太陽神のようなオーラを放つ院長。

大きな紙袋を提げ、いかにも見舞い客らしい風体で、病棟を端から観察していく。危険度の高い感染症の患者なら、個室で間違いないだろうとあたりをつけた。プライバシーの確保という意味からも、そうするはずだ。個室かどうかは、廊下に出ているネームプレートの数で判断できそうだ。

一階から五階までの病棟で、個室は三十室ほどあった。自分ならそういう患者をどこに入院させるだろうかと考えながら歩いてみたが、見当もつかない。面会謝絶の札が下がっている個室だけでも、五室はある。ネームプレートを見ても、そもそも相手の名前がわからないので判断ができない。

いっそ、ひと部屋ずつ覗いてみようかと、覚悟を固めつつ二階の病室の前をうろうろしていると、面会謝絶の個室のひとつから、朗らかで力強い男性の笑い声が聞こえた。

「じゃあ、そういうことだから。またな」

爽やかな口調で男性が言い、引き戸が開くのを見て、アキは急いで隅の休憩スペースに向かって歩きだした。大勢の人が、個室から出てきた気配がする。ちらりと振り向くと、白衣の医師が三名と、看護師が一名、面会謝絶の個室を出て、ナースステーションのほうに歩きだすところだった。

――不破院長だ。

あらためて見れば、さほど背は高くない。すらりと姿勢がよくスマートで、白衣が映える。どこか神々しい雰囲気に見えるのは、彼の身に自然に備わった威厳のためだろう。

早足で歩き去った彼らの背中を見て、思い出した。院長は若い頃に、海外の紛争地帯などで医療ボランティアをしていたはずだ。ウガンダでウイルスに感染した医師と同じだった。ひょっとすると、医師と院長は知り合いで、だからこそ不破病院に受け入れたのではないか。

引き返してネームプレートを確認すると、沢良宜篤《さわらぎあつし》と読めた。意を決し、静かに引き戸を開ける。

「失礼します」

面会謝絶の患者だ。看護師に見とがめられれば、つまみ出されるのは間違いない。素早く中に滑り込み、戸を閉めた。

入り口にバスルーム、奥にベッドとソファがあり、冷蔵庫やテレビも備え付けられている。

ベッドで上体を起こして、雑誌を開いている男性が、驚いたようにこちらを見つめた。看護師でもない女性が、突然入ってきたのだから当然だ。付き添いの姿が見えないのが、好都合だった。

「――突然、失礼します。少しだけ、お話をさせてください」

アキは追い出される前に急いで言った。

「ウガンダで医療ボランティアに当たられていた、沢良宜先生ですね」

ベッドの男性は、こちらに対する判断を留保している様子で、曖昧な表情を浮かべている。すぐ否定しなかっただけで、アキには充分だった。沢良宜は三十代後半から四十代くらいに見える、よく日焼けした肩幅の広い医師だった。立ち上がれば、意外なほど上背もあるのかもしれない。皮膚は、砂で傷めたみたいにざらついている。

「月刊JITEKIに記事を書いております、小暮と申します。こんな形で、アポも取らずに突然伺って申し訳ないのですが、ウガンダでの医療ボランティアの様子を、取材させていただけないかと思いまして――」

以前、何度か仕事をさせてもらったことのある雑誌の名前をつい挙げたが、面識のある担当社員は、女性ファッション誌の編集部に異動してしまって、もう記事を書くこともないだろう。

沢良宜の目が、ふっと笑みを含んだ。

「――そうじゃないでしょう。マールブルグ出血熱について聞きたいんじゃないですか」

聡《さと》い男だった。お見通しだったかともじもじすると、彼は広げていた雑誌をぱたりと閉じて、笑いだした。雑誌は医学の専門誌のようだ。

「その雑誌のことは知りませんが、ウガンダの貧困層の医療に関する記事なんて、ほとんどの日本人が読みたいと思うはずがないからね」

「はい。――すみません。おっしゃる通りです」

観念して認めると、沢良宜が苦笑いした。

「ちなみに僕の身体には、まだウイルスが残っているそうですが、あなたはこんな場所にいてかまわないんですか？」

「だって――さっき、先生方が普通に出入りされてましたから」

事務長の若林も、血液や体液を通じて感染する病気だと言っていた。

「いいですよ。好きに聞いてください。だけど、もう三分もすれば、看護師さんが来ます。それまでの間です。僕は退屈しているので」

生死の境をさまよった後、ウイルスが体内から完全に消えるまで数か月かかるらしい。身体の調子は元に戻っているだけに、時間を持て余しているようだ。

三分の持ち時間を有効に使わねばならなかった。

「この病院の厨房で働いていた男性が、マールブルグ出血熱に感染して亡くなったのをご存じですか」

沢良宜が、殴られたようなショックを表情に出した。知らなかったのだ。

「――何ですって」

「本当なんです。病院は、男性が感染性廃棄物の保管所に無断で近づき、中身に触れたために感染したと言っています」

沢良宜の表情が深刻になるのを、アキは見守った。病院側は、彼が千足の死に責任を感じることを危惧して、話さなかったのだろうか。しかし、千足の死はとっくに新聞や週刊誌が報じているのに。

「テレビのニュースでも、やっていたんですけど」

探りを入れるように言うと、彼は眉間に皺を寄せた。

「僕は、あまりテレビを見ないんです。そうですか、それは全然知らなかったな――」

「マールブルグ出血熱というのは、そういった行為で感染する可能性があるんですか」

「もちろんですよ。僕が感染したのも、患者の血液を浴びてしまったからです。その時、向こうでは、いい防護服が手に入らなかったのでね」

あっさりと肯定され、次の言葉に困る。その程度のことでは感染しませんよ、と言ってくれるかと少し期待していた。

「その人は、なぜ廃棄物に触れたりしたんですか。理由があったのかな」

「それはわかりません」

「どうして、誰も僕にそのことを教えてくれなかったのか――」

沢良宜が沈んだ表情で唇を嚙む。ふと、先ほど病室を出て行った院長を思い出した。

「沢良宜先生は、院長先生とお知り合いなんですか」

「大学の先輩なんですよ。ウガンダのボランティアを紹介してくれたのも、不破先生です。マールブルグ出血熱に感染した時には、自分がなんとかするから、すぐ日本に戻れといろいろ手配してくれて――いくら感謝しても足りません」

やはり、院長の知り合いだからここに入院することになったのだ。

「ご存じかもしれませんが、不破先生は昔、アフリカで医療ボランティアに携わっておられましてね。今でもそちらに関わりを持たれているんです。本当に立派な方です」

「アンチエイジングを研究されていると伺いました」

「アンチエイジングは、不破先生の研究のほんの一部にすぎませんよ。そういうわかりやすい言葉のほうが、大衆受けするのでしょうけどね」

「それ以外の研究というと、どういう内容なんでしょう」

「ひとことで言うとね、不破先生の研究が進めば、この世からガンを撲滅できるかもしれないんです。その他の難病についても完治させられるものがあるかもしれません。先生は、細胞の遺伝子治療を研究しているんですよ」

沢良宜の声には、尊敬の念が滲《にじ》んでいる。不破との関係をもっと詳しく尋ねようとした時、病室の引き戸が開いた。はっと振り向くと、厳しい目をした年配の看護師がいた。

「どちらさまですか。ここは面会謝絶なんですが」

とっさに言い訳できずまごつくアキに、「知り合いだよ、僕がかまわないと言ったんだ」と沢良宜が助け船を出してくれた。はるばるアフリカまで治療に出かけるような医師だ。困っている他人を放っておけないタイプなのかもしれない。ふだんのアキなら、「お人よし」と一言のもとに切り捨てそうだが、助かった。

「勝手にそんなことをおっしゃると困りますよ、沢良宜先生。面会されるのでしたら、ナースステーションを通していただかないと。外には記者も来てるんです。院長が厳しく断っているんですよ」

マールブルグ出血熱の国内感染者が出たので、記者たちの取材熱が高まったのだろう。

「あの、すみません。私はもう出ますから」

アキは慌てて床に置いた紙袋を拾い上げた。万が一、記者だとバレると面倒なことになりそうだ。今後、病院への出入りを禁じられても困る。水穂は退院したが、まだ通院は続いているのだし。

「次にいらっしゃる時は、必ずナースステーションを通してください」

「わかりました」

今回は叱責だけで見逃してくれたようだ。看護師に睨まれながら沢良宜に頭を下げ、そそくさと退散した。

不破を尊敬している沢良宜からは、病院の内情など聞けそうにない。病院に悪感情を持つ退職した看護師も見つからない。

――あとは、入院患者と老人ホームの入居者か。

長く入院している患者とその家族なら、病院についても多面的な意見を持っているかもしれない。どうすれば彼らと接触できるかと考えて、松原の母親の話を思い出した。病院の図書室に、ボランティアスタッフがいる。自分の懐具合を考えればボランティアどころではないが、病院に潜り込むには良い手かもしれない。

ボランティアに申し込もうと、案内図を見て病棟一階の図書室に行ってみたが、誰もいなかった。スタッフは、病棟を巡回しているようだ。ボランティアなら、自然な形で病室に出入りできるのも、都合が良かった。本を勧めながら、病院や医師の噂話もできるかもしれない。

スタッフが戻るまで、思いついて病棟の屋上に上がってみた。この前は雨模様だったが、今日はからりと晴れた良い天気だ。

天気がいいためか、ヘルパーに付き添われ車椅子で散歩中の患者がひと組と、手すりを使って歩行訓練をしている患者と理学療法士がひと組いた。そちらに軽く会釈して、彼らから離れた隅に歩いていく。

――心地のいい風が吹いている。

アキは目を細め、しばし夏の日差しと、涼やかな風を楽しんだ。ささくれ立った気分を、ほっと和ませてくれる一瞬だった。

――ちたりんがいたら、屋上のことを教えてやったのに。

そう考えて涙ぐむ。地下の暗い場所で、秘密を暴こうとして命を落とした千足を思えば、ささやかな陽光ですら後ろめたい気分になる。

かすかに、煙草の香りを嗅いだ。

驚いて振り向くと、先日と同じ喫煙所に、桂という若い医師の姿があった。

――また、あの先生。

看護師の三塚真弓とも親しい様子だった。

今日も白衣の背中を年寄りのように丸め、ベンチに座って煙草をふかしている。不思議に思った。あの医師はいつも屋上で時間を潰しているのだろうか。病院勤務の医師は、多忙を極めているはずだ。

「あら、また桂先生」

車椅子の患者が、エレベーターに戻ろうとして桂に気づき、口元に手を当てて笑う。患者にまで「また」と言われるくらいなのだから、よほどたびたび現れるのだろう。桂は顔を上げて患者と視線を合わせ、温和な微笑を浮かべた。

「やだ先生、またさぼってるんですか」

エプロンをかけた患者の付き添いまで、そんなことを言ってからかう。どうやら、患者たちの間で桂は人気があるようだ。

「いやだなあ。これはさぼってるんじゃなくて、単なる実験の結果待ちですよ」

桂の答えに患者たちが笑いさざめいた。

憂いを秘めた雰囲気は、桂が患者たちを前にしているとさほど感じない。あれは、雨の日が見せた、ある種の幻影だったのだろうか。今日は、顔立ちは端整だけれど、ごく普通のやや内気な青年に見える。高齢の女性患者らを前にして、はにかむような甘い笑みを浮かべているのが、いかにも女性受けしそうだ。

車椅子の患者と付き添いが、エレベーターに乗り込んで姿を消すと、桂がこちらを見てぺこりと頭を下げた。彼も覚えていたらしい。

実験の結果待ちというからには、臨床医ではなく、不破院長の研究を手伝っているのだろうか。理系の研究は、待ち時間が長いと聞いたこともあるが――。

――でも、やっぱりさぼってるんだよね。

そう考えたのが表情に出たのか、桂がにやりと笑った。妙に凄《すご》みのある微笑だった。この青年は、口角の上げ方ひとつでずいぶん顔の印象が変化する。

「この前も、ここでお会いしましたね」

桂の声は、落ち着いたバリトンだ。

「あの――先日は、失礼しました」

なんとなくどぎまぎして応じると、桂は煙草を灰皿に押しつけて火を消した。

「あら桂先生、若い女の子に声かけてるわね」

歩行訓練をしていた女性の患者が、孫でも見るように嬉しげに、桂に声をかけた。高齢の患者にかかると、自分でも「若い女の子」になるのかとアキはたじろいだが、桂は平気な顔でそちらに手を振り、「邪魔しちゃダメでしょ、岡田《おかだ》さん」と軽薄な口調で返した。本当に、たまねぎの皮を剝くように、つるつると異なる顔が現れる男だ。

「どなたかのお見舞いですか」

「母はもう退院したんですけど、知人が入院していて」

言わなくてもいいようなことまで、この男の前に出ると、ぽろりと口にしてしまう。

自分が上がっていることに気づいて、アキは心底驚いた。

「でも、お見舞いが本当の目的じゃないでしょう」

いきなり桂がそんなことを言ったので、ぎくりとした。どうして見抜かれたのだろう。千足の件が病院中に知れ渡っていることは間違いないが、千足と自分の関係まで知られているのだろうか。

桂が小さく息を吐き出した。

「――冗談ですよ。そんなに深刻な顔をされると、僕に会いに来たんでしょう、って言えなくなっちゃうじゃないですか」

アキは一瞬、呆気《あっけ》にとられ、それから安心しすぎて吹き出した。

「言ってますよ、もう」

「あ、そうか」

「桂先生――ですか」

「桂省吾《しょうご》です」

今度は、子どものような天真爛漫《てんしんらんまん》な笑顔を見せる。

「――私、小暮アキです」

名乗るのは抵抗があったが、この医師とは素直に話をしたほうがいいという直感が働いた。そもそも、こんなに仕事をさぼって屋上で油を売っているのは、病院や院長に何らかの不満があるからじゃないだろうか。この医師こそ、自分が探し求めていた、内情を暴露してくれる内部告発者になる可能性があるんじゃないか。

また、エレベーターが開いた。

降りてきたのは看護師の三塚真弓だった。アキがいるのを見て、明らかにぎょっとしたようで、桂と見比べて険悪な表情になった。

「桂先生、もうお時間ですから。院長先生が捜してましたよ」

「――ん」

重い腰を上げるように桂が立ち上がり、伸びをする。しなやかな猫のような動きだ。

「それじゃ、また」

彼はこちらを見てそう言うと、屋上の反対側で熱心に歩行訓練をしている患者にも手を振り、「岡田さん、またね」と声をかけた。

この美男の医師にとって、これはただの挨拶にすぎないのだ。王侯貴族がしもじもの者に振りまく愛想だ。そうアキにも察しがついたが、桂の流し目にはちょっとどぎまぎした。

桂が先にエレベーターに乗り込むと、きつい目をしてこちらを見ていた三塚が、つかつかと近づいてきた。

「小暮さんが、どうしてここにいるの」

「知り合いが入院してるからだけど」

「また何か企んでるんじゃないの」

三塚の吊り上がった目が燃えている。ああ、彼女はやっぱり自分を恨んでいたのだ。わかってはいたし、当然だとは思うが、こんなふうに憎しみをぶつけられると、さすがにアキもひるんだ。

「——三塚さんが、ここに勤めてるとは知らなかった」

三塚が鼻で笑った。

「私を脅すつもりなら、無駄だからね。ここの院長先生には、前の病院で何があったかみんな話したの。それでも雇ってくれたのよ。前の院長はひどいね、って言ってね。あんたたちがやったことも話したわ。機会を見つけて、不破院長に必ず言っとく。あんたが、今度はこの病院に出入りしてるから気をつけてって」

冗談ではない。そんなことを言われたら、こちらの調査がやりにくくなる。

「待ってよ、三塚さん。私だって、あなたには気の毒なことをしたと思ってる。あの病院がやってることを記事にして、すべてを明るみに出そうとしたのよ。だけど、記事が載る前に、病院が証拠を隠滅してしまって、編集者が――」

「嘘つかないで！」

　三塚が目をさらに吊り上げた。

「私ね、あんたたちに喋った後、前の病院の院長に呼ばれたの。何もかも教えてもらった。あんたと仲間が、院長を強請ったこともね。院長は、記事に書いてあることをみんな知ってるのは私だけだって、ピンときたんですって。だからクビになったの。知ってた？」

「それは――」

「私は、正しいことがしたかったの。あんなひどいこと、許せなかったの。だからあんたに話した。だけどあんたは、正義のためにやったんじゃなかった。この大嘘つき！お金が欲しかったんでしょ。本当は、患者のことなんかどうでも良かったんでしょ！」

「違う、三塚さん。そういうわけじゃ――」

「違わない。桂先生にもちゃんと話しておくから安心して。あんたには絶対に気を許すなって」

　捨《す》て台詞《ぜりふ》を吐くと、三塚はエレベーターに向かった。桂はまだ、そこにいた。激しく口論している女性ふたりを、いぶかしげに見るでもなく、関心がなさそうに、ぼうっと佇《たたず》んでいた。まるで彼自身は別の世界に住んでいて、透明な膜越しにこちらを眺めているかのようだ。

「三塚さん！」

呼びかけに彼女は答えなかった。憎しみをこめてこちらを睨み、エレベーターの扉を閉めた。駆け寄って強引に後を追う勇気は、なかった。

4

「鈴村《すずむら》さんは、恋愛ものをお読みになると聞いたので、恋愛ミステリーなんかどうかと思って」

「へえ、面白そうじゃない。どれか貸してくれる？」

アキはよく知られた女性作家の単行本を一冊抜き出し、枕に背中を預けた鈴村に渡した。鈴村の病名は知らないが、四十代の独身女性であることは知っている。会社員だそうだが、ひと月近く入院していて、職場に戻ったら机がないかもしれないと苦笑していた。初対面なので冗談に紛らせているが、本音ではかなり焦っているだろう。重い病気なのだろうが、見ただけではわからない。

「あたし、読むのゆっくりだけどいい？」

「もちろんですよ。ごゆっくりどうぞ」

図書室の本を山積みにしたカートを押しながら、アキは病室を順に回っていく。

毎週金曜、午後一時から五時までの図書室ボランティアスタッフだ。今日が初めての活動だった。淡いサーモンピンクのポロシャツとスウェットタイプのグレーのパンツがスタッフの制服だ。医師や看護師は白衣、看護助手は薄緑の制服に揃いのエプロンなどと、みんなひと目で職掌がわかる。こんなところも、不破病院はきっちりしていた。

来てみて初めて知ったのだが、不破病院には多くのボランティアスタッフが出入りしている。定年退職後、空いた時間を地域のために活用しようと、患者の案内や受付業務のサポートをするボランティアもいた。みんな、週に一度、数時間程度の仕事を引き受けている。長期にわたり入院している患者の話し相手になるという活動もある。

図書室ボランティアスタッフにというアキの申し出は、ライターという職業と、母親が最近までここに入院していてお世話になったからという申請理由によるのか、スムーズに受け入れられた。スタッフは十人ほどいて、日替わりで図書の貸出や返却業務を行っている。金曜はもうひとり、古川《ふるかわ》という六十代の女性が入っていた。つい最近まで中学校の校長先生だったそうで、いかにもそれらしい雰囲気がある。業務について親切に教えてくれたが、子どものころ学校や教師が苦手だったアキは、古川から逃げて、さっさと病棟を巡回したくなった。

不破病院の内情を探るのに、ボランティアスタッフというのは名案だと思ったのだが、週に一度の活動では患者と親しくなるのも難しい。予想外に時間がかかりそうだ。母の水穂には、週に一度だけ、自分が出かける間はおとなしくテレビを見ていてくれと頼んであるが、こうしている間にもお湯を沸かそうとして火傷《やけど》していないか、火事など出していないかとひやひやする。

それに、そろそろ生活費が尽きてきた。島津に頼めば少しなら前借りさせてくれるかもしれないが、あまり借りを作りたくない。近所のコンビニで深夜勤務のアルバイトを募集していて、その時間帯なら水穂が寝ているので応募しようかと考えてもいる。

――こうして病棟を回るうちに、三塚看護師にばったり会ったらどうしようか。

それも、不安の種だった。

屋上で三塚に罵られたのは三日前だが、彼女はもう院長に自分のことを告げてしまっただろうか。調査がやりにくくならないか。ボランティアスタッフの名前まで、院長がいちいちチェックするとは思えないが――。

今度、桂医師に会ったら、どんな顔をされるのかも心配で、ボランティアの時間が始まる直前に、こわごわ屋上にも行ってみた。桂の姿はなく、ただリハビリに励む患者と理学療法士らが数組いただけだった。さすがに、いつも屋上で煙草をふかしている医師というのも怖い。

「あれ、あなたは確か」

カートを押しながら廊下を歩いていたら、ふいに声をかけられてぎくりとした。斜め前方の病室から出てきた白衣の男性に、見覚えがある。今日はマスクを外しているが、水穂を診察してくれた苑田医師だった。

「小暮さんの娘さんですね」

「その節は、母がお世話になりまして」

苑田がアキのポロシャツに目を留めた。

「図書室のボランティアですか」

「はい、こちらの病院には、母の件でたいへんお世話になりましたので。少しでもご恩返しをと思って」

アキは慌てて頭を下げた。苑田が目元をほころばせた。いつもマスクで顔半分が隠れていたのでわからなかったが、笑顔の爽やかなスポーツマン風の青年医師だった。

「恩返しだなんて、小暮さんも古風なことをおっしゃいますね。でも、ボランティアは正直、助かります。患者さんたち、いろいろと話しかけられるのを喜ぶでしょう。入院期間の長い患者さんもいますし、ご家族が毎日来られるとは限りませんから」

殊勝に頷くしかない。こんな場合の言い訳を、あらかじめ考えておいて良かった。苑田はすっかり信じたようだ。たぶん彼は、この病院でマールブルグ出血熱に感染して亡くなった千足が、アキの知人だとは知らないのだろう。知ったら態度が変わるかもしれない。

「それじゃ、ぜひ頑張ってください」

会釈して別れようとした時、エレベーターを降りた白衣の男性がちらりと見えた。アキの視線に気づいたのか、苑田もそちらを見た。桂だった。病棟に用があるのではなく、試験管を何本も立てた籠を抱えて、検査室を目指しているようだ。こちらには気づかなかったようで、さっさと歩き去った。

「――今の人も、お医者さんですか」

苑田にあえて尋ねたのは、自分が桂に強い興味を持っていると悟られないためだ。

「医師で、研究者ですね。この病院には、臨床で患者さんの診察にあたる医師と、ああして基礎研究を行う医師の両方がいますから。ここの院長は、両方するんですよ」

苑田の口調には、院長に対する心服ぶりが表れている。沢良宜にしても苑田にしても、不破院長を知る医師たちは、どうしてこれほど全面的な尊敬の念を抱いているのだろう。

それじゃあ、と互いに頭を下げ、苑田と別れた。ボランティアの活動時間は短いが、医師や看護師らは外来患者の診察をし、合間には入院患者の治療にあたりと、時間をやりくりしながら多忙な一日を過ごしている。

時おり自宅に電話して、水穂の無事を確認しながら、初日を無事に終え、私服に着替えて図書室を出た。ポロシャツなどの制服は貸与だが、三か月以上続けると、辞める際にプレゼントしてもらえるのだそうだ。

帰る前にも、屋上に行ってみた。やはり桂の姿はない。今日はさぼっている暇がないということか。あるいは、三塚に話を聞いて、アキに会わないよう屋上で煙草を吸うのをやめたのかもしれない。

——自分に会わないように。

何かが、ぐさりと自分の中心に突き刺さる気がした。桂には、いろいろ聞きたいことがあったのだ。もし彼が病院に不満を持っているのなら、裏話を聞かせてくれるんじゃないかとも期待していたのに。

洗濯するため持ち帰る制服を紙袋に入れ、建物を出る。駐車場に続く砂利道を踏んで歩いていくと、「こっち！」という明朗な声が聞こえてなにげなく振り向いた。

「こっちだよ、小暮さん！」

白衣を着た桂が、手を振っている。

驚いてそちらに向かった。病院の裏手に駐車場と駐輪場があり、端の車に隠れるようにして、桂が煙草を吸っている。コーヒーの空き缶を、灰皿代わりにしているようだ。

「桂先生！　どうしてこんな場所で？」

どう見ても正規の喫煙所ではなさそうだし、だいいちこんな場所で白衣を着て煙草なんか吸っているのが患者や家族に見つかったら、苦情が殺到しそうだ。

桂が人懐こい笑顔を見せた。

「三塚さんに屋上の喫煙所がバレたからさ。あそこでさぼってると、すぐ追いかけてくるんだ。ここならしばらく見つからない」

一瞬、笑みとともにこぼれた、つやつやの真珠みたいな歯に見とれた。この男には、純真な高校生みたいな清潔さと、老練な人たらしの手管とが同居している。

「小暮さん、図書室のボランティアスタッフに申し込んだでしょう」

悪戯《いたずら》っぽく指摘され、どきりとした。どうして知っているのだろう。

「さっき、カート押して走り回ってたじゃない。何度か見かけたけど、小暮さんも仕事中だったから、声をかけなかったんだ」

「私のこと――」

「ああ、三塚さんに聞いたよ」

あっさりした口調で言われ、動揺を隠せなかった。三塚が過去のいきさつを話したのに、なぜ警戒もせず口をきいてくるのだろう。

「あなた、三塚さんが前に勤務していた病院を強請ったんだって？　やるねえ」

虚をつかれ、アキは黙り込んだ。桂は楽しそうに煙を天に向かって吹き上げ、微笑した。

「三塚さんは怒ってるけどね。そりゃまあ、彼女は利用されてクビになったわけだから。

僕は話を聞いて、面白いと思ったな」

「面白い――」

「だって、向こうの病院が全面的に悪いんだし。小暮さんは、向こうの院長を懲らしめたわけでしょ。すごいじゃない」

誉められるようなことをした覚えはなく、途方に暮れて黙っていると、桂は短くなった煙草を缶に押し込み、唇の端をきゅっと持ち上げた。

「三塚さんは、小暮さんがうちの病院も強請ろうとしてるんじゃないかって疑ってるけど。僕が思うに、不破病院にそんな弱みはないからさ。好きに調べてくれていいよ」

まるで調査をけしかけるようだが、桂は悪戯っ子のように笑っている。魅力的な笑顔を見守るうちに、この男はもしや、自分を籠絡して調査をやめさせるつもりで、こんな会話をしているのではないかという疑いが首をもたげた。口調だって、初対面に近い相手とは思えないほど馴《な》れ馴《な》れしい。

「ひょっとして、三塚さん――院長先生にも何か話したんでしょうか」

「うん、話してた。僕はそれを、横で聞いてただけなんだ」

「それじゃ――」

調査にも影響が出るだろう。自業自得とはいえ、三塚が恨めしくなる。

「心配いらないよ。小暮さんのお母さんが、うちの患者さんだってことも、不破先生は知ってるから。小暮さんはお母さんの付き添いで来てるだけかもしれないから、他の先生たちにめったなことを言わないようにって、三塚さんに釘《くぎ》を刺してたよ。邪推して、患者さんが不利益を被るようなことがあってはいけないからって」

不破院長の真意をはかりかねて、アキは口ごもった。素直に受け取れば、なんともありがたい言葉だ。水穂を今までどおり不破病院に通わせることができるし、医師や看護師らとの関係が悪くなることもないだろう。しかし――本気だろうか。他の病院を強請ったライターが自分の病院にも出入りしていて、ひそかに調査しているかもしれないと聞かされて平気な院長なんて、いるものだろうか。

「不破先生は、聖人なんだよね」

アキの視線に疑念を読み取ったのか、桂が新しい煙草を取り出しながら付け加えた。若いくせに、今どき珍しいチェーンスモーカーだ。島津と話が合うかもしれない。

「彼にとっては、患者が絶対なんだ。患者の利益と幸福を最優先に考えて、自分のことは二の次なんだよ」

桂の言葉が本当なら、不破院長は神様のような存在だ。若い医師や看護師の集団を従え、さっそうと歩いていく不破院長の姿が、オリュンポスの神のように見えたことを思い出す。松原の母親も、不破院長を崇拝しているようなことを言っていた。

それを信じきることができないのは、自分の性根が悪いからだろうか。あまりに皆が口を揃えて誉めると、かえって疑わしく思えてくる。

「桂先生は、こちらの病院に勤務されて長いんですか」

「もう五年くらいかな。学校を卒業してすぐ、不破先生に誘われてきたんだ。僕は先生のゼミにいたから」

医学部を卒業するのに、短くても六年はかかるから、ストレートで大学に入ったとしても、卒業する時には二十四歳になっている。それから五年、不破病院に勤務しているとして、桂は三十前後ということだ。

「いま、僕の年を計算したでしょ」

桂が愉快そうに言う。

「小暮さんって、本当に面白いよね。何もかも顔に出ちゃうんだから」

そんなことを言われたのは初めてだ。自分では、島津の下で働いているし、いっぱしの海千山千のライターになったつもりでいた。反応に困り、顔が赤らむのを覚える。

「その——不破院長は、若い頃に医療ボランティアで海外に行かれたそうですね。マールブルグ出血熱に感染して、帰国した後こちらに入院された沢良宜先生も、不破先生の後輩だということですし——。桂先生も、そういった流れで勧誘を受けたのかと思って」

「やっぱり、小暮さんってライターさんだな」

いきなりそんなことを指摘され、驚くとともに慌てる。

「悪い意味じゃないよ。ほら、いろいろとユニークな質問をするじゃない」

たしかに自分は、桂の言葉でペースを乱され、態勢を立て直すため無意識に取材モードに切り替えていた。

「すいません、数日前に初めてお話ししたばかりなのに、こんなことばかり、根掘り葉掘りお尋ねして」

「いいよ、どんどん聞いてくれて。——僕はボランティアにはあんまり興味ないんだ。自分の研究をやってるほうが楽しいから」

「桂先生のご研究って、どんなことをされてるんですか？　——って、あの、私が伺ってもわからないとは思いますけど」

桂がついに吹き出した。こんな表情もするのか、とアキが見とれたほど、のびのびとした笑顔だ。

「これって取材なの？」

「いえ、取材ってわけでは——」

「残念。取材なら、いっそ研究室を見せてあげようかと思ったのに」

思わず目を丸くした。そんな場所に、部外者が入ってもいいものだろうか。

「素人さんが見ても、何をやってるかわからないと思うけど。でも、話を聞くだけだとよけいにわからないよね。僕がやっているのは、トランスフェクションだよ」

「トラ――？」

「遺伝子移入。遺伝子導入ともいうけど。細胞内に、DNAのセットを入れて、新しい特徴を持つ細胞を培養するんだ」

聞くだけだとよけいにわからないと言われたとおり、桂の言葉は門外漢のアキには呪文のようだった。それでも、遺伝子とかDNAとか言われただけで、どことなく難しそうなイメージが湧く。

「遺伝子導入って――私のイメージでは、遺伝子組換え作物が浮かんで、あまりいい印象ではないんですけど」

「あれ、小暮さんも、GM作物を目の敵にするタイプかな？」

桂が面白そうにこちらを見つめた。目がきらきらと輝いている。この男は、何かに興味を引かれると、こんな目つきになるらしい。しかも、桂の場合は、どこかに底意地の悪い喜びも潜んでいるようで、不破院長がオリュンポスの神なら、彼はファウスト博士を堕落させた悪魔メフィストフェレスのようだとも思う。それも、とびきりの美男に化けたメフィストだ。

「GM作物っていうんですか」

「そう、遺伝子組換え作物を英語でジェネティカリー・モディファイド・オーガニズムというので、頭文字をとってGM作物あるいはGMOというんだけどね。何にしても、僕らの研究とはあまり縁がない。不破先生の研究は、ひとことで言えば細胞の老化をつかさどる遺伝子に働きかけること」

「それって、アンチエイジングってことですか？」

「それも無関係ではないけど、ガン細胞は、老化をつかさどる遺伝子と深い関係を持つことがわかっているんだ。だから、裏返せばガンの研究にもなる」

何もかも、今までに松原の母親や、杉原に聞いたことと同じだった。

「変なことを伺いますけど、こちらにメゾンメトセラという高級老人ホームがありますよね。そこに、ガンの患者さんが多数入居されているという話を聞いたんですけど」

さすがに、「ホームでガン患者が多数発生している」という言い方は棘がありすぎると判断し、柔らかく言葉を包んで尋ねると、桂はあっさり頷いた。

「そうだね。不破先生はガン研究でも有名だから。先生を頼って来られる患者さんも多いんだ、この病院。患者さんが、安心感を求めてホームに入るケースも多いからね」

「不破院長がじきじきに診察するんですか」

「主治医は別にいるんだけど、不破病院では、ガン関係のカルテには、院長がすべて目を通しているんだよ。治療方針を指示することもあるし、院長の意思がかなり入ると考えたほうがいいだろうね。院長の回診も頻繁に行われているし」

そんな熱心な医師を、邪推する自分のほうが異常なのだろうか。話を聞く限り、不破院長は理想的な医師のようだ。いや、桂の話が本当なら、身近にそんな病院があることが奇跡のようにも感じられる。

桂がちらりと腕時計を見た。ずいぶん長い間、彼を引きとめてしまった。

「それじゃ、小暮さんは本当に、僕の研究室を見に来るといいよ。興味があるなら、いろいろ見せてあげるから。電話は嫌いだから持ち歩かないけど、前の日までにメールをください。桂アットマーク、不破ホスピタルね」

なんともざっくりした言い方でメールアドレスを伝えると、空き缶を握ったまま、桂は手を上げて立ち去った。

——自分は、見当外れの調査を進めているんだろうか。

桂の説明は、筋が通っている。不破院長はガン研究の権威で、彼を頼る患者が不破病院には大勢来ている。なかには生活に余裕があり、いつでも不破やその弟子たちの往診を受けられるよう、メゾンメトセラに住む患者もいるだろう。そう考えてみると、この状況にはなんの不思議も、怪しい点もないようだ。

——病院を疑ったせいで、ちたりんは死んだのに。

自分は、千足を死なせた罪悪感から、誰かに責任を転嫁したくて不破病院を調べようとしているのだろうか。

自宅に帰る道すがら、アキはずっとそんなことを考え続けていた。

「ただいま。お母ちゃん、何も問題なかった？」

マンションの部屋に帰ると、水穂はベッドでおとなしくテレビを見ていた。

「お帰り。今日も千足ちゃんは来ないのかね」

水穂の中では、まだ千足は元気なままで、そのうちいつものようにニタニタ笑いながらスーパーのレジ袋を提げて入ってくることになっているのだろう。もう、その考えをいちいち否定するのはやめた。

「うん、今日も来ないよ」

ざっと台所や水穂の部屋を見渡したが、特に異常はない。数時間程度なら、こうして静かにひとりでいられるのだろうか。それなら、今後は昼間に少しアルバイトを入れて、生活費を稼ぐこともできる。

骨が、という言葉を聞いた気がして、アキは水穂が食い入るように見つめているテレビを覗き見た。いつも見ているバラエティ番組は終わり、報道番組になっている。千葉の木更津《きさらづ》港が映っていた。子どもの大腿骨《だいたいこつ》らしい骨が、近くの海岸で見つかったのだという。散歩中の犬が、急に浅瀬に飛び込み、骨をくわえて戻ってきた。大きさなどから、六歳から八歳くらいの子どもの大腿骨と見られるとのことで、事件性について警察が調べているとアナウンサーが伝えた。

「いやだ、ほんとに近ごろは気持ちの悪い事件ばっかりだね」

アキは顔をしかめ、水穂のために、別の局のバラエティ番組にチャンネルを合わせた。

虐待されて死んだ子どもの遺体を、誰かが捨てたのかもしれない。行方不明の届け出があればいいほうで、それすら出ていないのかもしれない。望まれない子ども。誰にもその存在を知られず、愛されてもいない子ども。そんな子どもも、この世の中には生まれている。

ただ生活するだけで、くたびれ果てる世の中だ。弱い人間は、自分よりさらに弱い人間に当たろうとする。食物連鎖の底辺にいるのが、親や周囲の大人たちから適切な庇護《ひご》を得られない子どもたちだった。

——六歳から八歳の子ども。

見つかったのは大腿骨だけだが、海で溺れたのだろうか。海岸に埋められたのだろうか。それとも海に捨てられたのか。誰がやったのか。どれだけ心細く、怖い思いをしたことだろう。そこにいたる経緯を何十、何百通りと想像できて、アキはだんだん気が滅入った。

多くの場合、子どもをこうした悲劇に追いやるのは貧困だ。無責任な親が理由に挙げられるケースもあるだろうが、それだって根本的には貧困が原因であることも多い。教育を受けられなかった親世代が、子どもの教育を等閑《なおざり》にする。他にも民法の規定が影響して戸籍を取得できない無戸籍児が、国内に少なくとも数百人はいる。

スマホの着信音が鳴ったので、我に返った。ダース・ベイダーの電子音声で、「アイ・アム・ユア・ファーザー」と言うのは島津の設定だ。考えようによっては、島津はたしかに自分の精神的な父親のようなものだった。

『お前、しばらくこっちのデータマンやらないか』

島津の電話はあいかわらず唐突だ。データマンというのは、取材をして資料を集め、記事を書くのに必要な材料を揃える記者のことだ。最終的な記事を書くのはアンカーという。

「島津さん、今ノンフィクションを書いてるんじゃなかったっけ」

『そうだよ。近年の格差問題について調べてたんだ。しかし、次から次へと事件が起きるんで、今のスタッフじゃ間に合わん。お母さんの具合はどうだ？　もし時間があるようなら、一日に数時間でいいから手伝わんか？』

それは願ったりかなったりだ。数時間程度なら、水穂が昼寝をしている時に調査に出かける手もある。不破病院のほうは、桂が突破口になる可能性はあるが、図書室のボランティアは週に一度しかない。すぐには動けない状況だ。

『ただしな、予算の都合上、あんまりギャラを出せないんだ。調査の実費プラス時給でやってくれんか』

「えっ、時給？」

データマンのギャラが時給だなんて、初めて聞いた。どうせ、こちらが仕事にあまり長い時間を割けないとわかっていて、言っているのだろう。

『時給はずむよ。千円でどうだ』

いろいろ割に合わない気はしたが、近所のコンビニで働くよりマシかもしれない。

「――わかった。こっちも、あまり遠くまで取材には行けないしね」

『わかってる。遠方は他の奴にやらせるよ。小暮は東京周辺で頼む。後でさ、取材対象のリストをメールで送るから』

ほくほくした声で、島津が通話を切った。格安のギャラで、アキを確保できたと喜んでいるのだろうか。

――子どもの貧困のことを考えていたら、格差問題に関する取材のデータマンとはね。

島津が、本音ではそういう硬派な社会ネタをやりたがっていることは、知っていた。ただ、そういう記事の取材や執筆だけでは、メシが食えないだけだ。

パソコンを立ち上げて島津からのメールを待つ。すでにリストを用意してあったのか、メールはすぐに届いた。井の頭から、一時間以内で行ける場所で起きた事件ばかりだ。

島津も一応、気を遣ってくれているらしい。

水穂の要介護認定は、まだ結果が出ていない。不破病院から紹介されたケアマネージャーは、要介護2か、3程度になるのではないかと話していた。そうなれば、介護保険を利用して、たまにデイサービスなども受けられるだろう。やはりプロとはよくしたもので、ケアマネージャーの支援を受けられるようになって、世の中には水穂のような状態の患者をサポートしてくれる、さまざまなサービスがあるのだとわかってきた。もちろん、費用はそれなりにかかるのだが。

——なんとかなる。

思えば、介護保険の利用を真剣に検討し始めたのも、不破病院のサポートを受けるようになってからだった。複雑な気分だ。

島津から、メールがもう一通届いた。追加の事件リストで、そちらのほうが件数も多いことに気づいて苦笑いする。島津らしい。

五歳の子どもに食事をほとんど与えず、児童相談所の職員が救出した時には、心も身体も三歳児程度にしか発育していなかったケース。懐かない二歳の幼児を父親が投げ落とし、頭蓋骨骨折で死亡させたケース。シングルマザーの母親が自宅で愛人に会う日には、五歳と三歳の兄妹を自宅から追い出して路上をさまよわせたケース。

親の責任だけでなく、そばにいる誰かがどうにかできなかったのか、助けるためのサインひとつ出すこともできなかったのかと、暗然とする。しかし、自分のようにふらふらと暮らしている人間に、彼らを責める権利などないだろう。

自分にできることと言えば、ただこの殺伐とした世の中を嘆くことくらいだ。

「——あ」

木更津で見つかった、子どもの大腿骨の件が追加されている。島津も先ほどのニュースを見て、急いで追加したのだろうか。

事件は全部で八件あった。まずはネットや図書館で新聞報道など基礎的な資料を集め、少しずつ現地調査に取りかかるしかない。

久々に、手ごたえを感じてきた。

翌日から、資料集めに入った。

杉並区、三鷹市、武蔵野市の境界が交わるこのあたりには、公立の図書館がいくつもある。

アキの自宅からもっとも近いのは、吉祥寺駅北口からすぐの武蔵野市立吉祥寺図書館だ。あとは、杉並区立宮前《みやまえ》図書館と、三鷹市立三鷹駅前図書館がほぼ同じくらいの距離にあった。水穂が昼寝に入ったら、まずは吉祥寺図書館に駆けつけて、新聞の縮刷版などをあさることにした。

——ちたりん、ちょっとだけ待っててね。

千足の件を忘れたわけじゃない、と少しやましい気分をねじ伏せ、心の中で話しかける。必ず真相を解明すると誓った、心の熱が冷めたわけでもない。だが、あれは本当に、掛け値なしの事故にすぎず、病院側に落ち度はなかったのかもしれないとも考え始めている。

それに、不破病院は、自分が疑ったような悪徳病院とは対極にある存在らしい。

過去の新聞や雑誌を集めて、必要な部分のコピーを取っていく。昨日、木更津で見つかった人骨についても、今朝の新聞に記事が載っていたが、情報量は増えていなかった。

「こちらの週刊誌は、保存期間を過ぎているので、ここではもう処分されてしまったところなんですよ。でも、中央図書館か三鷹のほうならあるかもしれません」

目的の雑誌が見つからず、カウンターで尋ねると、ベリーショートにした司書の女性が、そう教えてくれた。

「それ――まだあるかどうか、聞いてみていただくわけにはいかないでしょうか」

「ええ、いいですよ」

気さくに応じてくれた司書が、あちこち電話をかけ、三鷹市立図書館の本館に残っていることを調べてくれた。まだ捨てないで、取り置いてくれるらしい。

「これから行ってみます」

三鷹図書館は人見街道の三鷹市役所の近くにある。徒歩では時間がかかりすぎるので、吉祥寺の駅前からバスに乗った。そちらでも目的の雑誌のコピーを取り、すべての資料を集めると、ずっしり持ち重りする量になった。

——帰りは歩こうか。

人見街道沿いに歩いていけば、途中で不破病院の前を通る。図書館のロビーでそう気づいて、前日までにメールを送れと言っていたので、すぐには見ないだろうなと思いつつ、昨日聞いた桂のメールアドレスにメールを打った。

『なんだ、前を通るならおいでよ。研究室を見せてあげる』

今日は珍しく連絡のつく場所にいたらしい。即座に返ってきたメールに、口元がほころぶ。自分の宝物を見せたくてたまらない、子どものようじゃないか。

「本当にいいんですか。問題ないです。十五分くらいで着くと思いますけど」

『いい、いい。十五分後に、病院玄関でお待ちしています』

桂先生のエスコートつきらしい。苦笑いしながら時計を覗いた。水穂が目を覚ますかもしれないが、少しくらいなら大丈夫だろう。

重い紙袋を抱えて不破病院に着くと、まだ遠いうちから、玄関の脇に立つ白衣の桂が、にやりと唇の端を歪《ゆが》めるのが見えた。遠目にも目立つ。出入りする女性の患者たちが、白衣を着た青年に一瞬見とれ、どの科の先生かと詮索したそうな様子まで見てしまった。

「ようこそ、不破病院へ」

きらりと目を光らせ、芝居がかって一揖《いちゆう》する。危うく吹き出しそうになった。桂の手が、さっと伸びて紙袋を奪った。

「重いね。持ってあげる」

「すいません。ありがとうございます」

彼がさりげなく中身を確認したのも見てしまった。見た目と違う重さに驚いたのだろう。あるいは、和菓子屋の紙袋だったので、手土産かと勘違いしたのかも――しまった、何も持たずに来てしまった。

「すごいコピーの山。ライターさんらしい感じだね」

「ちょっと仕事を頼まれちゃって。今日はほんとに、突然お邪魔してすみません。不調法で、何も用意せずに来てしまいました」

「そんなの。こっちが強引に誘ってるんだから。どうぞ、こっちです」

桂はエレベーターで三階を指定した。各種の検査室があるフロアだ。

桂はどんどん奥に進み、何も表示されていないドアの前で足を止めた。

「いい？　開けるよ？」

微笑みながら桂がドアを開く。

文系のアキには、理系の研究室というのは想像もつかない別世界だ。もっと雑然とした部屋をイメージしていたが、桂の性格か意外に片づいている。机も壁も床も白く、そこにさまざまな装置類が置かれている。アキには、それらが何をするものか、さっぱり理解できなかった。ただ怖々と周囲を見回す。消毒薬の匂いがぷんと漂った。

「ここは、僕専用の細胞培養実験室なんだ」

「ここで、ひとりで研究してるんですか？」

「うん。それが魅力的だったから、不破院長の勧誘に乗ったの」

桂がどんな研究をしているのか知らないが、近ごろ新聞や雑誌でｉＰＳ細胞について読んだり、研究所の写真を見たりしているので、チームを組んで研究するのだとばかり思っていた。

「僕は誰かと一緒に仕事するのが苦手なんだ。だから、専用の実験室をもらえると聞いて、嬉しくてね」

「ひょっとして、よく屋上で煙草吸ってるのも、ひとりになりたいからとか？」

「ピンポーン」

甘い笑顔のまま軽妙な声を上げ、桂は紙袋を椅子の上にそっと載せた。

「他の荷物も、椅子でも机でも置いてくれたらいいよ」

「ありがとうございます。大丈夫です」

いちいちこまやかに気のつく男だ。屋上で煙草を吸う理由については、ああは言ったものの、桂が自分に合わせてくれただけだろう。こんなに立派な研究室があるのだから、ここに引きこもっていたほうが孤独を堪能《たんのう》できるはずだ。

「じゃあ、ひとつずつ見ていこうか。これはなんだと思う」

床から天井まで届く、つやつやした大型の白い箱には、扉が二枚ある。冷蔵庫みたいだなと首を傾げたが、わからない。

「冷蔵庫だよ。こっちは冷凍庫」

桂が意地悪そうに笑って扉を開いてみせる。アキは目を丸くした。

「そんな普通のものまであるの？」

「中身は研究材料だけどね。こっちは遠心機。遠心分離をする機械ね」

「なんだか形が洗濯機みたいですね」

「おお、近いね」

桂は素人の素朴な反応が愉快だったらしく、楽しげに笑いながら、次々に機械の説明をしてくれたが、半分も頭に入らなかった。

「不破院長の下で研究するのって、費用に糸目をつけないでいいから、ほんとに助かる。こんな研究室を、僕ひとりのためにぽんと用意してくれるんだからね。――こっちはサーマルサイクラー。ＰＣＲをやる時に使うんだ。ＤＮＡシークエンサー。ゲノム解析をする時に使うよ――」

桂の説明は親切なようでいて、どこか投げやりなところもある。本気で理解させようとしているわけじゃなく、丁寧に説明しても、どうせわかんないでしょ、と内心で考えてでもいるようだ。アキは話題を変えてみた。

「不破病院は、資金が潤沢なんですね」

「うん、そりゃあもう。不破先生は、アンチエイジング関連で、たくさん特許を持ってるし。企業とのタイアップも多いよ。化粧品会社とかね」

桂がウインクした。

「女性の小暮さんに言うのもなんだけど、若くありたい、年齢を重ねたくないという、女性のアンチエイジング信仰は、ほとんど病気だね。今は男性にも、その信仰が及びつつあるみたいだけど」

「それはたしかに、否定しませんけど。でもそれって、日本の男性の多くが、成熟した女性よりも幼い女性を好むことの裏返しですよ」

桂が顕微鏡にスライドをセットしながら、振り向いて嫣然《えんぜん》と微笑した。

「僕は成熟した女性のほうが好きだな」

——誰も聞いてないよ、そんなこと。

一瞬顔が熱くなる。

「これ、覗いてみる?」

顕微鏡なんて、中学校の理科の授業以来だ。

「ここを回すと、ピントが合うから」

椅子に腰を下ろして覗き込むと、桂が立ったまま顔を寄せ、使い方を教えてくれる。シャンプーの香りだろうか。桂からは、森を散歩する時のような、涼しい香りがした。横顔も整っていて、この男は人間というより、命のある人形のようだ。

「これ、何ですか？」

一見、カエルの卵のようだった。薄紫に染まった楕円形《だえんけい》の粒が、ゼリーのような淡い色の膜に閉じ込められている。

「それもガン細胞の一種だよ。乳ガンだね。細胞検査で見つかったものなんだけど、サンプルとして見やすいので借りてきたんだ」

「これがガン細胞？」

「そう。細胞を特殊な溶液で染色してるから、そういう色になってるんだ。色をつけないと見えないから」

ガン細胞だと桂は言うが、妖しい紫色に染まったそれは、不思議と美しかった。ふと、この細胞の持ち主だった人物の身の上に思いを馳《は》せる。ここに、このプレートが存在するということは、どこかにガン患者がいるということだ。彼女は、自分の身体にガンが巣食っていることを、もう知っているのだろうか。

「ガン細胞には、無限に増え続ける性質がある」

「無限に？」

「細胞は分裂することで増殖する。正常な細胞は、一定の回数だけ分裂すると、そこで増殖が止まってしまう。細胞にも寿命があるんだよね。だけど、ガン細胞には寿命がない。正しく取り扱えば、それこそ永遠に――増え続ける」

囁くような桂の言葉は、それ自体が何かの呪文のようだった。永久に増え続ける妖しい細胞のイメージが、目に浮かぶ。

――でもそれは、ガン細胞なんだ。

「たとえば、研究者たちが必ず一度は使ったことがあるといってもいいくらいよく利用される、ヒーラ細胞という細胞株がある。これは、一九五一年に子宮頸《しきゅうけい》ガンで亡くなった、米国人女性ヘンリエッタ・ラックスのガン細胞から分離したものだ。本人が亡くなって六十年以上経つ今でも、細胞は立派に生き続け、世界中で増殖しているよ」

「どうしてガン細胞だけ？」

「ふむ。ひとつの答えはテロメアにある。染色体の端っこに、テロメアと呼ばれる構造があってね。これは、細胞が分裂するたびに少しずつ短くなっていくんだ。一定の長さにまで短くなると、それ以上、細胞は分裂することができなくなる。ところがガン細胞は、分裂してもテロメアが短くならない」

「でも――無限に増え続けるってことは、なんだかまるで、いつまでも若くいられることと同じように聞こえる――」

命にも関わる病気であるガンと、半永久的に増殖し続けるガン細胞。そのふたつが、重なるような重ならないような、奇妙な感覚だった。

「鋭いね」

桂がテーブルに手を突いた。人形のように小さく整った顔が、すぐそばに来てどきりとする。目尻に魅力的な笑い皺が生まれたのを、見つめた。

「ガン細胞は、いろんな遺伝子が傷ついた細胞なんだ。決して正常な細胞じゃない。異常な細胞が、いつまでも増え続けて栄養を横取りし、正常な細胞の邪魔をする。だから、ガン細胞自体は永遠の命を持っているとしても、宿主である人間にとってはちっともいいことなんかないけれど、ガン細胞がなぜそんなふうに増え続けることができるのかという研究は、不老の研究と関係が深い」

「それは――」

「うん、それはね」

ふいに桂がこちらを向き、にこっとした。次の瞬間、あんまり自然に桂の顔が近づいてきたので、アキは馬鹿みたいにぼんやり目を開けたまま、桂と間近で見つめあっていた。

――この人やっぱり、森の香りがする。

樹木は、フィトンチッドと呼ばれる化学物質を出しているそうだ。

ガン細胞とアンチエイジングと、森の香りとヒーラ細胞――ヘンリエッタ・ラックスのイメージが、頭の中でぐるぐると駆け巡る。心臓がドクンと大きく跳ねた。

テーブルの上で、何かが鳴った。

「――ちぇ」

身を起こした桂がPHSを覗き、眉根を寄せた。桂から離れると、研究デスクの上に載った写真立てが目についた。ひどく幹や枝がねじくれ、ごつごつとした古木の写真がおさまっている。そんなものを飾るなんて、いかにも桂らしい。

写真立ての隣には、手のひら大の緑色の葉っぱのようなものが、ディスプレイされていた。本物の葉っぱではない。葉っぱに似せた模造品のようだ。桂がなぜそんなものを飾っているのか、わからない。

「――院長の呼び出しだ。残念、行かなきゃ。玄関まで送るよ」

「まさか、ここで大丈夫。ちゃんと玄関まで行けるから」

「そう？」

「桂先生、この木は何ですか？」

桂は視線を写真立てに落とし、目を細めた。

「これは『メトセラ』。カリフォルニアにあるブリッスルコーンパインという木の一本なんだけど、あまりに長命なものには個別に名前がついているんだ。これは五千年近く生きていると言われていて、それで旧約聖書に出てくる九百年以上も生きた、メトセラの名前をもらったんだよ」

「五千年――」

それはもう、ただの樹木とは言えまい。

「こちらの葉っぱは、ブリッスルコーンパインの葉っぱではないですよね？」

桂がちらりと微笑し、瞬《まばた》きした。目ざといな、と言いたげな表情だったので、あまりにあれこれ聞きすぎたかとふと心配になる。

「それは、英国のジュリアン・メルキオッツリが開発したシルクリーフだよ。バイオリーフとも呼ばれている」

「バイオ――リーフですか」

「絹のタンパク質から作られた素材に、植物から取り出した葉緑体を閉じ込めて作った、人工の葉っぱなんだ。生きている植物と同じように光合成を行うので、水と二酸化炭素から酸素と有機化合物を生み出す。人類が宇宙に進出する際に、重要な酸素供給源になると期待されているんだ」

「宇宙――すごいですね」

五千年生きた植物に宇宙進出とは、桂が考えることは気宇壮大だ。

桂は意外なほどあっさりと解放してくれた。次の約束も何もなく、研究室の見学も説明も中途半端なまま、その日は終わった。

研究室の前で手を振る桂に、手を振り返すのも馴れ馴れしいかと、振り向いて会釈する。桂が苦笑いするのが見えるようだ。

——どうしてあんなに接近しちゃったんだろう。

キスでもされるのかと一瞬ときめいたのは確かだが、そういうわけでもなかった。からかっていたのだろうか。桂省吾という男に肉の生々しさはまるでなく、なんだかみずみずしい植物のようだった。

「骨が見つかったのは、あのあたりだ」

チョコレート色に日焼けした顔をしかめ、漁師は漁港の端を指差した。

「またあの事件、雑誌か何かに載るの？　勘弁してよ。漁港の近くで人間の骨が見つかったなんて、俺らにしたらすごい迷惑よ」

六十には手が届いていないだろう。子どもの大腿骨が見つかった件で、アキは木更津港まで取材に来ている。まだ昼前で、漁船の上で網を片づけている漁師に声をかけてみたのだ。汗どめのタオルを首に巻いた彼が言ったのは、正直な感想だろう。

漁港の端、犬が浅瀬に飛び込んで、骨を見つけてきたというあたりには、誰かが小さな花束とプラスチックの人形をお供えしていた。身元もわからない子どもを哀れんだ誰かが、供養のために持参したのだろうか。

「見つかった骨は、一本だけですか」

「あの後、警察が付近の海底を浚《さら》ってみたら、もうひとつ見つかったって。腕だったかな。そっちもきれいに白骨化してたらしいけど、時間が経ったから白骨化したんじゃなくて、魚に食われたんじゃないかな」

「どこから来たんでしょうね」

「さあ、海流に乗って、意外と遠くから来たかもしれんよ。東京湾の対岸あたりから来たとしても、驚かないね」

対岸といえば、川崎もしくは羽田空港のあたりだ。

「このへんの潮の流れって、どうなっているんですか」

「東京湾だからね。一日二回、上げ潮と下げ潮が入れ替わる。要するに、潮の満ち引きに合わせてさ、湾に流れ込む時と、湾から出ていく時があるよね。でもそれだけじゃなくて、湾の中での対流みたいなのもあれば、土地の出っ張りが渦を作ったりもするから、小さい流れは複雑だな」

「子どもの身元はまだわからないですよね」

「さあな。警察行って聞いてみたら」

礼を言って歩きだそうとした。

「ああ、そうだ」

思い出したように、漁師が声をかけた。

「羽田の漁師がさ、この前、海で河童を見たって話題になったんだ。それが、子どもの遺体だったんじゃないかって。そんな話があったよ」

島津の事務所で読んだ、例の記事だ。丁寧に礼を言い、今度こそ歩きだした。

——ずいぶん暑くなってきた。

大量にコピーをとった記事を頼りに、島津に頼まれた材料集めをひとつずつこなしているところだ。ほとんどの事件は都内二十三区の取材で足りたが、この事件だけは千葉まで来なければならなかった。後回しにしていたのだが、いよいよとなって水穂を一日だけデイサービスに預け、やってきたのだ。

あれから、不破病院には足を運んでいない。こちらのメールアドレスもわかっているはずだが、桂からも連絡はない。

——連絡してほしいわけじゃないけど。

桂には、奇妙に惹《ひ》かれるものを感じる。得体のしれないところが、逆に魅力にもなっている。ただ、誰にでもあんなふうに、妖精めいた悪戯な表情でしなだれかかるのではないかという、疑問もある。

明日はまた金曜日で、図書室のボランティアに行く日だ。一週間で入院患者もずいぶん入れ替わっただろうが、病院の噂話ができる程度に仲のいい患者を作らねばならない。

　正直、不破病院については、どう攻めればいいのか自信がなくなってきた。桂が突破口になるかと期待したり、ボランティアで入り込めばすぐにでも情報が手に入るかと思ったりしたこともあるのだが。病院に不満があるのかと思われた桂は、ただ気まぐれなだけのようだし、週に一度のボランティアでは院内の情報にはほとんどアクセスできない。三塚看護師がこちらを激しく敵視しているのが、返す返すも残念だった。

「子どもの身元はまだわかりません」

　立ち寄った警察署では、現れた地域課長がタオルハンカチで汗を拭いながら、首を振った。島津晃というノンフィクションライターの下請けで取材していると言っても、あまりぴんときたような顔はしなかった。島津でさえ、本を読まない人にはほとんど名前を知られていないのだ。

「首都圏で最近、行方不明の届けが出た子どもも、今のところいないですしね」

「あの骨が、たとえばどこかの古いお墓が崩れて出たもの——なんてことは」

「それはないです。鑑識に調べさせて、きれいに白骨化しているが、新しい骨だという報告をもらってます」

「六歳から八歳くらいの子どもということでしたよね。その年齢の子どもがいなくなったのに、誰も気にしていないなんてことがあるんでしょうか」

「それはもう、私らには信じがたいけど、あるんでしょうね。世の中、わからんですわ」

課長に礼を言い、退散しようとしてふと、思いついた。

「そう言えば、お骨は今どこにあるんですか」

「まだ署にありますよ。このまま身元がわからなかったら、お寺に預けることになりそうですが」

そうですか、と言って出ようとすると、今度は課長が何か考え込むように唸った。

「どうかなさいました？」

「いや、これはマスコミの方には黙っているつもりだったんですが――。お骨がどこにあるかと、電話で尋ねてきた女の人が、他にもいてね」

「え？」

いかにも怪しい。その女性は、子どもの関係者ではないのだろうか。お骨の扱われ方が心配になったのかもしれない。

「これはと私らも思ったけど、電話は公衆電話からだったんです。子どもの親が、かけてきたのかもしれない。もしそうなら、子どもが可哀《かわい》そうだから、早く引き取りにきてほしいねえ」

それを聞いて、脳裏にフラッシュバックのように浮かんだのは、漁港で見かけた花束と人形だった。あれは、子どもを気の毒に感じた人が捧《ささ》げた供物だと思っていたが、実は子どもの親が供えたのだろうか。骨はどこにあるかと警察署に電話をするくらいなら、漁港まで出向いてもおかしくはない。

「ありがとうございました」

再び課長に礼を言い、警察署を飛び出した。タクシーに乗り、もう一度漁港に行ってみた。なに、多少の贅沢《ぜいたく》などかまうことはない。どうせ経費として島津に請求するのだ。

花束と人形はまだそこにあったが、漁師の姿はなかった。花束はピンクのガーベラで、人形は近ごろ子どもたちの間で流行している、カエルを擬人化したテレビアニメのキャラクターだった。ガーベラは雨に打たれた跡があり、萎《しお》れかけていて、ここに置かれたばかりのものではないらしい。花束を包むセロファンに貼られたシールに、花屋の店名と電話番号が印刷されていた。アキはそれを丁寧に書きとめ、花束と人形の写真も撮った。ビジュアル的にもいい材料になる。

試みに花屋に電話してみた。

「友達にそちらのお花をいただいて、可愛いので私もそちらで作っていただこうかと思って。どこにあるお花屋さんなんですか」

『それはありがとうございます。こちらは吉祥寺の駅前にあるんですけど』

えっと呟いて店名を見直し、それがたしかに、自分がよく見かける花屋だと気がついた。

「ありがとうございます。今度ぜひ、お伺いしますね」

——どうして吉祥寺なんだろう。

木更津とは、東京湾を挟んで遥かに遠く——対角線上にあるのに。

なんだかわけのわからない、もやもやとした不穏な気分が胸を騒がせていた。

5

『この手の調査としては、非常によくできてるよ。たとえばこの、自分に懐かないってんで、二歳になる実の息子を床に投げつけて死なせた父親の事件なんかさ。父親の生い立ちに迫る過程が、ありきたりではあるんだが、格差社会もここまで来たかと痛切に思わせるリアリティがあって、読みごたえがある。木更津港周辺に流れ着いた骨の件も、港に残された花束と人形、ぐっとくるよな、こういうビジュアル』

——珍しく、島津の誉め言葉を聞いた。

不破病院の図書室ボランティアに出かけようとしているところに、島津から電話がかかってきたのだ。彼に頼まれた下原稿をまとめ、昨夜遅くメールで送ったところだった。

「島津さんに喜んでもらえて、あたしも嬉しいよ。そいじゃ、ギャラは振込でよろしくね」

手に持った鍵をチャラチャラ言わせながら、軽くアキは答えた。

『待て、待て。だがな、はっきり言って、大きな不満もあるんだ』

思わせぶりな島津の声に、戸惑いながら鍵をしまい、スマートフォンを持ち替える。

「どういうこと？」

『あのな、小暮。港に残された花束から、吉祥寺の花屋を突き止めたお前の取材力は、さすがだと思う。女ならではの目の付けどころだよな。だがな、せっかくの美味しそうな材料を、こんな中途半端な状態で捨てるとは、お前、バカですか？』

アキはむっと唇を尖らせた。

「だってさ、昨日は吉祥寺の花屋にも聞き込みに行ったけど、花束を買った人のことは覚えてないって言うんだよ」

『たった二日前だろ』

「駅前の花屋で、客の数が多いんだ。少なくても一日に二十は、花束を作るんだって。花束の写真を見せて、包んだ店員さんも特定できたけど、客の容貌までは覚えてないって。四十代ぐらいの女の人だったかな、とは言ってたけど」

『そんな曖昧な答えで納得するなよ！　お前もプロなら、取材のテクニックを持ってるだろうが。その答えを聞く限り、相手は真剣に思い出そうとしてないんだ。いいか、小暮。現場は木更津だぜ。その女は、吉祥寺で花束を買い、電車で二時間近くかかる木更津まで、わざわざ抱えていったんだ。漁港の近所に住んでる奴が、子どもを哀れんで花束を供えたのとは、わけが違う。その女は〈わけあり〉だ。子どもの身元を知ってる可能性が高い。あるいは、その女自身も似たような状況で子どもを失ったか、捨てたかしたのかもしれないだろう。それならそれで、深く掘り下げていけば、警察でさえまだ事件と考えていないような、別のストーリーが隠されているのかもしれない。どっちに転んでもとびきりのネタだ。お前はな、はっきりくっきり間違いのない、金星を引き当てたんだよ！』

島津はそこまで早口でいっきに喋り、大きく息を継いだ。

アキはスマートフォンを耳に当てたまま呆然と立ちつくしていた。たしかに、あの花束と人形のことは、いまだに心の隅に引っかかってはいた。しかし、警察官でも探偵でもない自分には、これ以上の調査は無理だと早々に諦めてしまったのだ。

『――小暮。お前もな、いいかげん本気でこの仕事をやらんか。恐喝に巻き込んだり、女子大生ネタのコラムなんか書かせたりしてきたけど、お前けっこう筋がいいんだよ。ただし、真剣にやればだけどな』

花屋の件を追い直せと指示を受け、通信が切れたスマホを握り、ぼんやり画面を眺める。

――この仕事を本気でやるって。

島津は、もっとお手軽に、自分を使い捨てにするつもりだと思っていた。雑誌の編集部にいた頃は、イロモノのコラムばかり担当していたし、辞めたら辞めたで恐喝の相棒だ。生活に困っているのを知っているから、見るに見かねて誘ってくれたのかもしれないが。

自分はどこまで本気で、ライターの仕事に打ち込んできたのだろう。そう真剣に胸の内に問いかけると、返ってくるのは純粋な戸惑いだ。えっ——本気でライターやるつもりだったの、と途方に暮れる自分がいる。

図書室ボランティアの開始時間まで、少し余裕があった。部屋でテレビを見ている水穂を覗く。

「お母ちゃん、これから夕方まで、あたしがいなくても平気？」

「ああ、もちろんだよ。今日も千足ちゃんは来ないんだねえ」

寂しげに呟いた。魔法瓶にお湯がたっぷり残っているのを確認し、いつでも連絡が取れるように、水穂の携帯電話をサイドテーブルに載せておく。時々、様子を聞かないと、こちらが不安なのだ。

不破病院とは逆方向だが、吉祥寺の駅前に向かった。花屋を覗いて、昨日突き止めた、木更津の花束を作った店員がいることを確認し、視線をとらえて頭を下げた。

「——佐藤《さとう》さん、こんにちは。今日は、私も花束を作ってほしくて」

昨日のアプローチでは、たいした情報を得ることはできなかった。夕方で、駅前が混雑している時間帯だったたし、制作途中の花束をカウンターに載せていて、彼女もあまり真剣に答えてくれなかったのかもしれない。今日は、昼過ぎだ。

二十歳を少し超えたくらいの佐藤という店員は、嬉しそうに白い歯を見せた。愛嬌《あいきょう》のある八重歯だった。

「ご予算どれくらいで、どんな感じの花束にしましょうか」

「これから職場に持っていって飾るの。そんなに大きくないのがいいな。なごみ系の柔らかい色で、サイズはブーケ程度で」

「パステルカラーですね。お色の好みはございますか」

ふいに桂の顔が浮かんで、「緑」と答えそうになり慌てた。緑の花束とは、前衛的すぎる。

「ええと、黄色メインで」

あまり費用をかけるわけにもいかないが、これも必要経費だ。島津に請求するつもりだった。

「お作りするのに二十分から三十分くらいかかるんですけど、大丈夫でしょうか」

申し訳なさそうに佐藤が尋ねる。そんなに時間がかかるのかと内心で慄《おのの》いたが、表情には出さないよう気をつけた。不破病院のボランティアに、ぎりぎり間に合うかどうかの時間だ。もし遅刻しそうなら、タクシーに乗ってもかまわない。花屋の線を追えと指示したのは島津だ。それなりの手当は奮発してもらおう。

「うん、大丈夫。そのあいだ、外でお茶しててもいいかな」

「けっこうですよ。念のため、こちらにお名前とお電話番号をお願いします」

佐藤は、分厚いメモ帳をカウンターの下から引っ張り出し、ぱらぱらとめくって新しいページを開いた。花束の注文だけして、取りに来ない客がいるのだろうか。

ボールペンを受け取りながらふと、アキはそのメモ帳がほとんど書き込み済みで白紙の部分は残り少ないことに気がついた。

「佐藤さん、変なことを聞いてごめんね。花束を作ってもらうお客さんって、みんなこのメモ帳に電話番号を書くの？」

「え——そうですね、だいたい同じくらいの時間がかかりますので、皆さん外で買い物やお茶をされることが多くて」

そこで、彼女も昨日のアキの取材内容を思い出したようだ。

「例のガーベラを入れた花束の、お客さんの電話番号——ですか」

「そう。そうなんだ。この中に、残ってるんじゃないかな」

「このメモ帳を使い始めたのは、一週間以上前ですから、残っているでしょうね。そのお客さんが店内でお待ちだったり、電話番号を書くのを断ったりしたら、かえって印象に残ったと思うので」

佐藤の茶色い目は、困惑していた。客の個人情報を、他人に明かしていいはずがない。この店が教えたことがバレたら、顧客を失うかもしれないし、自分は店をクビになり、最悪の場合は訴えられる恐れもある。目の前にいる女性客が、何に利用するつもりかもわからない。

アキは、拝むように佐藤に手を合わせた。

「――お願い、佐藤さん。昨日は言わなかったけど、実は捨てられた子どもの親を捜しているの。今のところ、子どものそばにあった花束だけが、手掛かりなのよ」

嘘じゃない。厳密に言えば、本当とも言い難いけれども、まるきり嘘ではない。子どもがもう生きてはいないだけだ。

佐藤の表情が微妙に変化した。お前もプロなら、取材のテクニックを持ってるだろうが、と言った島津の声が耳に甦る。

「――でも、どれがその人の番号だか」

「少し、見せてもらってもいい？」

佐藤は、カウンターの背後にある別室をちらりと見た。奥で他の店員たちがふたり、笑顔でおしゃべりに興じながら花束をこしらえている。こちらのことは気にかけていないようだ。

「――私、何も見ていませんから」

後ろを向いて、花を選び始めた。今のうちに、勝手に見てくれということらしい。

アキは、相手の気が変わらないうちに、急いでメモ帳をめくっていった。今日から数えて三日前だ。姓と電話番号は、一枚にひと組ずつ書かれている。店員に渡されたボールペンで書くので、みんな似た太さと色の文字ばかりだが、中にはたまに、自前の万年筆を使った人もいるらしい。一日に最低でも二十人は花束を作ると言っていたから、六十枚くらい前だということだ。しかし、どれが問題のメモなのか見当もつかない。

「――あ」

佐藤が、何か思いついたように、背中を向けたまま呟いた。

「いま思い出しました。あのお客さんが書こうとしたら、インクがなかなか出なかったの。切れたのかもしれないと思って、別のボールペンを渡したんだった」

アキはメモ帳を動かし、光が当たる角度をいろいろ変えながらめくっていった。

――これだ。

そのページから、一ページ前とインクの色が変わっている。それに、「棚原《たなはら》」という名前と電話番号の上に、インクの出を良くするために、ペン先をくるくる回して試し書きをした跡がある。

名前と携帯電話の番号を、素早く控えた。

新しいページに、自分の名前と電話番号を書いた。料金を先払いし、斜め前にあるカフェで待っているからと告げると、佐藤がはっと顔を上げた。

「――あの人も、そうでした。前のカフェにいるからって、言ったんです」

これは、カフェに入ってみずにはいられなくなった。時間はどんどん少なくなっていく。今日は、タクシーで不破病院に駆けつけるしかなさそうだ。

大規模チェーン店のカフェでアイスコーヒーを前に、手帳に書きつけた「棚原」という名前と、電話番号を見つめた。

――これが偽名といいかげんな電話番号だという可能性はあるだろうか。

いや、それはないだろう。彼女はその日、木更津の現場に行くつもりだった。まさか、木更津と吉祥寺の花屋を結びつけて調べる人間がいるとは思わなかった。もしそれを心配するほど慎重なら、花屋の名前と電話番号が印刷されたシールを外しておいたはずだ。早く本人と話してみたいと気が逸《はや》るけれど、一度の電話で糸口を掴まなければいけない。警戒させてしまうと、二度と電話に出てもらえなくなるかもしれない。手掛かりは、携帯電話の番号だけなのだ。

カフェの窓から通りすぎる人々を眺めていても、いいアイデアが生まれるわけがなかった。約束どおり三十分待って花屋に戻り、パステルイエローでまとめたブーケを受け取った。想像以上に可愛い花束で、佐藤に何度も礼を言って浮き立つ気持ちで花屋を出る。しかし棚原から話を聞く方法は思いつかない。

島津に助けを求めるのは嫌だった。どうせなら、島津をあっと言わせてみたい。お前なかなかやるじゃないかと、満面の笑みで言わせてみたい。

駅前でタクシーを捕まえて、不破病院に急いだ。ボランティアのくせに、タクシーで病院玄関に乗りつけるのもどうかと思うが、ぎりぎり間に合った。制服に着替えて図書室に滑り込む。

「あら、きれいね」

同じ金曜午後一時からの担当を受け持つ古川が、アキが持ち込んだ花束に目を輝かせた。

「図書室が殺風景なのもどうかと思って、お花を持ってきてみたんですけど」

「図書室用のお花なの？」

中学校の校長まで勤め上げたという古川は、若干の困惑を見せた。

「最近、生花は感染症の原因になると言って、病棟への持ち込みを禁止する病院が多いでしょう。不破病院も、生花禁止なのよ。ここは病棟じゃないけど、ここの本は病棟の患者さんたちが触れるものだから」

アキの母親も入院していたのだから、当然その注意書きは読んだことがあるのだが、すっかり忘れていた。

「そうでしたね。うっかりしていました」

鷹揚《おうよう》に頷く古川の了解を取り、更衣室に戻って花束をロッカーに入れておく。せっかくだから、家に持ち帰って水穂のベッドの脇にでも飾ってみよう。花の色と香りが、脳細胞を活性化してくれるかもしれない。

いつものように、カートに大量の本を載せ、病棟を巡回する。前回、どの病室の誰にどの本を貸したのか、ノートにつけてある。会話に飢えているのか、たまにしか会わないアキのようなボランティアスタッフにも、気さくに話しかけてくる患者もいる。軽口をたたきながら本を勧め、カートを押して部屋から部屋に移動するのも、楽しみになりつつあった。

看護師の三塚と偶然会わないか、桂医師と出くわさないかと、半分怖いような、半分は期待するような気持ちで周囲を見回していたが、今日はふたりとも見かけない。桂とは、研究室を見学して以来、やりとりが絶えている。

「――あら」

手元のノートと部屋番号を確認する。鈴村という、四十代の女性患者の名前が、部屋の入り口のプレートから消えていた。今そこには、別の女性が入っているようだ。

――そう言えば彼女、病状が重そうだった。

フロアを一巡し、ナースステーションで確認すると、年配の看護師が、先週鈴村に貸した本を棚から出してくれた。

「鈴村さんは、三日前に退院したの。本を返しにいく時間がなくて、返しておいてほしいって。私も忘れてたわ、ごめんなさいね」

「なんだ退院されたんですか、それは良かったですね」

長期療養のようだったので、まだしばらくは入院しているのかと思っていた。退院できたのなら、回復したのかもしれない。

マールブルグ出血熱に感染した沢良宜医師も、退院したらしく病棟のどこにもいなかった。前回会った時にはすでに元気を持て余しているようだった。

重いカートを押してエレベーターを待っていると、ベルの音とともにかごが止まり、扉が開いた。吐き出された白衣の集団に、アキはたじろいでカートと一緒に後退した。

「おや、これは失礼」

真ん中にいたのは不破院長で、慌てて後ずさったアキを目ざとく見つけ、周囲の医師たちに早く避けろと合図した。

「図書室のボランティアの方ですね」

カートに視線をやり、こちらの目を見てにこりと笑う。見る人の安心感を誘うような、穏やかで自信に満ちた微笑だった。この院長は、容姿が端整なだけでなく、気持ちの持ちようが普通の人よりずっとおおらかなのかもしれない。引き込まれるような魅力を持つ人だ。

つと、カートのてっぺんに載っていたソフトカバーの本を手に取り、懐かしげに目を細める。アフガニスタンの難民キャンプにいた日本人医師が書いた本だった。

――陽光のようなオーラ。

「こんな本も図書室に置いてあるんですね。著者とは古い知り合いなんですが、これは非常に良い本です」

エレベーターが先に行ってしまわないよう、〈弟子〉の女性医師が、何も指示されていないのに扉を手で押さえてくれている。この医師たちにとって、院長の言動は絶対なのだ。

「院長先生も、昔はボランティアで海外に行かれていたと伺いました」

思い切ってアキは口を開いた。こんな機会は二度とないかもしれない。院長が柔和に目元を和ませる。

「よくご存じですね。――ボランティアは、基本的にやっている本人も気持ちいいものです。人間は、誰かの役に立っていると感じると、脳の内部でホルモンが分泌されて、いい気分になります。だから人間は、時に自分の利益を顧みず、他人のために行動する。――しかし、何をしても、どれだけ苦労しても、まったく誰のためにもならない時に感じる無力感は、最悪です。人の心をずたずたに蝕《むしば》みます」

穏やかで瞑想《めいそう》的な、低い声だった。いくらか口早にそう告げ、院長はにこりとした。

「つまらないことを言ってすみません」

アキはごくりと唾を飲み込んだ。

「あの——なんだか、そんなご経験をなさったことがおありのように聞こえました」

自分の声が、おかしいほど震えている。これは、院長と話しているからだろうか。明らかに、自分とは異なる〈特別な人〉だ。大きな病院の院長だとか、そういう世俗的な意味ではない。この男は根本的な何かが違う、と感じさせる不思議な気配がある。

——何をしても、どれだけ苦労しても。

アキは、カートの持ち手を握る手に力をこめた。

——心が、ずたずたに蝕まれるほどの無力感。この人はきっと、それをつぶさに経験したことがあるのだ。

「そう——」

院長が呟くように言い、言葉を濁した。

「あなたのお名前は、何というのですか」

「——小暮。小暮アキといいます」

三塚がもう、院長にも自分のことを告げたと桂は言っていた。覚えているはずだ。

院長の瞳孔がわずかに開き、彼は微笑んだまま頷いた。思いがけない事態だが、了承するといるようにも見えた。

院長はそのまま立ち去りかけたが、三歩進んで足を止めた。

「——そうだ。この日曜日にメゾンメトセラにお越しになると、ホールで今のような話もしていますよ。もし、よろしければ」

こちらの目を覗き込むように見た院長の、黒々と濃い瞳は、まるで深淵《しんえん》のように捕らえどころがなかった。アキは立ち去る彼らを呆然と見送った。いつの間にか、エレベーターの扉が閉まり、かごは上層階に去っていた。


土曜日、駅前のカフェは混雑している。

奥の席で背中を丸め、アイスコーヒーを前にして、約束の時間になるのをアキはじっと待っていた。

水穂は先ほど、昼寝タイムに入ったばかりだ。昨日、不破病院のボランティアからアキが戻ると、お湯を入れてあった魔法瓶がサイドテーブルから転げ落ちて畳が水浸しになっており、水穂はベッドで何事もなかったようにテレビを見ていた。

——火傷しなかっただけ、良かった。

何時間か目を離しただけで、こんなことが起きるようでは、やはり今後の生活が不安だ。将来に明るい兆しを感じていただけに、再び目の前が暗く閉ざされた気分だった。

カフェの自動ドアから、中年女性がひとり入ってきた。

アキは、文庫本の陰に隠したデジタルカメラの電源を入れた。くたびれた雰囲気の女性だ。髪に白いものが交じっているせいで、疲れて見えるのだろうか。店内を見渡し、レジに近づいていく。アキはなるべく女性をじっと見ないようにしていた。

彼女は、カウンターの男性店員に何か話しかけている。

——彼女だ。間違いない。

向かいの花屋に勤めている、佐藤という店員が覚えていた女性像とも雰囲気が一致する。

アキは、シャッター音を消したカメラで、何枚か彼女の写真を撮影した。拡大にも耐えられるよう、解像度を高くしてある。

「——棚原さんですね」

カメラを鞄に収め、笑顔で彼女に近づいた。

「お電話した、小暮と申します」

相手はカウンターの店員に何か尋ねている最中だったが、面喰《めんく》らったように振り返った。

「あの、お店の方かと——てっきり」

「あちらにどうぞ。コーヒーでいいですか」

席に誘導する前に素早く飲み物を注文したので、彼女の戸惑いは最高潮に達したようだ。

「私が忘れた手紙というのは――」

「どうしても棚原さんとお話ししたくて。ほんの少しでけっこうですから」

彼女がドアに突進して飛び出さないよう、注意深く退路を断ち、アイスコーヒーのグラスを渡した。彼女はしぶしぶ奥のテーブルに向かった。こういう時、女性は警戒されにくいので得をする。アキが男性なら、今ごろ彼女は金切り声を上げて逃げているだろう。

「私の電話番号を、どこで――」

そう尋ねつつ、棚原の視線がさっと向かいの花屋に向いた。アキは首を振った。

「そこは、蛇《じゃ》の道はへびというやつでお願いします。木更津からここまで捜し回ったんですよ」

木更津という単語に、棚原が身体を硬くする。

アキは昨夜、棚原の携帯に電話をかけた。駅前にあるカフェの名前を告げ、店の掃除をしていて棚原の名前と電話番号などが書かれた手紙を見つけた。忘れ物だと思うが、最近こちらに来られたことがないかと尋ねると、行ったことはあるがそんな手紙など知らないという。何かを落としたり忘れたりした覚えもないと彼女は断言し、自分は関係ないので処分してほしいと言ったが、書かれてある内容が不穏当なので、できれば直接来店してご自分の目で確認してもらえませんかと言うと、土曜の日中なら行けると言われたのだ。名前や電話番号が書かれた手紙と聞いて、不安にかられたのだろう。もう、彼女は手紙の件がでっちあげだと気づいたはずだ。

「私、遊びや興味本位でこんなことをしているわけじゃないんです」

アキは、さっと名刺を相手の前に滑らせた。この調査を始めることになって、島津に請求するつもりで作った新しい名刺だ。電話番号は自分のスマートフォンだが、住所は島津の事務所にした。肩書きは「データマン」。一般の人にはなんだか理解できないだろうが、そのほうがむしろ会話の糸口にもなる。

「棚原さん、木更津の警察署に、遺骨の保管場所を聞きましたよね」

彼女の顔色が白くなる。そんなことまで知られていたとは、思っていなかったのだろう。

「木更津で見つかった子どもさんの遺骨——。棚原さんは、何かご存じでしょう」

ぱっと立ち上がった彼女は、駆けだすつもりだったらしい。その前に、アキは彼女のショルダーバッグの紐《ひも》を摑んでいた。

「逃げるとよけいに立場が悪くなりますよ。私、この足で木更津の警察署に行きますから」

眉間に鋭い皺を刻み、彼女が腰を下ろす。

「何のことだかわかりません。——あなた、私の名前と電話番号を書いた手紙が落ちてたと嘘をつきましたよね。妙な言いがかりをつけるなら、こっちこそ警察に言いますよ」

後ろのカップルの男性が、驚いたようにこちらを振り向いた。

「ええ、どうぞ。警察を呼んでもかまわないのなら、私は問題ありません」

棚原が携帯電話を取り出し、操作を始めた。虚勢を張っているだけだ。それに、万が一本当に警察を呼ばれても、こちらはこの件で罪になるようなことはしていない。

——痛くもない——じゃなく、痛い腹を探られるかもしれないけどね。いちおう、脛《すね》に傷を持つ身だから。

アキが平然とした態度をとり続けていると、棚原は根負けしたらしく、携帯をテーブルに叩きつけた。怒るというより、混乱しているようだ。

「——いったいどういうこと。説明して」

「子どもの関係者を捜しているんです。両親とか、子どもを知っている人とか」

「子どもって？」

「私に言わせるつもり？　こんなにお客さんがたくさんいるお店の中で？」

アキが肩をすくめると、棚原は視線をテーブルに落とした。やはり、疲れた印象がある。実年齢は、意外に若いのかもしれない。仕事は何をしているのだろう。雰囲気から想像すると、堅い仕事かもしれない。学校の先生とか。アキは彼女に顔を寄せ、声をひそめた。近づくと、彼女の額にはこまかい皺がたくさんあった。

「ねえ、棚原さん。私はあなたを責めるつもりで来たわけじゃないんです。追い詰める気は全然ない。むしろ、あなたの力になりたいの。どうしてこんなことになったのか知って、不幸せな子どもたちをひとりでも減らしたいと思うからなの」

棚原の表情がくしゃりと歪んだ。苦い笑みをこらえているようにも見えた。

「――あなた、何を言ってるの？　全然わかってない」

「私は何をわかってないの？　あなたが知っていることを聞かせて」

取材相手が、「あなたは何もわかってない」と言いだした時は、聞いてほしいことがあるというサインだ。そう感じて、さらに身を乗り出した。

「話すことなんか何もない。帰るわ」

「あの子と何か関係があったんでしょ？」

アキの質問に、棚原の目が揺らぐ。間違いない。関係があったのだ。

「あなたの子どもなの？」

「まさか」

「あなたの親戚？」

下手に否定すると、だんだん選択肢が狭められていくことに気づいたのか、棚原は反応しなくなった。

「――とにかく、あの子を知っていたことは確かでしょ。だけど、答えたくないわけね。あなたが殺したの？」

びくりと彼女の肩が揺れた。声が聞こえたのか、また後ろの男性が面白そうに振り向いた。席を変えたほうがいいかもしれない。しかし、今は動きたくない。

「――いったい何を言いだすの」

「なんだ、違うの？」

しかし、彼女はなぜこれほど激しく動揺しているのだろう。本当に彼女が殺したか、あるいは犯人が身近にいるのか、それとも自分が殺したようなものだと考えているのか。

じわじわと核心に迫っている実感はある。

「ねえ、どうして行方不明の届けが出ていないの？」

棚原の表情を窺いながら、アキはそっと尋ねた。

「せめてあの子の名前を教えて。いいでしょ、それくらい。でなきゃ、あの子は名前のないまま葬られてしまう。生まれてきた証《あかし》も残さずに」

誰にも名前を知られないまま、暗い浜辺に流れ着いた、ただの骨として。骨壺に入れられ、いつか土に還《かえ》る――。

棚原は目を真っ赤にして涙ぐんでいた。心を動かされてはいたが、口をつぐまねばならないと決心したようだった。唇を嚙みしめ、嗚咽をこらえている。

アキは、どう攻めれば彼女が口を開く気になるのか、考えあぐねていた。死んだ子どもは、彼女とどんな関係にあったのか。なぜ、子どもがいなくなったことを誰も届け出ていないのか。誰も関心を持たなかったのか。

ふいに棚原が立ち上がった。

「ハシムは幸せな子どもだったの！」

叩きつけるような口調だった。気圧《けお》されて、アキは棚原を引きとめることも忘れていた。

「もしかしたら、世界一幸せな子どもだったかもしれないの。あなたは何も知らない。わかってない！」

飛び出していく彼女を、アキはただ見送るしかなかった。

――ハシム。

それが子どもの名前なのか。日本人ではないかもしれない。アラブ系の男の子の名前のようだ。外国人、ひょっとすると違法に滞在している外国人の子どもだろうか。中には、国籍を持っていない子どももいるという。だから、名乗り出ることができなかったのだろうか。棚原は偶然、その子を知っていただけなのだろうか。

しかしこれで、棚原の身元を調査するのが簡単になった。

——警察に報告すればいいのだ。

棚原との会話を反芻《はんすう》すると、彼女は注意深く言葉を選んでいたらしく、ほとんど何も明かしてはいなかった。しかし、ハシムという名前や、彼女が遺骨の身元を知っていることも口にしたわけだ。島津の了解をとる必要はあるが、警察に彼女との会話について話せば、必ず興味を持つだろう。警察なら、携帯電話の番号から所有者の身元を調べるなんて、朝飯前だ。

その後の捜査の成り行きを、警察がこちらにフィードバックしてくれるとは限らないが、そこは話の持っていきようだった。

アキはテーブルの上を確認した。

棚原は、とっさにアキの名刺を持ち帰ったらしい。無意識の行動だったかもしれない。とにかく、何か言いたいことがあれば、向こうから電話をかけてくるはずだ。

——まだ、彼女と細い糸でつながっている。

そう感じ、なんとなく、ぞくりとした。

『メールを読んだ。お前にしては上出来だ。ただ、まだ警察には言うな。俺にいくつか心当たりがあるんだ。携帯の番号から、棚原って女の住所を調べさせるから』

「探偵に調べてもらうとか?」

携帯電話を契約する時には、身元を証明する書類を見せて、住所や氏名を記入する。携帯電話会社のコンピュータには、棚原の住所が登録されているわけだ。世の中の探偵たちは、携帯電話会社の内部にいる社員などとひそかに通じ合い、電話番号から身元を調べさせて、小遣い稼ぎをさせているのだ。もちろん、探偵自身も手数料を稼いでいる。時々それがバレて、探偵と携帯電話会社の社員が捕まる。

『そのへんの事情は、お前は知らなくていい』

島津がそっけなく応じた。島津のことだから、携帯電話会社の中にも協力者がいるのかもしれない。探偵に頼むと費用が高くつくから、脅迫して協力させているのかも。そのほうが、いかにも島津らしい。そんなことを想像してにやにやしながら、アキは頷いた。

「わかった。とにかく、あたしはその結果を待って動けばいいんだよね」

『そういうことだ。また連絡する』

スマートフォンを鞄にしまい、アキは目の前の贅沢な門構えを見上げた。

——吉祥寺メゾンメトセラ。

そう刻印された銅板が、煉瓦の門柱に掲げられている。

日曜日には、ホールで「今のような話」をしていると、不破院長は教えてくれた。来てみないかという誘いのようだ。ホームページで調べてみると、メゾンメトセラの大ホールでは、月に一度だけ地域住民も自由に参加できる、講演会やお芝居が開催されるらしい。不破院長は講師としても常連のようで、過去の演題を遡って確認すると、アンチエイジングやガンと医療との長い闘い、紛争地の医療など、話題は多岐にわたっていた。不破という男の過去や、何を考えてこのメゾンメトセラや不破病院を運営しているのかを知る、良い機会になりそうだ。

今日は、メゾンメトセラの門が、内側に大きく開いている。

噴水と小川のせせらぎが耳を和ませ、うっそうと茂る木々の濃い香りが鼻腔《びこう》から脳に染みわたるようだ。そう、これがメゾンメトセラ、自分たちとは違う、選ばれし者の住む街の香りだった。

エントランスで、にこやかなスーツ姿の女性からパンフレットを渡された。メゾンメトセラの内部は、いつぞやホームページで見たとおり、一流ホテルのロビーのようにぴかぴかの大理石で造られている。調度品だって、アキの想像もつかないような高級品なのだろう。

講演会が行われる大ホールとロビーには、もう人々が集まっていた。大ホールには、三百人収容可能だそうだ。見たところ、半数程度が普段着の入居者で、残りは近隣の住民らしい。珍しそうに、ロビーやホールの内装を見回しているのでそれとわかる。

――ずいぶん大勢が来てるんだ。

ホームページでは、こういった無料講演会を、入居者に対するレクリエーションと、地域住民にメゾンメトセラについて理解を深めてもらうために開催していると説明していた。もちろん、潜在的な顧客に関心を持ってもらい、見学から入居へとつなげていくためでもあるだろう。

人の流れに乗ってホールに入り、適当に後ろ寄りの空席を見つけ、腰を下ろす。パイプ椅子だが、メモを取れる程度のテーブルがついたものだ。定員三百名のホールは、八割がた埋まっている。中には、病院で見かける顔もあった。医師や看護師たちだ。

後方の扉から、気のりしない表情で人の波に流されるように入ってきた男を見て、アキは目を丸くした。桂だった。向こうもこちらに気づいて、口元をほころばせた。

「――なんだ。小暮さんも来てるとは思わなかったな。どこで知ったの」

アキの真後ろの席を確保した桂は、腰を下ろすなり聞いた。

「一昨日、図書室のボランティアをしている時に、院長先生とばったりお会いして」

「先生も物好きだから」

桂がさらりと言った。どういう意味か、聞き返す前に盛大な拍手が沸き起こり、アキは驚いて前を向いた。司会者がマイクを握り、不破院長が入ってくるところだった。

今日は白衣ではなく、カジュアルな薄手のジャケットに、淡いピンクのシャツ姿だ。

司会者の紹介を受けて微笑みながら不破院長が壇上に上がると、割れんばかりの拍手が大ホールの天井に轟《とどろ》いた。アキも一応、熱心なふりをして拍手を送った。そうしないと叩き出されるのではないかと不安になるくらいの、熱気を感じる。室内のおよそ半分を占める入居者は、もちろん不破の大ファンに違いない。

聴衆に感謝するように両手を広げて笑顔を見せた後、不破がジャケットのラペルにつけたピンマイクに喋った。

「――皆さん、こんなに天気がいいのに、私の講演なんか聞いている場合ですか？」

第一声はくすくす笑いに迎えられた。不破の背後には、講演の資料が映し出されている。今日のテーマは、『進化し続けるヒト　～アフガニスタンとソマリア難民の医療現場から～』と書かれている。人類の進化と難民の医療ボランティアの間に、どんな関係を見出《みいだ》そうとしているのだろう。首を傾げる暇もなく、不破の講演が始まった。

次のスライドは、顔に皺を寄せて歯を剝き出しにしているチンパンジーの写真だった。会場のあちこちから忍び笑いが洩れる。なにごとかと身を乗り出す人の姿が見えた。

「――ただのチンパンジーです」

当たり前のことを言っているだけなのに、院長が置くユーモラスな「間《ま》」のせいで、聴衆がたまらず笑顔になる。院長が何かのボタンを押すと、チンパンジーの隣にウニの軍艦巻きの写真が現れた。突飛な飛躍に、また笑いが起きた。

「今度はウニです。——すみません、いったい何の話なんだと思いますよね。次は、鏡をお持ちの方はぜひ鏡を覗いてください。お持ちでなければ、私の顔をご覧ください」

——本当に、いったい何の話が始まるんだろう。

鏡など持ってきていないので、アキは面喰らいながら、院長の顔を見つめた。

「いま皆さんがご覧になっているのは、ヒトです。チンパンジーと、ウニとヒト。さて皆さん、これまで何度かこの場所で、ガンという病気と人間の遺伝子との関係について、お話ししてきました。今日初めて、この講演会に参加してくださった方もいらっしゃると思いますが——DNAとは、生物の遺伝子、つまり遺伝に関する情報を記録する装置のようなものだというお話をしましたね。それでは、ヒトの遺伝子の数は、いくつあるかご存じですか？」

わずかに間を置いたが、院長はすぐ後を続けた。

「遺伝子の数については諸説あるのですが、およそ二万二千と言われています。これは、ご苦労さまなんですが、実際にひとつひとつ、数えた人たちがいるわけなんですけどね。それでは、チンパンジーの遺伝子はいくつあると思います？　人間の遺伝子が二万二千だとすると？」

——人間が二万二千なら、チンパンジーはもっと少ないのじゃないか。いや、チンパンジーは人間にかなり近いと聞いたことがあるから、二万くらいはあるのだろうか。

アキも胸の内でそんな計算をした。

「正解は、チンパンジーも人間もそれほど変わらず、二万二千程度です。それでは、ウニはどうですか？　ウニの遺伝子はいくつあると思いますか」

――ウニか。

さすがに、あのイガだらけの殻に入ったオレンジ色の軟らかい生物は、二万二千も遺伝情報を必要としないに違いない。

「答えを明かしてしまうと、ウニも同じくらいの数の遺伝子を持っているんです。ヒトとチンパンジーとウニは、遺伝子の数ではそんなに変わらないんです」

意外な気がして、アキは小さく吐息を洩らした。不覚にも、不破のトークの術中にはまってしまったようだ。

「それでは、遺伝子の数は、どんな生物でも同じくらいなのかと、皆さんが誤解されると困りますので、他の生物についてもご紹介しましょう。たとえば、大腸菌は四千ちょっと。ショウジョウバエは一万四千ほど。ニワトリは一万六千ほどです。植物のイネは、三万二千くらいです。遺伝子の数と、生物の複雑さとは、関係があるようなないような、不思議な印象がありますよね」

不破の語りは、スライドを次々に入れ替えながら、テンポ良く進んでいく。

「ヒトの遺伝子は、たとえば髪の色についての情報を持っています。金髪の父親と黒髪の母親から生まれてくる子どもは、黒髪の遺伝子が優先されるので、黒い髪になる確率が高い。さて、遺伝子が記録される物質をデオキシリボ核酸、別名DNAと言います。遺伝子が設計に関する情報、DNAはそれを記録する媒体と考えてもらってかまいません。ヒトのDNAのうち、実際に身体のタンパク質を作るのに利用されているものは、どのくらいあるでしょう？」

どうせ今度も意外な数値なのだろう。当ててみようと心の内で身構えた時、後ろから身を乗り出した桂が、「二から三パーセントだよ」と囁いた。思わず桂を振り向いて、目を丸くする。

「実は、二パーセントから三パーセントと言われています」

不破院長が答えを明かしながら、ちらりとこちらを見たような気がした。もちろん自分ではなく、桂を見たのだ。

「それでは、残りの九十七パーセントから九十八パーセントものDNAは、何をやっているんでしょう？　実は、その部分についてはまだ詳細が解明されていないのですが、非コードDNAとも呼ばれ、あまり何かの役に立っているようには見えないのです」

不破院長が両手を広げて肩をすくめ、困ったように顔をしかめてみせると、会場から笑い声が上がった。反応のいい聴衆だ。

講演は、非コードDNAがどこから来たのかという話題に突入した。

「実は、それらのDNAの大部分は、進化の過程において、ヒトがウイルスから取り込んだものではないかという見方があります」

アキは文学部出身で、高校でも文系だった。理系の学問には苦手意識が強いのだが、不破の講演はひとつひとつ取り上げられる例がわかりやすいためか、興味深く聞くことができた。

「この図は、ヒトの細胞を描いたものです。細胞膜とか、核とか、ミトコンドリアとか――なんとなく、どこかで聞いたような名前ですね？　ミトコンドリア。これは、細胞の中で糖をエネルギーに変えるエネルギー工場です。電気を作るわけではありませんが、発電所と言ったほうが、むしろわかりやすいでしょうか。このミトコンドリアという器官は、その昔、もともとは独立した細菌だったのが、動物の体内に取り込まれ、細胞と共存して生きるようになったと見られています。皆さんの身体の中にも、もちろん私の身体の中にも、ミトコンドリアがいます。無数にね。それが大昔は、独立した細菌だったというんです」

背中の中心をすっと何かで撫でられて、アキはびっくりして飛び上がりそうになった。ペンを手にした桂が後ろの席で、顔を隠してくすくす笑っている。まったく、どういう悪戯小僧だろうか。

「――ごめん。小暮さんたら、すごく真面目くさって聞いてるから」

「だって、院長先生のお話が面白いから」

早口で囁き交わしたが、隣の老婦人がちらりと迷惑そうにこちらを見た。講演の邪魔をしているのは、桂のほうなのだが。

不破の話は、人間の体内で共存している細菌の話題へと移っていた。たとえば大腸菌だ。大腸菌というと、Ｏ－１５７のように死にいたることもある激しい食中毒を起こす種類がいて、悪いイメージがついているが、実際にはほとんどの大腸菌が無害で、それどころか食べ物を分解してエネルギーに変えたり、他の細菌から身体を守る働きをしたりもする。長い歳月をかけて、人間はそれらの細菌を体内に取り込み、共存共栄の道を歩んできたわけだ。それが人間の進化の過程のひとつだった。

「これからだって、たとえば人間の身体が、インフルエンザウイルスの影響を受けて、進化するかもしれない。私たちは今もなお、進化の過程にいるんですから」

背筋がぞくりとした。

――私たちが、今もなお進化しているって。

古い２ＤＫのマンションで、湿気《しけ》た畳にベッドを置いて、かつかつの貧乏暮らしをしている自分のような人間でも、進化の過程にあるヒトのひとりなのか。なんと夢のある言葉だろう。自分という人間の心の貧しさ、いつまでも地面にへばりついて羽ばたけない情けなさ、それを悩む気持ちの狭さなどが、ちっぽけなものに感じられる。

——そう、時間軸をぐっと大きく千年、万年の単位で見て俯瞰《ふかん》することができれば。

母の水穂も、その子のアキも、ヒトという種の連綿とした流れにつらなる〈途中経過〉にすぎないのだ。その〈途中経過〉が、なまじ心を持つのでいろいろと思い悩むのだが、進化の途中にあるヒトひとりの悩みに、どれほどの重みがあるだろうか。

「私は三十代の頃、海外の紛争地帯に行ってボランティアで医療行為をしていました。その頃やっと医師としての自信もつき始め、自分の力をいろんな場所で試してみたいと思ったんですね。そこで目にしたのは、日本では想像もしなかった光景でした」

現地で撮影された写真や動画が映し出された。地雷や爆撃などで手足を失い、うつろなまなざしをカメラに向ける子どもたち。血を流して泣きわめく赤ん坊を、涙ぐみじっと抱きしめることしかできない若い母親。栄養が足りず、手足が骨と皮ばかりに痩せ細っているのに、おなかだけが異様にまるまると突き出た子ども。十二歳とキャプションには書かれているのに、どう見ても六歳くらいにしか見えない男の子。説明を加える不破の声には、金属的な硬さが混じり込んでいる。

「人間というのは、誰かの役に立つのが嬉しくてしかたのない生き物なんです」

不破が柔らかく温かい口調に戻った。

「誰かの役に立っていると感じると、脳内麻薬が分泌されるんですね。だから、人に喜んでもらえる仕事やボランティアというのは気持ちのいいものです。アフガニスタンの難民キャンプに二年、ケニアにあるソマリア難民のキャンプにも二年、行きました。でも、現地で長く勤務するうちに、自分は本当に役に立っているんだろうかと自問するようになりました。なぜなら、爆撃で足をなくした子どもを救っても、次の週には新しい子どもたちが、また手足をなくして担ぎ込まれるんです。栄養失調で死にかけている子どもをひとり救っても、次から次へと新たな難民がキャンプへやってくる。ある日、十九になる母親の腕のなかで呼吸が止まってしまっていた赤ん坊が、医療テントに運び込まれました。栄養不足がたたり、風邪から肺炎を起こして亡くなっていたのですが、母親の腕や足も、握れば折れそうなほど痩せこけていました」

聴衆はしんと静まりかえっている。もう、桂もこちらをそっとしておいてくれた。ホールの内部に、不破院長の声だけが響いている。

「——愚かという言葉を、私のような人間が使うことは許されるのかどうか。ただその時、私の脳裏に浮かんだのは、どうして人間は、いつまでもこんなふうに、愚かな殺し合いを続けるのだろうかという疑問でした。なぜ少しばかりの土地や、食糧や、お金や、名誉、宗教、過去の恨み、そういったもののために争い続け、傷つけ合うのでしょう。ヒトが今もなお進化を続ける生物なのであれば、二十一世紀になった今、どこかでストップをかける賢明さを獲得してもいいはずです」

私たちは今も、進化し続けています、と不破院長は力強く続けた。ヒトがこれからどんな機能を取り込み、どんな方向に向かって進化していくのか、それはわからない。それでも、それは必ず人間を良い方向へと導くものであるはずだ。

「アフガニスタンやケニアで見た光景。あれが、不破病院やメゾンメトセラの原点なのです」

不破院長の講演がそこで終わると、聴衆は激しい拍手を送った。

――この先生は、本物だ。

知らず、固く唇を嚙みしめていた。以前、島津と組んで恐喝した病院長のように、医療の名を汚す存在ではない。正反対だ。

本物の医師が、ここにいた。

――もう、不破病院を調べる必要はない。千足の死は、やはり不幸な事故だったのだろう。

こんな先生を疑うなんて、自分はなんて馬鹿だったのだろう。

ようやく拍手が鳴りやむと、アキは小さくため息をついた。自分自身が、浄化された気分になっていた。

6

「このマンションの三階だな」

手元の地図を確認し、島津が自信ありげに階段に向かう。アキはショルダーバッグの紐をかけ直し、足早に追いかけた。

棚原仁美《ひとみ》の住所を、島津がどうやって調べ上げたのかは、聞いていない。アキが手に入れた情報は、姓と携帯電話の番号のみだった。

吉祥寺の駅前で花束を購入していたので、もしやとは思ったが、棚原の住所はアキの家から徒歩二十分ほどの場所にあった。意外に生活圏も近いのかもしれない。

「本当に、あたしも一緒に行っていいの」

階段を上りながら尋ねると、島津が振り向きもせずに鼻で笑った。

「なんだお前、怖気《おじけ》づいたのか」

「なにそれ、違いますって！」

憤然と答えたものの、島津に見抜かれたことにドキリとする。

棚原から見た自分の印象は、最悪だったろう。手紙を拾ったと嘘をつき、無理やり会って詰問した。二度と顔も見たくないと思っているだろう。そんな相手に会うのは、いくらアキでも、気が進まない。

「相手の境遇を思いやるのが、悪いとは言わない。俺たちの仕事は、誰かの人生に共感し、それを文章にして他人の共感を得ることだ。しかし、本当に必要なら、今まさに血を流している相手の傷口に手を突っ込んで、かきむしる覚悟もしておけ。場合によっては、相手もそれで膿《うみ》を出しきることができるかもしれない。まあ、逆にお前が恨まれるだけかもしれんがな」

島津はへらへらと笑った。

――まったく、他人事だと思ってさ。

こっそりと毒づく。

この取材は、最終的に島津の名前で書物として世に出るだろう。アキたちデータマンの仕事は素材を集めるところまで。情報を取捨選択するのは島津だ。島津は、書くと決めた材料について、必ず現場に自ら足を運んで再取材するタイプだった。

「わかってるよ。だけど、あたしは棚原さんと友好的な会い方をしなかったから。あたしがいても、向こうの気持ちをほぐす役には立たないよ」

「んなこた、これっぽっちも期待してねえよ」

「だって、何の役にも立たないのなら、行ったってしょうがないじゃないか」

互いにぶつくさ言いながら三階に上がり、三〇七号室を探した。ネームプレートが空白なのが、気にいらない。島津がせわしなくインターフォンを二度押したが、応答はなかった。

「仕事に出てるのかな。カフェに来てもらった時も、土曜の日中ならって言われたから」

「ふん――」

郵便受けは一階にある。

じっと扉を睨んでいた島津が、何を思ったのか隣の三〇六号室に近づき、インターフォンを鳴らした。

『はい』

中年の女性の声だ。

「すみません、お隣の棚原さんを訪ねてきたんですが、お留守のようで――」

島津は愛想よく言った。

『棚原さん、引っ越しましたよ』

アキはぎょっとしたが、島津はその答えを予期していたらしい。飛びつくように次の質問をした。

「それは、いつですか」

『昨日です。急に遠方で仕事が決まったとか』

「どこに行くか、言われてませんでしたか」

『さあ、落ち着いたら連絡しますと言われましたけどねえ』

――その連絡は来ない。

アキにもはっきり事情が呑み込めた。棚原は、逃げたのだ。土曜日にアキと会い、ハシムの件を取材している人間がいると知った。今日は水曜日だ。棚原の住所を調べ、島津のスケジュールを調整して取材にやってくるまで、わずか四日。その間に逃げ出すとは、なんて素早い対応だろう。

逆に言えば、棚原は、ハシムのことを知られたとたん、引っ越しまでしなければならないほどの事情を抱えているのだ。

「あのう、僕らは週刊誌の記者なんです。お忙しい時にいろいろお尋ねして申し訳ないんですが、棚原さんは隣にひとりで住んでおられたんですか。独身ですか」

『ええ、何ですか、週刊誌？　あの人、何かやったの？』

隣人は好奇心の強い性格らしい。

「いや、そうじゃないんですけど。棚原さんは関係者の知り合いってことなんですが」

島津は口から出まかせがすらすらと出る。

『そうねえ、ひとり暮らしでしたよ。そんなに親しいわけじゃなかったから、詳しいことは知らないけど。そう言えばバツイチだって、前にちらっと話してたかしらねえ』

「お子さんは――」

『いませんでしたよ』

女性の答えは簡潔で自信ありげだった。木更津で見つかった骨は、六歳から八歳くらいの子どもの大腿骨だと言われている。いくらなんでも、隣家にその年齢の子どもがいれば、気がつくだろう。

「バツイチってことは、旦那さんのほうが引き取ったという可能性はありませんか」

島津が食い下がる。このしつこさは、見習うべきかもしれない。

『いいえ、子どもができないのがきっかけで、離婚したって話でしたからね』

「離婚してから、ここに住んでいたわけですね。それ、いつからですか」

『さあ、五年くらい前かな』

「身近に、六歳から八歳くらいの子どもがいる様子はなかったですか。甥《おい》とか姪《めい》とか――。友達の子どもでもいいんですが」

『いいえ。子どもの面倒を見てる暇なんか、なさそうでしたからね』

「それは、お仕事が忙しかったとか？」

『ええ。看護師さんでしたから』

――看護師。

棚原に会った時、学校の教師のような、堅い職業ではないかと感じたことを思い出す。隣家の女性が、「看護師さんでした」と過去形で語ったのが、ふと気になった。

「もしかして――看護師を辞めたんですか」

アキが横から口を挟むと、女性はやや戸惑ったように間を置いた。

『ええ、そうらしいですよ。だって、一日じゅう仕事してるんじゃないかって思うくらい忙しそうだったのに、ある日を境にぴたっと外出しなくなったんですもの。ずっと、隣からテレビの音が聞こえてくるの』

「それ、いつ頃ですか」

『さあ——ひと月か、ふた月は前じゃないかしら。あまりよく覚えてないけど』

「それじゃあ、次の職場が見つかったのかもしれませんね。看護師さんなら、引く手あまたでしょうから。以前はどちらの病院にお勤めだったか、ご存じですか」

島津がにこやかに尋ねる。

『さあ。歩いて行ける範囲の大きな病院だと聞いてましたけど。病院の名前までは』

知っているのかもしれないが、女性はそこまで教えてくれなかった。歩いて行ける範囲と言われ、アキは不破病院をすぐさま思い浮かべたが、まさか関係はないだろう。

反対側にある三〇八号室のインターフォンも鳴らしてみたが、こちらは応答がなかった。島津に促されて階段を下りた。何を考えているのか、島津はマンションを出るまで無言だった。

「——次はどうする？　運送会社に当たってみようか。個人情報保護を盾にして、教えてくれないとは思うけど」

「いや、それも考えたんだが」

島津が顎を軽く撫でた。

「どうもその棚原って女、手回しが良すぎるな。考えてもみろ。引っ越しを考えて、三日後に運送会社も手配して消えるなんて早業、普通できるか？　ここは賃貸マンションらしいが、解約のひと月かふた月前に連絡するのが当たり前だろ」

「まあそれは、そのふた月分の賃貸料を払えばすむことだから」

「そりゃそうだが、棚原って女は、それだけの無駄金をぽんと払う余裕があったわけだ。それにしちゃ、やけにビンボくさいマンションに住んでるがな」

たしかにそうだ。引っ越し先だって、そう簡単に見つかるものだろうか。

「――仲間がいるのかもしれんな」

島津の言葉に頷いた。棚原ひとりでは難しいだろう。仲間に助けを求めたというのは、ありうるかもしれない。たとえば、仲間の家にとりあえず逃げ込んだとか。しかし、看護師だった棚原と、ハシムという死んだ少年とが、どう結びつくのか見当もつかなかった。

「小暮、棚原の携帯に電話をかけてみな」

自分の携帯から電話することに、若干の抵抗を感じたが、言われるままにかけてみる。

「おかけになった電話番号は、現在使われておりません」というアナウンスが流れた。

棚原の携帯は、すでに解約されている。

「恐ろしく、仕事の速い女だな」

島津が憮然《ぶぜん》として言った。

「だけど、住所を変えて携帯も解約すると、友達と連絡取れなくなるんじゃない？」

「いいんだよ。ほとぼりが冷めた頃に、棚原のほうから友達に、引っ越しましたってハガキを出せばいい話だ。新しい携帯の番号を添えてな」

「郵便局に、転居届を出してないかな」

「これだけみごとに、未練もなく家を捨てる奴だぞ。身を隠すのが目的なら、そんなもの出さないだろう」

彼らはしばし黙り込み、棚原が住んでいた古びたマンションと、周辺の昭和の匂いがする小さな一軒家の群れを見回した。

「この事件、社会のどん底で生きてるシングルマザーが、子どもを捨てたか虐待して死なせたケースじゃないかと、俺は考えたんだが――」

島津が書こうとしているのは、そういう格差社会の現実だ。木更津で見つかった骨も、そういう子どものひとりが被害者になったのだとばかり考えていた。

――哀れな子どもたち。

「棚原は、ハシムは幸せな子どもだったと言ったんだってな」

「――うん。たしかにそう言ったよ。本人は固く信じているようだった」

「どうもおかしい。いろいろとつじつまが合わねえな」

　苦虫を嚙み潰したような顔で、島津が吐き捨てる。

「この件は、貧しいシングルマザーが生活に疲れて起こしたような事件じゃない。裏で金が動いた臭いがプンプンしやがる。それも、かなり大きな金額だな。賃貸マンション数か月分の家賃をぽんと捨て、携帯なんかいくつ変えても惜しくないくらいの。――いったい、何だ？　小児性愛者向けのAVか、あるいは臓器販売ネットワークか――」

　こんな時、いつも斜にかまえた冗談を飛ばしたり、恐喝まがいの記事を書いたりしている島津の本音が覗く。本心では、アキなどそばへも寄れぬくらいの正義漢だ。島津を動かすのは怒りだ。虐げられる者への哀れみだ。

「でも、違うと思う――そんなんじゃない。いちど会っただけだけど、あの人、そういうタイプじゃないんだよ。棚原さんを見ればわかるけどさ」

「どうやって彼女を捜す気だ」

　棚原の身の隠し方は鮮やかだ。

「――家族はどうかな」

「家族？」

「両親とか、別れた旦那とか。そのあたりには、行き先を知らせているかもしれない。転出・転入届や、年金の住所変更とか役所関係の手続きもあるけど、それは遅らせればいいだけ」

棚原はまだ四十代くらいに見えた。その年なら、両親も健在である確率が高い。

「そう思うなら、やってみろ。この件は、小暮に任せる」

——いきなり丸投げしてきた。

アキは渋い表情になった。

「いいか、小暮。お前は言い訳が多すぎる。お母さんの介護で手が離せない事情もあるだろうし、俺たちはただのライターで、警察官でも探偵でもないから、手に入らない情報が多いのも事実だ。しかしな、本気でものを書きたいのなら、知恵を使え。一から自分で考えて、必要な情報を手に入れるんだ。初めての経験だろうから、相談には乗ってやる。お前、いくつになったっけ」

えっ、とアキは一瞬口ごもり、もごもごと年齢を口にした。年齢を聞くのって、セクハラの一種じゃないの、と口ごたえをする前に、島津のゲンコツが頭に降ってくる。

「あのなあ、三十ってことは、日本人の平均寿命に達するまでに、五十年もあるってことだ。どうすんだ、お前。残りの五十年、いつまでも言い訳ばっかりしながら、うだつの上がらないライターやってんのか。年金もらえる年になるまで、ぼんやり待つのか。俺のほうが年上だし、男のほうが平均寿命は短いんだから、順番どおりなら俺のほうが先にくたばるんだぜ。そしたらもう、面倒見てやれねえぞ」

——面倒見てもらおうなんて、これっぽっちも思ってない。

そう反論しかけて、思いとどまる。たしかに自分は、島津の仕事を当てにしていたのだ。困った時に、絶妙のタイミングでそれは差し出されてきた。偶然を装っていたけれど、そうじゃなかった。ダーティな仕事に自分を引きずり込む、クールな先輩と思ってきたけど、それだけじゃなかった。

「俺の仕事に間に合わなくてもかまわない。どうやら、内容的に俺の本には使えそうにないからな。別件だ。お前が拾ってみろ。とことん、棚原って女を追いつめるんだ。そろそろ、自分だけのネタをものにしてみろ。いいか、探偵なんか使うと金がかかる。ネットをうまく活用するんだ。今どき、ネットと無縁でいられる人間のほうが少ない。SNSや検索エンジンを使って、徹底的に捜してみろ。意外なところから棚原の素性を洗えるかもしれん」

ときどき状況を報告することを約束させて、島津が立ち去った後も、アキはしばらく立ちつくしていた。

——言い訳ばかりの人生。

島津の言葉は厳しいが、鋭く真実を突いている。そんな生き方はしたくない。言い訳ばかりしているということは、最初から負ける気でいるということだ。這いあがる気力がないと、指摘されたのだ。

——自分だけのネタか。

ずっと、そんな仕事をやってみたいと考えていたのではなかったか。時間がないから無理。能力がないから無理。島津に勧められるまま、この職業に就いただけだから無理。たしかに、自分はそんな言い訳ばかり並べてきた。

——棚原を追いつめる。

遥か彼方へと続く荒野を、時おり振り返ってこちらを確かめながら、棚原がひたすら逃げていく。そんな映像が脳裏に浮かんだ。

自分にできるかどうかはわからない。しかし、やってみる価値はありそうだ。

徒歩で自宅に戻る途中、千足家の薬店の前を通りかかった。

「あれ——お店、閉めるの？」

「アキちゃん」

千足の母親が、抱えていた段ボール箱を置き、エプロン姿で外に出てくる。シャッターを上げ、開け放したガラスの自動ドアには、今でも「ちたり薬店」と白い文字で書かれているが、化粧品会社の名前が入った、置き看板の電源は抜かれていた。店の中は、ガラスケースも棚の上も、ほとんど空っぽだ。

「私たち、店とマンションを売って、高齢者マンションに入ることにしたの。うちのお父さんも、あれ以来すっかりやる気をなくしてね。いつか善雄が店を継いでくれると思って、それが張りあいになって店を残してたけど、もういいやって」

千足の両親は、事件の後、マスコミに追いかけられる煩わしさを嫌い、地方にいる次男の家の近くに避難していた。決意を聞いて、驚くより寂しい気持ちが先に立つ。

「高齢者マンションって、どこの――？　ひょっとして、メゾンメトセラとか」

「まさか」

千足の母が、苦く笑った。

「東京じゃとても無理ねえ。地方なら、なんとか手が届くところがあったから。輝夫が働いている、県庁の近くで探してもらってね」

有料老人ホームや高齢者マンションは、東京と地方でずいぶん費用の差があるそうだ。そういった施設でなくとも、土地が手ごろな価格で手に入るので、都市部の家を売って地方に移り住み、浮いた資金と年金で老夫婦が悠々自適の生活を送るという話もよく聞く。

千足がいた痕跡が、どんどん薄れていく。それを寂しいと感じる自分もいるが、両親にしてみれば、死んだ長男の記憶が染みついたこの街より、次男の住む新しい街で暮らすほうが幸せなのかもしれない。

千足のことを考えると今でも、なぜ自分は彼に、特ダネが欲しいなどとつまらない愚痴をこぼしてしまったのだろうと頭を抱えたくなる。あんなこと、言わなければ良かった。そうすれば、千足は今でも元気だったかもしれない。

だいいち、不破病院や院長を疑うなんて、何の根拠もないことだった。不破病院について調べていると、臨床検査技師の杉原のように中立な立場の人間までが、逆に不破病院を誉めるのだ。それも当然のことだと、ようやく理解した。桂は、不破院長を「聖人」と評したが、その評価は的を射ている。他人の痛みに敏感で、力を尽くして他人を救おうとする人だ。

「アキちゃんも、これから大変かもしれないけど。あんまり無理しないようにね」

千足の母親は、少し見ない間に白髪がめっきり増えた。千足が生きていた頃は、職に就いても長続きしない長男について、よく愚痴をこぼしていたものだが、それがかえって生活の張りになっていたようだった。今は、すっかり気落ちしている。

千足の母親と別れて自宅に戻った。今日は、水穂をデイサービスに預けている。入浴介助と、レクリエーションを頼んだのだ。一日中、テレビの前にいるのは、目の健康にも良くないだろう。介護保険の認定も下り、要介護2との判定だったが、時々は介護のサービスを受けられるようになり、アキも少し動きやすくなった。

――棚原を捜す。

食卓で、ノートパソコンを立ち上げる。あれだけ俊敏に、マンションから逃げ出した棚原のことだ。まさか、SNSに自分の足跡を残してはいないと思うが、念のため調べてみることにした。

ツイッターやフェイスブック、ラインなどで、棚原仁美のアカウントを捜してみた。漢字、ひらがな、カタカナ、英語とさまざまな表記で検索しても、そんなユーザーは出てこない。そもそも、フェイスブック以外は実名を使わない人も多い。別名で登録していれば、見つけようがない。

ふと気づいて、「棚原」という名前でフェイスブックを検索した。珍しい名字だと思っていたが、意外に登録されている。

——この中に、親戚とかいないかな。

いるのかもしれないが、自分は棚原仁美について、ほとんど何も知らない。顔写真を載せている人も多いが、仁美にそっくりな人物がいるわけでもない。

棚原という名前を持つ人は、全国に何人くらいいるのかと興味を持ち、「名字由来ｎｅｔ」というサイトで検索してみた。およそ四千八百人。驚いたことに、そのうち四千四百人が沖縄県にいるという。沖縄固有の名字なのだ。

——それにしては、彼女の言葉に沖縄風の訛《なま》りはなかった。

東京で長く働くうちに、訛りが抜けたのだろうか。アキが注目したのは、彼女が五年ほど前には離婚していたという点だ。棚原という名前は、夫の名字ではないだろうか。棚原が離婚した時には、看護師としてベテランの域に達していただろう。職場で夫の名字を使っていたのであれば、詮索されたり手続きが煩雑になるのを避けるために、結婚前の名字に戻さなかったのではないか。

試みに、棚原仁美という名前をネットで検索してみると、意外なものが引っかかった。

——七年前の沖縄のお悔やみ情報だ。

沖縄では、ごく普通の家庭でも、告別式の情報を新聞に死亡広告として出す。葬儀を行う場所や時間、親族や関係者の名前。知人らは、その情報を見て、葬儀に参列するかどうか判断するのだ。

「七年前か——」

その頃なら、離婚する前だろう。名護《なご》で葬儀が行われたのは、棚原ヨシ子という七十二歳の女性だ。三男、棚原郁夫《いくお》の嫁として、棚原仁美という名前が記載されている。この女性が、捜している棚原かどうかはわからない。

四千八百人のうちに、「棚原仁美」がふたり以上いる確率は、どのくらいだろう。

告別式の情報を詳しく読んでいくと、棚原ヨシ子の長男で、喪主の棚原明《あきら》は、有限会社タナハラ建設という建設会社の社長らしいとわかった。会社のホームページはすぐに見つかった。もちろん、住所と電話番号も公開されている。長男が喪主になっているし、告別式の情報にはヨシ子の夫について何も書かれていないので、おそらくすでに亡くなっていたのだろう。

　アキは、思いきって104に電話をかけた。

「沖縄県名護市の、棚原明さんと棚原郁夫さんの名前で番号の登録がないでしょうか」

『お待ちくださいませ』

　しばらくキーを叩く音がかすかに聞こえた。

『棚原郁夫様ではご登録がありませんが、棚原明様で名護市に一件、ご登録があります』

「そちらをお願いします」

　ご利用ありがとうございました、という女性の声の後、合成音声で番号の案内が始まった。手近な紙に書きつける。番号は会社の代表番号とは違っていて、自宅のもののようだ。近ごろは、自宅の番号を電話帳に載せないケースも増えてきたが、棚原明の場合は会社経営などをしているので、載せないわけにいかなかったのだろうか。

　――さて。

　番号を睨みながら迷う。これが、捜している棚原仁美の離婚した夫の兄だという確証はない。しかし、ここまで来ると、確かめずにはいられない。自宅の番号にかけてみた。

『棚原です』

　落ち着いた声の中年女性が応答した。とっさに言葉が出ず、喉を潰されたカエルのようなしゃがれた声で、アキは呻いた。

「あの、突然すみません、小暮と申します。物書きをしておりまして――東京からかけているんですけども」

『――はあ』

訥々《とつとつ》とした、これ以上ないくらい下手な喋り方のせいで、かえって少しばかり警戒心を解いたらしい。妙な営業の電話ではないかと問いただされることもなかった。

「そちらは、棚原明さんのご自宅ですよね。棚原郁夫さんという弟さんがいらっしゃいますよね」

『ええ、おりますけど――どういうご用件ですか?』

そろそろ、不審の念が声に忍び入る。

「郁夫さんには、離婚された仁美さんという奥さまがいらっしゃったかと思うんですけど、その方にどうしても連絡を取りたいんです」

『仁美さんとは、連絡を取ってないんですけど。今はもう他人ですから』

「弟さん、郁夫さんは連絡先をご存じではないでしょうか」

『別れて五年になりますし、義弟《おとうと》は再婚したんです。もう連絡してないと思いますけど』

「郁夫さんの連絡先をお伺いしてもよろしいでしょうか」

相手の逡巡《しゅんじゅん》は、長く否定的だった。

『あの、どうして仁美さんに連絡したいんですか?』

「記事を書くうえで、どうしても仁美さんに確認したいことがあるんです。仁美さんが何かしたとか、そういう話ではないんです。ただ、彼女が知っていることは確かなので——。これは念のためにお伺いするのですが、東京で看護師をされていた仁美さんですよね？」

『ええ、看護師でしたけど——』

もう間違いない。棚原姓は全国に四千八百人。その中に、同姓同名で看護師の棚原仁美がいる確率は、極めて低いだろう。

『申し訳ないですけど、義弟の連絡先は、本人に確認してみないと教えていいかどうかわかりません。なんだか、仁美さんは面倒なことに関わっているようですし——』

少し慌てた。関わり合いを恐れて、断られては困る。

「いいえ、仁美さんが面倒なことに関わっているというわけでは」

『それでも、確認しますから。そちらのお電話番号は、いま番号表示に出ている携帯の番号で大丈夫ですか』

「はい、それで結構です」

念のために、アキは自分の携帯の番号を言った。棚原明の妻は、義弟に連絡して、向こうから連絡するように伝えると言って電話を切った。待つのは好きではないし、棚原郁夫が怪しんでかけてこなければ、連絡が取れないまま終わってしまうが、しばらく様子を見るしかないだろう。

一応、各種のSNSで「棚原郁夫」を検索してみたが、どこにも登録はなかった。四十代くらいなら、こういったものを利用している人としていない人にきっぱり分かれるはずだ。

「――ふう」

もし棚原郁夫と連絡が取れれば、仁美が勤務していた病院がわかるかもしれない。彼女はなぜか、勤務先の病院を辞めて、自宅に閉じ込もっていた。そして、木更津で子どもの骨が見つかったと報道されると、花束を持って慰霊に駆けつけたのだ。

隣家の女性は、マンションから「歩いて行ける範囲の大きな病院」だと言っていた。しかし、吉祥寺や三鷹の周辺には、そんな病院が何軒もある。一軒ずつ訪ねて、棚原仁美という看護師がいたか質問したら、答えてくれるだろうか。

もうひとつは、棚原の元の住所に、郵便物を出してみる手だ。島津は転居届を出していないだろうと言っていたが、可能性が少しでも残されているのなら、試してみてもいい。ただ、棚原がこちらの接近を恐れて逃げたのなら、連絡してほしいと懇願しても無駄だろう。棚原のほうから返信したくなるような手を考えなくては。

賃貸マンションの管理人は、棚原の連絡先を知っているかもしれないが、誰か訪ねてきても教えないでくれと頼まれているだろう。後は、もう一軒の隣家、三〇八号室を訪ねてみることだろうか。

——あたし、意外とうまくやってるかも。

それに、事件の真相を追うのを楽しんでいる。正義のため、子どもの無念を晴らすためなどと、胸を反らすつもりはない。むしろ、強い興味と好奇心をそそられている。なぜ棚原のような女性が、子どもの不審な死に関わっているのだろう。

どんな理由があるにせよ、悲しい目に遭うのは、決まって弱い人間だ。大人の理不尽に抵抗できない子どもたち。経済的に弱い立場の女性たち。

アキ自身も、弱さを自覚している。腕っ節に限らない。世間からいっぱしの人物と見られるための、切り札を持っていない。認知症の母親を抱えて、定職にも就かず、収入の低い自分のような存在が生き抜くためには、きれいごとだけでは無理だった。

——ああ、そうか。あたし、島津さんの存在を、言い訳にしてたんだ。

小ずるいことをしても、島津に命じられたからやったのだと、自分をごまかしてきた。自分が意図したことではないからと。ちゃんと正面を向いて、世の中に向かっていく意気地がなかったのだ。

自分は、子どもも同然だった。

そう考えた時、携帯電話が鳴り始めた。画面には、「非通知」と表示されている。なぜかふと、棚原仁美ではないかと感じて、慌てて電話に出た。

「はい、小暮です」

『棚原郁夫と申しますが』

男性の声が聞こえてきて、アキははっとした。棚原仁美の別れた夫だ。

「お電話ありがとうございます、さっそくかけてくださったんですね」

急いでメモ帳とペンを引き寄せる。

『仁美のことでお電話くださったようで』

番号非通知でかけてきたことといい、声の調子といい、いかにも不審に思い様子を探ろうとしているようだ。

「仁美さん、吉祥寺のマンションから引っ越されたんですが、引っ越し先をご存じでしょうか。連絡取れなくて困ってまして」

わざと居丈高な調子で尋ねる。

『引っ越した？』

とたんに、相手の声が裏返った。残念なことに、どうやら知らされていないらしい。

「つい最近のことなんですけど。ご存じありませんでしたか」

『――全然、知りませんでした。別れて五年になりますし、僕はもう他に家庭を持ちましたので、今では行き来もないんです。一度は夫婦だったわけですし、何かの時には連絡くらい取れるようにしておこうと話しあって、電話番号や住所は互いに教えあっているんですが――』

引っ越しを知らされなかったことがショックだったのか、聞かれもしないことまで饒舌《じょうぜつ》に語り、ため息をつく。

「あの、仁美さんは吉祥寺の病院に、看護師としてお勤めだったんですよね？」

『ええ、そうです』

ぽろりと病院の名前を明かしてくれないかと期待したのだが、そううまくはいかない。しかし、棚原仁美が吉祥寺の病院に勤めていたことも確認できた。

「病院も辞めておられるようなんですが、ひょっとすると、そちらに新しい連絡先を教えている可能性もあるかと思いまして。病院名を教えていただけませんか」

『小暮さんと言われましたか。すいませんが、なぜ仁美と連絡を取りたいのか、まだ教えてもらってないんですが』

郁夫の声が硬くなった。警戒心が強い。ある程度はこちらの手の内を明かさなければ、本当のことを教えてもらえない気がする。

「ある事件の真相について、仁美さんが何かご存じなのではないかと、考えているんです」

『事件？』

「身元不明の子どもの骨が、木更津に流れ着いた事件です」

『なぜ、仁美がその件に関わっていると思うんです？』

「実は、すでに仁美さんに一度インタビューしたんです。彼女は関わりを認めました」

息を呑むように、郁夫が黙り込んだ。そのまま電話を切ってしまうのではないかと恐れたが、そうではなかった。

『まさか――仁美が子どもを殺したなんて、考えていないでしょうね』

「そうではないです。仁美さんは、事情をご存じなんですが、理由があって公にしたくないのでしょう。立ち入ったことをお尋ねしますが、仁美さんとの間にお子さんは――？」

隣家の女性は、子どもができなかったことが、離婚の原因になったと話していた。どんな情報でも、本人から直接ウラが取れるのなら確認しておくべきだ。

『――子どもはいませんでした。こんなことを見ず知らずの方に言うのもどうかと思いますが、仁美のほうに問題がありまして。子ども好きだっただけに、可哀そうでしたよ』

「仁美さんは、子ども好きだったんですね」

『それはもう。小さな子どもがそばにいると、目を細めて見ていましたね。だから、子どもの害になるようなことは、絶対にするはずがない』

彼が夫婦間の、おそらくは秘密にしておきたいことを語り始めた理由がわかった。仁美をかばうつもりだ。

「仁美さんの周辺に、六歳から八歳くらいの子どもはいませんでしたか」

『さあ。離婚してからは、ずっと見ていたわけじゃないですから』

「こんなことを伺うのは失礼ですが、離婚されたのはどうして――」

『子どもができないことを、彼女が不必要なくらい引け目に感じたからですよ』

苛立ちを感じさせる声で、郁夫が答える。

『僕はそもそも、離婚するつもりなんかなかったんです。子どもができないのなら、養子をもらう手もありますから。でも仁美は、僕が無理をしていると勘違いしたようで』

「ご結婚されていた頃も、ずっと看護師としてお勤めだったんですか」

『そうです。月並みな話ですが、僕が骨折で入院した時に、知り合ったんです』

「その――差し支えなければ、彼女が勤務していた病院の名前を教えてもらえませんか」

郁夫は小さくため息をついた。

『申し訳ないですが、僕はあなたのことを何も知らないんです。過去の勤務先を教えることで、仁美も含めて、誰にどんな迷惑をかけるかもわかりません。仁美の口から直接聞いてください』

それ以上は、何も聞き出せそうになかった。要するに彼は、仁美を守るためなら証言するが、彼女に不利になる可能性があるなら、口を固く閉じておくと決めたようだった。

「最後にひとつだけ、教えてください。仁美さんの旧姓は、何とおっしゃるんですか」

郁夫が一瞬迷い、ようやく口を開いた。

『——藤原です。藤原仁美』

仁美と連絡が取れれば、アキに連絡するよう伝えると言ってくれたが、そちらは期待しないほうが良さそうだ。

あれこれ調査しているうちに、水穂をデイサービスに迎えに行く時間が近づいていた。その前にスーパーで買い物をすませておかなければいけない。

——あたしってまるで、シンデレラみたい。

ため息をつきつつ苦笑する。ただし、十二時の鐘が鳴ると魔法が解けるお姫様ではなく、時間になると仕事を中断せねばならないだけの、みすぼらしい「灰かぶり」だが。

多くの女性たちが、同じように子どもを保育園に迎えに行ったりしているのだろう。千足に留守番を頼めた自分がむしろ、恵まれていたのかもしれない。

遠回りして、棚原が住んでいたマンションに再び足を運んだ。そのそばにもスーパーがある。島津と来た時に留守だった、三〇八号室のインターフォンを鳴らしたが、やはり応答がない。先に一階の郵便受けを確認してきたのだが、棚原のいた三〇七号室と、三〇八号室は共にネームプレートが外されていた。誰も住んでいないのだろうか。

昼間にいろいろ教えてくれた、三〇六号室のインターフォンをもう一度鳴らしてみた。

「すみません。お昼に一度、お話を伺ったものなんですが。お隣の棚原さんの引っ越しについて、教えていただきたいんです。引っ越し業者さんの会社名、わかりますか」

『いいえ、外に出てみなかったのでねえ、わかりません。棚原さんが後で見えて挨拶されなかったら、気づかなかったかもしれません』

隣家の女性はややめんどくさそうに答え、いま手が離せないからとすぐインターフォンを切ってしまった。もう協力しないという、意思表示のようでもある。島津のように、誰とでもすぐ打ち解けて口を開かせる腕がほしい。

一階に下りて、敷地のフェンスに針金で留めてある、不動産屋の名前と連絡先を手控えた。マンションの前は片側一車線の道路で、斜め向かいに寂れた風情の理髪店があった。思いきって道路を渡り、ドアを押してみる。

「すみません、ちょっとお尋ねします」

「はい」

整髪料の香りがぷんと漂う店内で、初老の男性が振り向いた。エアコンは効いておらず、梅雨も終わり蒸し暑いなか、首に白いタオルを巻いて汗を止めている。客はおらず、理容師の男性と、店内を清掃している妻らしい女性がいるだけだ。ふたりは、飛び込んできた見知らぬ女に、不思議そうな顔を見せた。

「あのう、昨日、このあたりに引っ越しサービスの車が停まっていませんでしたか」

「ああ、停まってましたよ。前のマンションでしょ」

奥さんが、すぐさま反応する。こちらが心配になるほど暇そうな店だった。時間を持て余しているのかもしれない。

「業者の名前を覚えてらっしゃいますか」

「何かあったんですか？」

奥さんが興味津々で目を輝かせた。「これ」と、夫が制止するのにも耳を貸さない。答えに困り、アキは曖昧に笑った。

「いえ、特に問題があるわけではないんですけど、少し連絡を取りたくて」

彼女が教えてくれたのは、よくテレビでも宣伝をしている、全国規模の引っ越し会社だった。トラックにロゴマークが入っていたそうだから、間違いないだろう。

「荷物はそんなに多くなさそうでしたよ。わりあい短い時間で出て行きましたからね」

――どこにどんな目があるか、知れたものではない。

理髪店の夫妻に礼を言って店を出る。棚原は、まさかこんなところから引っ越し業者を知られるとは思わなかっただろう。

スーパーに向かいながら、スマホで業者の電話番号を調べ、電話してみた。棚原のマンションの住所と、引っ越しがあった日付を話し、引っ越した先の住所を知りたいと言ったが、顧客の個人情報なので教えられないとの一点張りだった。予想どおりだ。警察でもなければ、聞き出すのは無理だろう。

そろそろタイムリミットだった。

近くのスーパーに飛び込み、じっくり献立を考える余裕もなく、ただ値札を見て適当にかごに投げ入れ、レジに走る。レジの列を待つ間に、不動産屋にも電話をした。こちらも、棚原の連絡先を教えることはできないと、ぶっきらぼうに断られた。

――これで行き止まりか。

ため息をつきたくなった。

島津は励ましてくれたが、しょせん、自分にできることなんて、限られている。調査の技術だって、自己流だ。

がっかりする気分を隠し、レジ袋を提げたまま、あたふたとデイサービスに駆け込んだ。約束の時刻を、五分過ぎている。

「ごめんね、待たせちゃって」

デイサービスのロビーで、ソファに腰掛けてぼんやりしている水穂を見つけ、レンタルの車椅子を広げた。車を持っていないので、自宅マンションまでこれで連れて帰るつもりだ。タクシーに乗る余裕はない。

「それ、あたしが膝に載せておくよ」

レジ袋を水穂が持つと言う。今日は、ずいぶん頭がはっきりしているようだ。デイサービスで、いろんな人に会ったのが、刺激になったのかもしれない。

今日一日どんなことをしていたのか、水穂の話を聞きながら家に向かった。興が乗ったのか、身振り手振りを交えての熱弁で、アキは久しぶりに大笑いした。

長時間にわたり他人と接して疲れたのか、水穂は帰って夕食をとると、すぐに眠ってしまった。今日はほとんどテレビを見ていない。こんな一日を時々作るのも、良さそうだ。

アキ自身も、今日は一日じゅう走り回って、疲れた。早めに眠ろうかと思案していると、スマホが鳴り始めた。公衆電話という表示に、なんとなくどきりとする。今どき、公衆電話からかけてくる相手など、ほとんどいない。

――正体を隠したいか、居場所を隠したい相手以外は。

「小暮です」

『あなたね、何さまのつもりか知らないけど、よけいな詮索はやめてくれませんか』

いきなり切り口上で、棚原仁美が言った。若干、ヒステリックな声だ。棚原が自分からかけてきたことに、アキは目を瞠った。今日、自分が接触した相手の誰かが、彼女に知らせたのだ。小暮という女性が、彼女の新しい住まいを捜していると。

「棚原さん、私はあなたとどうしてもお話がしたくて――」

『私のことは、放っておいて。悪いことなんかしてない。あなたに話すことなんて、何もないんだから』

「あなたはハシムを愛していたんでしょう」

われ知らず、言葉が口をついて出た。電話の向こうで、鋭く息を吸い込む音がした。

棚原は黙り込んだ。

「あなたはハシムが可愛かった。だから、木更津までわざわざ行って、花束と人形をお供えしたんでしょう。あなたが死なせたなんて、私はこれっぽっちも考えていないの。むしろ、あなたはあの男の子を大切にしていたんだと思ってる。知りたいのは、何があったのか、ただそれだけ。ねえ、棚原さん、教えてください。あの子が行方不明になったことを、なぜ誰も警察や役所に届け出なかったの？　国籍や戸籍を持っていない子どもだったんですか。ハシムは誰なの？　あの子の両親はどこ？　あなたは知っているんでしょう」

——棚原は泣いていた。

それに気づくまで、少し時間がかかった。彼女は電話の向こうで黙り込み、おそらく必死で口を押さえて、咽《むせ》び泣いていた。

『——私が死なせたの』

棚原は、悲痛な声ですすり泣いた。

『私がうっかりして、死なせてしまったの。誰も悪くなんかない。あの子は夢の子ども、世界中の誰よりも幸せな子どもだった。――これ以上、私を捜さないで。あなたの追跡は、誰も幸せにしない。そっとしておいてください、ハシムも私も』

通話は切れていたが、アキはスマホを耳に当てたまま、食卓の椅子で硬直していた。動悸《どうき》が激しい。息苦しいほど、頭に血が上っているようだ。自分がうっかりして、死なせてしまったと、棚原は言った。どういう意味だろうか。「死なせてしまった」という言葉からは、「殺してしまった」とはかけ離れたものを感じる。きっと、何か事情があるのだ。棚原は、どうして何も説明してくれないのだろう。あの子は夢の子ども。どんどん興味をそそられる。強く惹きつけられていく――。

疲労も眠気も、吹き飛んでいた。

アキはノートパソコンを立ち上げ、棚原仁美の名前と、旧姓の藤原仁美で検索を始めた。どこかに、看護師時代の彼女の足跡が、残されているかもしれない。

＊

空から水が降ってくる。

流れてくる水の量が増え、危うく足をとられそうになり、〈かれ〉は手近な緑色の蔓《つる》にしがみついた。水の粒が、大きな葉に当たってパタパタと音を立てている。

——ああ、これが〈雨〉なんだ。

話には聞いていたが、初めて見る雨だった。腕の皮膚の上を流れていく水に魅せられて見入る。こんなふうに水が空から落ちてくるものなのだ。

光に誘われて居心地のいい場所を出てから、どのくらい時間が経ったのか〈かれ〉にはわからなかった。真っ暗だった外は、いつしかうすぼんやりと明るくなっていた。

それでも、ここに隠れている限り、見つからない自信がある。外は恐ろしい場所だと、誰に聞いたわけでもないが感じていた。自分はひとに見られてはいけない。

しかし、ここにいれば安心だった。周囲にみっしりと育った草や木々が、自分の姿を隠してくれる。ひんやりと冷たい水が足を濡らすが、暑いくらいなので困ることはない。喉の渇きは、流れる水をすくって癒やした。空は灰色に曇っている。少しおなかがすいてきた。それでも、ここを出てみようとは思わない。〈かれ〉の本能が、姿を隠せと言っている。

——隠れていれば、きっとあのひとたちが見つけてくれる。

いつも〈かれ〉の世話をしてくれる、あの優しい手のひとたちが、今ごろ心配して捜してくれているに違いない。〈かれ〉は、おとなしく待っていればよかった。

突然、すぐそばで聞いたこともない恐ろしい声が聞こえた。ウアン！　というそれは、おなかの底が震えるほどの大音量で、地面もぐらぐら揺れるのではないかと思った。びっくりして、葉陰から透かし見た。

針金のフェンスの向こうに、四本の足で立つ生き物が、真っ白で尖った歯を剝き出しにして、唸っている。茶色い目が敵意をたっぷり含んで、今にもこちらに飛びかかってくるのではないかと思った。

「やまと、どうしたの。こっちよ、こっち」

優しい手のひととよく似た、穏やかな声が聞こえる。ほっと安心したのもつかの間、ウオン！ と叫ぶなにものかが、さらにこちらに近づいて挑むように吠《ほ》え続けた。吠え声の合間には、フッフッフッと激しく息を吐くような音も聞こえる。臭いを嗅いでいるようでもある。

――気づかれたのだ。

〈かれ〉は恐ろしさに縮み上がり、じりじりと後ずさって隠れようとした。

「どうしたんだろう。いつもは聞きわけがいいのにね。これ、やまと！ そんなとこ、なんにもいないじゃないの。もう行くわよ！」

怖くて身体の震えが止まらない。がたがたと震えながら、見つかりませんようにとひたすら念じていると、それでもしつこく唸っていた〈やまと〉が、諦めたのか歩きだした。そっと葉陰から覗いてみると、〈やまと〉が四本の足を器用に動かして遠ざかるのが見えた。

——あれはきっと、〈いぬ〉だ。

実物を見るのは初めてだが、優しい手のひとが絵本を見せてくれた。あんなに恐ろしい生き物だとは思わなかった。

あれは鼻がきくのに違いない。〈かれ〉の臭いを嗅いで、ここに何かいると気づいたのだ。

——水の中にいれば安全だ。

そんな知識が甦る。優しい手の人が、子守唄の代わりに昔話をしてくれたのだろうか。震えながら、水の中で姿勢を低くした。同じ場所にじっとしているより、少しずつ動いたほうがいいかもしれない。水の流れに沿って、歩いていこう。優しい手のひとたちが捜しているだろうが、じっとしていると、さっきのように自分を見つけるものがいて、あのへんに何かいると言われてしまうかもしれない。

水かさはずいぶん増えていた。水底はぬるぬるしていて、はだしの足がよく滑る。恐る恐る歩きだすと、斜面の草地に小型の四足の生き物がいることに気がついた。光る目で、こちらをじっと睨んでいる。さっきの〈いぬ〉よりずっと小さく、耳がぴんと立っている。フーッと唸るその生き物に気をとられた瞬間、水の流れに足を取られた。

「——！」

とっさに悲鳴を上げることもできず、顔を下に向けて転んだ拍子に目の前に硬いものが迫ってきて、額にぶつかった。ゴツンとひどい音がした。目から火花が出るかと思った。くらくらして、目を開けることもできない。全身が水につかり、増えた水かさのせいで、身体が流されていた。打ちつけた額が痛くて、涙が出てくる。なんとか身体の向きを変えて、仰向《あおむ》けになった。起き上がって、むやみに流されるのはやめようとしたが、身体がいうことを聞かない。頭を下にしたまま、どんどん流されていく。

――助けて。

恐ろしさのあまり、声が出ない。両手を水の外に掲げ、助けを求めようとした時、流れのすぐ先に白い柱があることに気づいた。はっとして身を守ろうとした時には、頭のてっぺんから柱に激しくぶつかっていた。

(――ハシム!)

痺れるような痛みとともに、誰かに呼ばれたような気がして、意識が遠のいた。

7

「いつもきちんと時間どおりに来てくれて、本当に助かるわ」

アキは、毎週金曜日、午後一時から五時までの図書室ボランティアスタッフを続けている。同じくサーモンピンクのポロシャツとグレーのスウェットパンツに着替えた古川が、貸出ノートの整理をしながら、感心したように言った。

「いえ、そんな」

「前の人は、けっこういい加減だったの。ボランティアだから、時間どおりでなくてもいいと思ったのかしらね」

ここでボランティア活動を始めた動機は、純粋なものではない。不破病院の不正を探り出す気持ちは失せたが、罪滅ぼしのつもりでまだ続けているだけだ。いばれた気分ではなく、アキは「はあ」と軽く応じて、カートに本を積み図書室を出た。やはり、古川のような生真面目すぎるタイプは苦手だ。

入院病棟の患者に本を配って歩くのにも慣れた。顔見知りも増えたし、向こうから名前を呼んでくれることもある。読書の好みがわかってきた患者もいるが、それに気づくともの悲しい気分になった。相手が長期にわたって入院しているということだからだ。

松原の母親の病室を通りかかり、プレートから名前が消えていることに気がついた。

「あら――松原さんは」

「退院しましたよ、三日ほど前に」

他の患者の点滴をチェックしていた看護師が、笑顔で応じる。全身にガンが転移しているとか、余命はわずかだとか言われていたが、身体にあう薬が見つかれば自宅療養に切り替えようと医師から提案されているとも言っていた。退院できたということは、いくらか回復したのかもしれない。

「良かった――」

松原の家に、様子を見にいこう。退院祝いだ。松原も喜んでいるだろう。

カートを押していると、検査室の方角から歩いてくる桂が見え、アキは足を止めた。

今日も、たくさん試験管を抱えている。

「おや、小暮さん」

桂はあいかわらず天然の人たらしで、魅力的な笑みを振りまいている。

「日曜の講演会以来だよね。あの後、本当はお茶に誘いたかったのにな。小暮さんがあんまり不破先生の話に感心しちゃってるから、声をかけるのも気がひけたよ」

軽い口調だが、こんな美青年にそう言われると悪い気はしない。忙しく廊下を行きかう看護師たちや、点滴のスタンドを引いて歩いている入院患者たちが、興味深そうにこちらを見つめているのを感じ、笑いが洩れる。

「ねえ、今日の夜は何か予定ある？　食事でもしない？」

「いやですね――桂先生ったら、そんなお誘い、やたらに言うとみんな本気にしちゃいますよ？」

どう考えてもからかわれているとしか思えない。あくまでも冗談を軽くあしらう体《てい》でいなすと、桂がふと真面目な顔をした。焦げ茶色の大きな瞳に、不安げな灰色の影がさす。

「――小暮さんは、僕と一緒じゃいや？」

――この男はどうしてこんなふうに、捨てられた子犬みたいな表情を浮かべるのだろう。

それともこれも、桂の手管なのだろうか。本人はまったく意識していないようだけれど。

「いやとか――そんなんじゃ」

「それじゃ、今日は早く仕事を終えるようにするからさ。軽く食べに行こうよ」

夜は水穂の世話をしなければいけない。夕食の支度をして、十時頃に眠りにつくまで、様子を見て。

「その――むしろ、十時を過ぎてからのほうがいいんですけど――」

一瞬、桂が目を丸くした。それから、アキの家庭環境を思い出したのか、すまなさそうに頷いた。

「――そうだった。お母さんと一緒なんだよね。ごめんね、変なこと言って絡んで」

「いえ――」

「それじゃ、十時に家の近くまで迎えに行くよ。吉祥寺の駅のあたりまで出れば、遅くまで開いてるお店があるから」

「ほんとに、ご一緒していいんですか？」

「僕から誘ってるんだからさ」

ふと視線を感じた。エレベーターを降り、急ぎ足でこちらに向かってくるのは三塚看護師だ。その視線のきつさに、いきなり背中から刺されそうな気配を感じて、たじろぐ。

「桂先生。お話し中に失礼します」

「なんだい」

三塚と桂は、アキから離れ、小声で口早に話し始めた。よく聞こえなかったが、「ヤヨイ」という言葉が三塚の口から洩れたとたん、桂が表情を曇らせた。

「――小暮さん、ごめんね。もう行かなくちゃ。後で待ち合わせ場所をメールするから」

珍しく慌てた様子で桂が手を振り、さっと立ち去った。三塚は桂の後を追わず、戻ってきた。険のある表情で、つんと顎を上げる。

「――あなたね、桂先生につきまとうの、いいかげんやめたら。本気にしちゃって、みっともない」

「私は、つきまとってなんか――」

どちらかと言えば、冗談交じりに誘ってくるのは桂のほうだ。むっとしてアキが言い返すと、三塚は冷ややかな微笑を浮かべた。

「勘違いすると可哀そうだから教えてあげるけど、桂先生は誰にでも親切だし、人懐こいの」

そんなことは知っている。あの若い医師は、軽薄に見えるほど誰かれとなく優しい声をかけるし、甘い微笑で他人を魅了する。誰にでも甘えかかる、移り気なネコのようだ。そのくせ、心の底は見せない。研究室を見学させてくれた時にも感じたが、奇妙に他人を突き放していて、何を考えているのかわからない。表面は優しくて温かいのに、芯には硬くて冷えた核がある。そこに触れようとすると、ピーンと硬質な音がして、弾《はじ》き飛ばされそうだ。

「私は別に。桂先生の研究に興味があるだけだから。ガンの撲滅だなんて、不破院長も桂先生もスケールが大きいし」

「——ガンの撲滅？」

三塚が笑いだしそうな顔をして、それからふいに生真面目な表情に戻った。

「ともかく、ライター根性丸出しで、あちこちに首を突っ込むのはやめて。おとなしくボランティア活動に励むことね」

立ち去る白衣の後ろ姿を睨み、アキは憤懣《ふんまん》やるかたない気分を噛み殺した。彼女が自分を憎むのは理解できるが、粘着質な絡み方はいけすかない。「ガンの撲滅」と口にした時の、小馬鹿にした目つきといったら。

——ひょっとして、三塚さんこそ桂先生に関心があるんじゃないの。

そう考えると、桂と会っている時に、よく彼女が口を挟んでくることも説明がつく。桂が他の女に話しかけると心配で、追いかけまわしているんじゃないか。

——嫉妬だよ、あれは。

そう考えて溜飲《りゅういん》を下げ、ようやく本のカートに戻った。


自宅にいると、八時過ぎに桂からメールが届いた。

『桂です。僕からお誘いしておいて申し訳ないのですが、仕事の都合で今夜は行けなくなりました。また次の機会にリベンジさせてください』

自分でも思いがけないことに、がっかりした。桂が来られなくなった理由は、たぶん三塚が告げにきた「ヤヨイ」に関する何かだろう。桂は研究だけしていると考えていたが、患者も診ているのだろうか。あるいは、研究に関係するガン患者の名前だろうか。

ともあれ、桂には「気にしないで」とメールを返し、食卓でノートパソコンを立ち上げる。調査のことを考えれば、むしろ都合が良かった。

——棚原仁美を追い詰める。

それがアキにとって、当面の最大目標だ。うまく言えないが、彼女を見つけることができれば、自分の中の何かが変わるような気がする。

今朝、秋葉原のショップで、中古のスマートフォンと電池や充電器を購入した。プリペイドで二十日間だけスマホを使えるタイプのSIMカードを差し、充電すると、即席のGPS追跡装置のできあがりだ。なんだかんだで六千円近くの痛い出費だったが、島津からデータマンのバイト料が振り込まれたばかりだ。たいそうな金額ではないが、アキの計算よりわずかに多めに振り込まれていたのは、島津が気を遣ってくれたのかもしれない。

そうして作った即席GPS追跡装置を、小さな段ボール箱の底に貼り付けて詰め物を入れ、百円均一ショップで見つけた、ちょっと洒落たデザインのガラスの皿を載せた。万が一、棚原がこれを受け取るまでの間に、誰かが中身を確認した時のためのカモフラージュだ。ガラスの皿にしたのは、箱を捨てて皿だけ渡せばいいと思わせないためだ。ガラスは割れやすい。緩衝材つきの箱があったほうがいい。

宅配便の送り先は、引っ越しする前の棚原仁美のマンションだった。差出人の欄には、岐阜にある看護学校の同窓会幹事と記入した。品名は創立四十周年記念品だ。

——棚原仁美、旧姓藤原仁美。

あれだけ苦労して棚原の過去を調べ、元夫から話を聞いても、わかったのはその程度のことだった。夫の家族ではなく、棚原本人の家族や親族の情報が得られればと考えたが、それは困難だった。棚原姓は全国に四千八百人ほどだったが、藤原姓を持つのは全国に三十万人以上もいるというのだ。

しかし、棚原の旧姓と看護師という職業から、ネットを検索するうちに、面白いものを見つけた。ある医師会が発行している「医師会だより」のバックナンバーに、藤原仁美という看護学校の学生の名前が載っていたのだ。二十三年も昔の日付で、当時は紙で発行していたものを、資料保存の目的でスキャンして公開しているらしい。藤原仁美は、看護学校を優秀な成績で卒業し、学校長賞を受賞した学生のひとりだった。表彰式の様子を書いた記事には写真もつけられているが、振袖と袴《はかま》の後ろ姿なので、それが棚原仁美と同一人物かどうかはわからなかった。

——二十三年前に看護学校を卒業した藤原仁美。

年齢的にも、棚原仁美のプロフィールと一致する。居場所を隠そうとしている棚原だが、過去はそう簡単に消せない。こんなところに自分の足跡が残っているなんて、考えてもいないかもしれない。

調べるうちに、この看護学校が、来年四十周年を迎えることがわかった。あとは芋づる式に発想が広がった。この藤原仁美が棚原と同一人物なら、学校長賞をもらうほど優秀だった学生時代を愛していて、看護学校の同窓会から送られた記念品を捨てるのは惜しいと思うかもしれない。

差出人を看護学校とせず、同窓会幹事としたのは、こちらの住所を都内の私設私書箱にするためだった。失敗して棚原が受け取らなかった場合に、荷物が看護学校に返送されたりすると、問題になるかもしれない。私設私書箱の料金も支払った。アキにとっては、めまいがするほどの出費だ。

グーグルのアンドロイド・デバイス・マネージャーを利用して、昼過ぎに送った荷物が今どこにあるかを地図で確認した。

「――品川か」

宅配便のウェブサイトで、送り状の番号から荷物が現在どこにあるか確認できる。検索すると、品川の物流センターが表示された。スマホのGPSは、うまく作動しているようだ。宅配便の配達が始まるのは、午前九時頃からだろうか。明日は朝から、パソコンの前に張りついていなければいけないようだ。

ノートパソコンを閉じかけて、先日、桂の研究室で見た「メトセラ」と名付けられた老木の写真を思い出した。聖書に出てくる長命な人物の名前をもらったという木だ。

ネットで「メトセラ」を検索すると、一九五五年版の口語訳旧約聖書を全文公開しているサイトが見つかった。創世記の第五章にその記述はあった。

「メトセラは百八十七歳になって、レメクを生んだ。メトセラはレメクを生んだ後、七百八十二年生きて、男子と女子を生んだ。メトセラの年は合わせて九百六十九歳であった。そして彼は死んだ」

――九百六十九歳。

気が遠くなるような年齢だ。創世記の第五章は、アダムの系図として、エデンの園を追われたアダムの子孫を数えあげている。それによれば、アダムは九百三十歳、その子のセツは九百十二歳、孫のエノスは九百五歳まで生きたという。カイナン、マハラレル、ヤレド、エノク、メトセラと続いていくアダムの直系はみなとびきり長命で、何百歳も生きた人々ばかりだ。もちろん、実際にその年齢まで生きたわけではなく、何かの暗喩だろう。メトセラはその中でも、最高寿命を記録している。

――九百年生きるって、どんな気分だろう。

どれだけ長命になっても、健康で安定した生活が保障されなければ喜べない。長生きすればいいというものでもない。アキなら、今の不安定な生活がこのまま百年も続くと言われれば、むしろ悲鳴を上げる。

贅沢を言うつもりはない。普通に暮らせればそれでいい。明日の米の心配をせずに生活できれば充分だ。

アンチエイジングとガンの研究は、表裏一体だと告げる桂を思い浮かべる。辛い体験をしたとはいえ、不破院長や桂のように恵まれた生活を送っている人たちは、アキの切実な感想を理解してくれないかもしれない。

院長の高潔な精神に触れた今となっては、彼らを恨んだり妬んだりする気持ちは薄れたけれど、それでも彼我《ひが》の差を思うと寂しい気分がした。

午前八時半、スマホの位置を表す点が、地図上を移動し始めた。アキが寝ている間に、品川の物流センターから、吉祥寺の営業所に配送されたらしい。配送トラックが、営業所を出て配達を始める様子が目に浮かぶ。点は、少し移動して止まり、また移動してはしばらく止まることを繰り返した。少しずつ棚原のマンションに近づいていく。見守るうちに、手のひらに汗が滲んできた。

「アキさあん。お湯がないんだけど」

水穂の声にハッとした。今朝は、気もそぞろに朝食を終えた後、荷物の行方が気になって、お湯の支度を忘れていた。

「ごめん。すぐ沸かすから待ってて」

やかんに水を入れ、火にかけて沸騰させる。その間も、パソコンの画面から目が離せない。アキが即席で仕掛けたGPSの追跡装置は、まだうまく動いている。

――電池が切れませんように。

あの小さな機械が、自分を棚原に導いてくれるはずだ。

地図上の点が、ついに棚原のマンションのあたりに止まった。やかんのお湯が、しゅんしゅんと音をたてて沸騰していたが、アキはたまらず食卓の椅子に座り込み、固唾を飲んで点の動きを見守った。

——点は動かない。

頭の中で映像を思い描いた。

配送トラックのドライバーが、運転席を出て後部から荷物を出す。マンションの三階まで持って上がり、インターフォンを鳴らすが棚原は不在だ。しかたなく一階に下り、ご不在でしたという連絡票を書いて郵便受けに投函する。その間、数分とかからないはずだ。

待つうちに、点が再び動き始めた。不在の荷物を再び車に積んで、次の配送先に向かうようだ——思ったとおり。

郵便受けに、今なら宅配便の連絡票が入っている。棚原が取りに来るまで、じっと待つつもりはない。いつ来るかわからないし、そのうちスマホの電池が切れてしまう。

アキは、マンションを管理している不動産会社に電話をかけた。

「吉祥寺の賃貸マンションの件で、お電話したんですけど」

三十分後にマンションの前で会う約束をとりつけ、慌ててやかんのお湯をポットに注いだ。棚原のマンションまで、走れば十五分で行けるだろう。

「ごめんね、一時間くらいで帰るから。テレビ、見ててね」

水穂はもうテレビの番組に集中していて、アキの言葉に「うん、うん」と生返事をした。

——外は七月の晴れわたる空だ。

日差しがきつく、直射日光を浴びると肌に刺すような痛みすら感じる。土曜の午前中で、井の頭から吉祥寺のあたりは、公園を散歩したり、吉祥寺駅周辺の洒落た店をひやかしてまわったりする人たちで溢れている。

アキは駆け足でマンションに向かった。不動産会社の社員は、ほどなくして現れた。

「谷口《たにぐち》さんですか」

アキが名乗った偽名を疑うこともなく、空室を見せてくれるという。

「空いてるのは四階なんですよ」

驚いた表情にならないよう、注意が必要だった。棚原の部屋は三階にある。

「四階だけですか」

中年の男性社員は、「うーん」とやや迷うそぶりをしながら、ポケットの鍵束をじゃらじゃらと鳴らした。

「三階にも、あと少しで空く部屋がひとつあるんですけどねえ。急に解約されたので、二か月分の賃貸料を違約金として払ってもらったんです。もう誰も住んでないんですが、しばらくは郵便物が届くかもしれないので」

「それ、両方見せてもらえませんか」

「いいですよ。三階は、まだ清掃業者を入れる前ですけどね」

三階と四階の両方の部屋を開けてもらい、内覧を口実にして、棚原が住んでいた三〇七号室をじっくり観察した。間取りは2DK。棚原はきれいに住んでいたようで、清掃業者を入れる前だというわりに、掃除も行き届いている。荷物はすっかり片づいており、棚原の引っ越し先や、彼女の個人情報を暗示するものは見当たらなかった。

「四階ならすぐ入居できますよ。三階だと、少し先になりますけど」

「ちょっと考えさせてもらってもいいですか」

いかにも借りる気があるような顔をして、賃貸料などを尋ね、階段で一階まで下りていく。ふと思いついた風情で、郵便受けに歩み寄った。棚原の部屋の郵便受けから、宅配便の連絡票の端が覗いている。

「これが郵便受けですか。小さくないですか」

「いやあ、こんなもんでしょ」

おや、と言いながら不動産屋が連絡票に目を留める。

「宅配便が来たんだな」

迷わず鍵を開け、連絡票と、中に入っていたチラシや封筒をすべて取り出した。

「こういうの、しばらく預かっておいてほしいと言われてるんでね」

アキは興味がなさそうに軽く頷いて、不動産屋と別れた。

――ひとまず、これでいい。あとは、不動産屋の動きを待つだけだ。

自宅に帰り、マンションの階段を上がっていると、携帯にメールが届いた。

『電話してください。090-XXXX-XXXX　桂』

昨日の今日で、もう桂が連絡してくるとは思わなかった。正直、昨日は仕事が忙しかっただけではなく、本音では食事になど行きたくなかったのではないかと邪推していたのだ。三塚の邪魔が入り、これ幸いと約束をキャンセルしたのではないかと。

——電話するべきだろうか。

家に入る前に、マンションの通路で電話をかけた。

『桂です』

電話越しに桂の声を聞くのは初めてだ。いつも以上に低く、ややハスキーな印象だった。

「あの、小暮ですけど」

『良かった、小暮さん！　昨日は本当にすいませんでした。僕から誘っておいて』

「いえ、お仕事ですから。気にしないでください」

『でも申し訳ないから、埋め合わせをしたいな。今日、休みなんだ。土曜日だけど、ランチでもいかがですか。お母さん、ひとりにするのは心配かな』

「いえ——」

たたみかけるような桂の言葉に、振り回されている。

『きっと、先にお母さんの食事を作るんだよね。一時に吉祥寺の駅前で会いませんか。近くに、美味しいお店があるので』

桂とランチを食べるという状況は、かなり魅力的だった。彼の研究に興味があると三塚に言ったのは嘘ではないし、桂本人にも興味がある。もう、不破病院の話を聞き出そうという下心はない。彼と会って話すことそのものが愉快なのだ。

宅配便のほうは、すぐに動きはないだろう。不動産屋が宅配業者に連絡し、棚原の新しい住所に転送してもらうか、不動産屋の事務所に届けてもらったとしても、午後になるかもしれない。

「行きます」

『本当？　楽しみにしてる。一時にね』

弾んだ声で桂が言い、通話を切った。

桂が選んだ店は、有機農業で作られた野菜をふんだんに使う自然食のレストランだった。勧められるまま、牡蠣《かき》料理と豆のスープにサラダをセットして選ぶ。パンもオーガニックの小麦を使って焼いているそうだ。桂自身は、卵と根菜がメインのオーヴン料理を選んでいた。島津を始め、周囲の男性がたいてい肉やラーメンなど脂っこいものを好むので、男性の嗜好《しこう》はそういうものだと考えていたアキは、目を丸くして見守った。

「ランチだけど、少しぐらいなら、ワインもいいよね」

桂は片目をつむり、やはり有機栽培のぶどうだけを使った白ワインをグラスでふたつ頼んだ。今日は白衣ではなく、縦縞《たてじま》のリネンのシャツが涼しげだった。

「桂先生らしいお店ですね」

「そう？」

「菜食主義なんですか？」

「そういうわけじゃないけど、肉はあまり食べないな。好きじゃないんだ」

運ばれてきたワインのグラスを、かちりと音をたてて合わせる。柑橘《かんきつ》系の香りがふわりと漂う、軽い白ワインだ。

「肉を食べると、遺伝子を取り込んじゃうからですか？」

研究室での桂との会話や、講演会での不破院長の話を思い出して尋ねる。桂が一瞬グラスを傾ける手を止め、笑いだした。

「小暮さん、そんなこと考えてたの？　やだなあ、違いますよ。そもそも、野菜だって遺伝子を持ってるんだから。それに、消化の過程で組織を分解してしまうのでね。食べて遺伝子を取り込むのは無理じゃないかな」

「そうなんですか」

「細胞に別の遺伝子を取り込ませるには、ウイルスを使うんだ」

桂の意外な言葉に、アキは目を瞠った。

「ウイルスですか？」

「そう。ウイルスっていうのはね、遺伝子は持ってるけど、細胞を持たない構造体なんです。細胞を持つものが生物だという考え方に基づけば、ウイルスは生物ではないということになる。ウイルスは、細胞を持つ生物に感染して、相手の細胞を利用して増殖するんだ」

運ばれてきた料理をつつきながら、桂が説明を続けた。

「ほら、不破院長の講演を聞いたでしょう。人類が持つＤＮＡのなかで、実際に利用されているのは二から三パーセント程度で、その他のＤＮＡは何もしてないって。それは、過去に人類が感染したレトロウイルスなどの遺伝子を取り込んできたために、今も残っているにすぎない。細胞に遺伝子を取り込ませたい時は、ウイルスのそういう性質を利用するんだ。あらかじめ、ウイルスの内部に別の遺伝子を仕込んで、細胞に感染させる。感染した細胞は、仕込んでおいた遺伝子情報を取り込むから。それを、ウイルスベクターというんだ。ベクターは運び屋という意味のラテン語で、ウイルスが遺伝子情報を運ぶからウイルスベクターというんだけど」

興が乗ったのか、桂はいつになく饒舌だった。

「レトロウイルスって、聞いたことがあります。エイズのウイルスも、レトロウイルスの一種じゃなかったですか？」

「そうですよ。遺伝子治療に使われるのは、風邪のウイルスなんかが多いんですけどね。人間の遺伝子を調べると、レトロウイルスの痕跡が多く残っているんだけど、これはレトロウイルスが逆転写酵素というものを持っていて、アバウトな言い方をすると、自分の遺伝子情報を宿主にコピーしちゃうことができるからなんだ。長い間、生物のゲノムにはレトロウイルスの遺伝子情報しか見つかっていなかったから、それしか取り込んでないのだと思われてきたけど、二〇一〇年に大阪大学微生物病研究所が、ヒトのゲノム中にボルナウイルスというレトロウイルスでないウイルスの遺伝子を発見した。それで、自分自身は逆転写酵素を持っていなくても、宿主の酵素を利用して遺伝子をコピーすることもできるらしいとわかったんだ」

　桂の話は専門的すぎて、アキにはなかなか理解が追いつかなかった。もっと、自分に理解できる話に引き戻したほうが良さそうだ。

「その――遺伝子を仕込むとか、そんなに簡単にできることなんですか」

「ミクロの世界だからね。顕微鏡を覗いて、何かの遺伝情報を持つ遺伝子の一部分を切り取ってさ、それをウイルスに入れてやるの。とても細かい作業だよ」

「想像もつかない世界ですね――顕微鏡で覗きながら、遺伝子を切り取るなんて」

「研究室に来れば、実際に作業をするところを見せてあげるよ」

「そんなの、見せていいんですか？」

企業秘密のようなもので、部外者には見せられないものかと思っていた。桂がくすくす笑う。

「だって、作業を見たところで、何をやってるかわからないからね。顕微鏡の画面くらいは見せてあげられるけど。——しばらく、研究室に毎日通ってみれば？　面白い発見があるかもしれないよ」

冗談を言っているのかと思ったが、存外本気らしい。毎日通うなんて無理だ。水穂の世話をしなければならないし、当面は棚原を捜し出すのが、第一目標なのだ。

「落ち着いたら、見学させていただくかも——ちょっと、仕事が忙しくなって」

「そう言えば、小暮さんの仕事のことは、まだ教えてもらってなかったよね。ライターさんだとは聞いたけど、何を書いてるの？」

「今は、自分の名前では書いてないんです。データマンっていうんですけど、著名なノンフィクションライターの下請けみたいなことをやっていて。材料集めをしています」

正確には、島津のデータマンとしての仕事は終わり、棚原と〈ハシム〉の件はアキの名前で書くつもりで調べろと言われたのだが、気恥ずかしくて口にできなかった。

「ふうん」

桂が興味を持ったように、目を輝かせる。

「もし差し支えなければ、ノンフィクションライターって、誰の仕事をしているの？　まあ、僕はあまり本を読まないから、名前を聞いても知らないと思うけどさ」

「島津晃さんって人です。大学の先輩で——とても硬派な面白い本を書く人なんですよ」

そう。島津はそんなふうに紹介してもいい男だ。彼の後ろ暗いアルバイトを知らない人間は、硬派なライターで編集プロダクションの社長だと思っている。

「硬派かあ。今度、探して読んでみるよ」

「ええ、ぜひ。いま書いてるのは、子どもの貧困と虐待についてですけど——ほかにもいろんな本を出してますよ。若い頃には、アジアを放浪して旅行記なんかも書いてましたし」

「——子どもの貧困と虐待？　いわゆる社会派なんだね。小暮さんもそうだけど、その人も正義感が強いんだろうね」

アキは慌てて顔の前で手を振った。

「たしかに、島津さんはそうですけど——私なんかは、全然そんなんじゃ」

「それじゃ、虐待されて死んだ子どもの話なんかがニュースになったりするけど、そういう事件を調べるわけだね」

「そうです。どうしてそんなことになったのか、背景を調査したりして」

「ひょっとしてその人かな。小暮さんと一緒に、昔、三塚さんが働いていた病院の院長を懲らしめたのは」

「えっ、いえ――」

アキはひるみ、口をつぐんだ。桂は「懲らしめた」などと言うが、あれはまぎれもない恐喝だ。島津の名前を出したのは、軽率だったかもしれない。

桂がちらりと長いまつげを上げた。聡い男だった。

「ああ、大丈夫だよ。僕はそういう世俗的なことに興味がないし。小暮さんたちがしたことを、むしろかっこいいと思ってるから、心配しなくていいよ。もちろん、今の質問だって、答えなくていいし。――でも、そうか。仕事が忙しいのはいいことだけど、これからも小暮さんに週一度しか会えないなんて、残念だな」

からかわれているのかと思ったが、桂は真面目な顔をしていた。

「しかたがないよね。仕事が落ち着いたら、また研究室に遊びに来てね。ヘンなものをいろいろ見せてあげる」

〈ヘンなもの〉などと言いながら、桂の表情は生き生きしている。この男は、シェイクスピアの『真夏の夜の夢』に出てくる、悪戯な妖精パックのようだ。状況をかき乱し、それを楽しんでいるふしがある。

「桂先生は、本当に研究熱心ですよね。いつ見ても病院にいるし――たまに、喫煙所にもいるけど」

「たまに？」

桂がおどけた。

「僕みたいなのは、研究熱心とは言わない。本当に熱心なのは不破先生みたいな人だ。僕は、他に才能がないから研究に逃げてるだけで」

一転して伏し目がちに呟く彼に、アキは興味が湧いた。

「学生時代、ずっと理系だったんですか？」

「大学はね。僕、高校行ってないんだ」

思いがけない告白に、目を丸くする。

「高等学校卒業程度認定試験——当時まだ大検だったけど——を受けて、大学受験したの。中学もほとんど通ってないよ」

「それって——それで研究者になっちゃうって、すごく才能があったということでは」

桂は誉められるのが居心地悪そうで、軽く身を反らして首を振った。

「ほんとに、そんなんじゃないよ。僕、人間が苦手だったんだ。今でこそこうして喋れるようになったけど、子どもの頃はもう、自分ひとりの空間で本を読んだり、空想にふけったりしていられると、それだけで幸せだったから」

桂が真面目に語っているのはわかっていたが、そんな少年時代の彼を想像すると妙に微笑ましくなって、アキは口元を緩めた。アキ自身はどちらかといえば、そういう内向的な性格ではなくて、松原や千足らと駆けまわっていたのだが。

「あ、笑ってるでしょう。どうせ変な奴ですよ」

「笑ってませんよ。可愛い子ども時代だったんだろうなあと思って」

「可愛くないよ、子どもらしくないから。ひとりで仙人みたいに暮らすことばかり考えてたから、友達もできないし。そのくせ、実家はわりと裕福で、お手伝いさんまでいて、自分では何ひとつしないしできないんだ。いろいろ矛盾してるのに、その矛盾に気がつかない。掛け値なしの『子ども』だったんだね」

「仙人みたいに――。そうしたら、桂先生が将来、一緒に暮らしたい人は、いないんでしょうか」

自嘲気味に語る桂が珍しくて、ついよけいなことまで尋ねてしまった。桂はゆっくり瞬きし、にっこり笑いながら、こちらの目を覗き込むようにした。

「いや――。そんなことはない。そうだな――いないこともないよ」

思わずドギマギして目を逸らした。

食事はとても美味しかった。素材の味をたいせつにした、素朴な料理だった。アキの感覚より、数割くらい価格が高かったが、桂がスマートに支払ってくれた。アキの本心としては、不本意でもあるのだが。

「ほんとにすみません、ご馳走《ちそう》になってしまって――」

「楽しかったな。またぜひご一緒しましょう」

にこやかに桂は言い、約束どおり二時間で別れた。ちょうど水穂が目を覚ます頃だ。まるでこちらの家庭の事情を知りつくしたような、時間設定だった。

――普通なら、これってデートかと思うところだけど。

両手をポケットに突っ込んで、背中を丸めて歩いていく桂の後ろ姿を見送る。彼は何が楽しくて、自分を食事に誘ったりするのだろう。どう見ても不釣り合いだし、桂が自分を女性として見ているようにも思えない。

――あれって違うよね。

研究室を見学した際に、桂が急に、キスでもするのかと思うほど顔を近づけてきた。あの時も、性的な印象をまったく受けなかったのは、どういうわけだろう。

急いで自宅に戻ると、水穂がもぞもぞと起き上がるところだった。

「目が覚めた？　お茶でも飲む？」

「うん。今日は暑いね」

梅雨が去ると、とたんに夏が来た。日差しは射るようにまぶしく、少し歩いただけでシャツの背中が汗で濡れてくる。

ふと、桂がリネンとはいえ長袖のシャツを着て、汗ひとつかかずに涼しげな顔をしていたことを思い出した。まったく、同じ人間とは思えない。

やかんを火にかけ、パソコンを立ち上げる。棚原宛に送ったスマホの位置を確認すると、三鷹駅の近くで止まっている。地図を拡大し、そのあたりに何があるか調べてみた。

「――あの不動産屋だ」

あの社員は宅配便の担当者に電話をかけ、荷物を不動産会社に届けてもらったのだ。棚原がそうするように頼んでおいたのだろう。

――彼女は荷物を取りに来る。

それがいつになるかはわからない。しばらくは目が離せないだろう。スマホの電池が切れる前に、棚原が現れるよう祈るしかない。


『あれから、どうだ。棚原って女は見つかったか』

「まだですよ。捜し続けてますけど」

アキはため息をつき、疲れた目をこすりながら電話に応じた。スマホはあれから動いていない。不動産屋に止まったままだ。スマホを充電器から外して、そろそろ丸二日になる。いつ電池が切れてもおかしくない。

島津が電話をかけてきたのは、日曜の昼前だった。アキが調査を続けているかどうか、確かめるつもりだろう。どう調べているのか話せというので、沖縄の棚原家を見つけたことや、旧姓が藤原であること、中古で買ったスマホをGPS追跡装置として使って棚原が動くのを待っていることなどを説明すると、島津が含み笑いをした。

『――スマホでGPS追跡装置か。お前にしちゃ、上出来だな』

「あたしにしちゃ上出来で、悪うござんした。これでもネットで一生懸命やり方を探したんだから」

『そうむくれるなって。タイムリミットまでに棚原が荷物を取りに来るかどうかで、成否が決まるってところが残念な計画だが、様子を見るしかないな』

「そう言えば、この前の振込さ。ありがとうございました。ちょっと多めに振り込んでくれてたよね」

島津が照れたように笑う。

『多すぎたなら、返すか？』

「えーっ」

『冗談だ。棚原を調査するのに、資金がいるだろう。まあ、ほんの気持ちですってやつだ。棚原の調査は、コストをかけずに調べるなら、今のところそれ以上のやり方は俺も思いつかないな』

「島津さんがそういうなら、太鼓判だね」

何か冗談を言おうとして、アキはひょいとパソコンの画面を確かめ、ぎくりとした。

──スマホが動いている。

「島津さん、ゴメン。棚原が荷物を取りにきたみたい。調べに行くから」

『わかった。しっかりな』

電話を切り、アキは自分の携帯電話と財布を鞄に入れた。棚原が罠《わな》にかかった。そう考えると、心臓が苦しいほど速く鼓動を打った。

「お母ちゃん、あたし、近くまで出かけてくる。お昼は待っててね、すぐ帰るから」

水穂の生返事を聞き、マンションを飛び出す。携帯でも、スマホの位置を見ることができるように設定しておいた。不動産屋は三鷹の駅前にあり、ここから徒歩では時間がかかりすぎる。

──こんなこと、一生に一度あるかないかの非常事態だよ！

タクシーを呼びとめ、飛び乗った。この数日間の金遣いの荒さに気絶しそうだ。とりあえず三鷹の駅前に行くよう運転手に頼み、アキは携帯の画面を睨んだ。スマホは三鷹通りを南に移動している。速度はゆっくりだ。はっとした。棚原は──荷物を引き取った人物は、電車やバスに乗っていない。

──意外と近くに住んでるってこと？

大げさに引っ越しをアピールしたが、引っ越し先は近いのかもしれない。つまりそれは、棚原の仲間が近くにいるということだ。

（――いったい、何だ？　小児性愛者向けのＡＶか、あるいは臓器販売ネットワークか――）

島津の言葉が耳に甦る。もしそんな犯罪絡みなら、相手はカタギの人間ではないかもしれない。注意しなければ、命にも関わる。

心配だったのは、棚原が新しい住居に帰るまでに、どこかで荷物を開封して、必要なものだけ持ち帰ることだった。記念品を装ったガラスの皿だけ取り出し、箱ごとスマホを捨てられたら、おしまいだ。

「お客さん、三鷹の駅前に停めていいの？」

「ええと、ちょっと待って」

運転手の問いに迷う。車は三鷹通りを北に向かっていた。棚原本人が荷物を引き取りにきたのなら、そろそろすれ違うはずだ。必死で歩道を見回したが見当たらない。

「駅前まで行っちゃいますよ」

「いえ、もうそのへんで停めてください」

駅前まで行くと、かえって離れてしまいそうだ。運転手が不愉快そうな表情をした。アキが料金を払っていると、すぐ横の歩道を通りすぎていく女がいた。

――棚原だ。

顔を見られないように伏せ、アキはなるべくゆっくりと小銭を数えた。運転手が苛立っている。棚原が充分に離れたことを確認し、しっかりレシートを受け取って車を降りる。「ありがとう」とも言われなかった。

――どこまで行くのだろう。

棚原は、買い物用のマイバッグを提げている。宅配便や郵便物などをそれに突っ込んで、持ち帰るらしい。くるぶし近くまであるロングスカートに、半袖の綿のシャツだ。気軽な服装も、近くから来たことを証明しているようだ。

本格的な尾行なんて、ほとんどしたこともなかったが、とにかく相手に気取られないように距離を置いて、じろじろ見ないよう心がけた。もし見失っても、棚原がスマホを持っている限り、位置はわかる。

このまえ会った時よりも、棚原の後ろ姿は自然で飄々《ひょうひょう》としていた。疲れて見えたのが、肩の力が抜けたというか、背中に華やぎが感じられる。仲間の協力を得て、安堵《あんど》したのだろうか。

帰宅すれば、棚原は宅配便の箱を開くだろう。安っぽいガラスの皿を見て、眉をひそめるだろうか。その後、彼女ならきっと、きちんと分別して捨てるために、緩衝材を取り出し、小さな段ボール箱を潰そうとするだろう。そして、底に貼り付けたスマホに気づく。その時の顔を、ぜひ見てみたかった。これが罠だと気づいた時の顔を。

棚原は三鷹通りから横道に入り、しばらく歩いて三階建ての集合住宅に入っていった。

無理に後を追うのはやめて、GPSで位置を確認し、遅れて建物の前に立った。

——このどこかに、棚原が住んでいる。

通りから窓を見上げても、どの部屋かはわからない。エレベーターはなく、階段のみだ。階段を上がる足音がしたので、彼女は二階か三階に住んでいる。

誰も下りてくる気配がないことを確認し、郵便受けを調べた。ひとつのフロアに五戸ある。棚原は名前を表示していないだろう。名前が書かれていないのは、三階に二軒ある。

郵便受けを見ているうちに、アキは思わずあっと叫びそうになった。

——三塚。

二階の二〇一号室に、その名前がある。これはただの偶然だろうか。まさか、不破病院の三塚看護師ではないだろう——まさか。

郵便受けの、他の名前に見覚えがないかと目を凝らしたが、珍しくない名前ばかりで、特にこれといって思い当たるふしはない。ただ——棚原が姿を隠したマンションに、三塚という名前の誰かが住んでいる。棚原は元看護師、三塚も看護師だ。

確かめる方法はある。ここで、三塚の帰りを待てばいいのだ。

——でも、どうやって待とう。

三塚も棚原も、アキの顔を知っている。ここにアキがぼんやり立っていたら、嫌でも気づく。近くにカフェもないし、電柱の陰に隠れて——なんて、噴飯ものだ。

考えていると、二階から誰かが下りてくる足音と話し声がしたので、慌てて郵便受けから離れ、いま通りかかったふりをした。

「うーん、今日はムリだね。夜勤なのよ。うん、曜日に関係なく、看護師は仕事が入るの。それじゃ、また誘ってよ」

電話で話しながら下りてきた年配の女性は、携帯をバッグにしまうと廊下の奥から自転車を引っ張り出した。その横顔に見覚えがあった。視線を感じたのか、向こうもこちらを振り向いて目を丸くした。

「——あら、あなたはたしか、図書室の」

相手は不破病院の看護師だった。図書室ボランティアで病棟を回っている時に、鈴村という患者が返しそびれた本を預かっていて、後で返却してくれた看護師だ。何度か、病棟ですれ違ったこともあるので、はっきり覚えている。

「ここに住んでるんですね」

アキは無邪気に尋ねた。相手も集合住宅を見上げるようにして頷く。

「ええ、そう。あなたもこの近く？」

「すぐ近くです」

看護師はアキの嘘を信じたようだ。疑う理由もない。不破病院でボランティアをするには、ちょうどいい距離だ。

「ひょっとしてここ、看護師さんたちの寮なんですか」

「寮っていうか、病院がまるごと賃貸契約をして、ナースに貸してくれてるの」

「へえ。さすが不破病院ですね」

目を丸くしたアキに、看護師はやや得意げな顔をして笑った。看護師たちも不破病院には篤《あつ》い信頼を抱いているらしい。素晴らしい病院で働いているのだという、プライドが伝わってくる。

「それじゃ、またね」

「ええ、行ってらっしゃい」

自転車に乗り、走り去る看護師を見送った。

——あんなに苦労して棚原の居場所を突き止めたのに、ひょっとするとすべて勘違いで、邪推だったのだろうか。

棚原はアキたちから逃げたのではなく、不破病院に新しく勤め始めて、病院が用意した部屋に引っ越しただけなのだろうか。

——いや、それは変だ。棚原のもとのマンションだって、不破病院から徒歩で二十分もかからない場所にあった。むしろ、向こうのほうが近かった。それに、携帯電話を解約した理由が説明できない。

アキたちに追い詰められ、棚原が助けを求めた先が、不破病院だった？

──そんなこと、あるはずがない。

なぜ助けを求めたのか？　そこに、秘密を知る仲間がいるから。そんな馬鹿なことが、あるわけない。不破院長の講演を聞いて、アキは心を動かされたのだ。純粋に他人の役に立ちたいと願い、万人が幸福であれかしと祈る、院長の温かい気持ちが伝わってきた。桂は不破院長を「聖人」と評したが、すれっからしのアキですらその言葉に納得した。

不破病院は棚原に利用されたのだろうか。看護師資格を持っているので、不破病院に勤めたいと願い出て、新しい住居を確保したのだろうか。アキたちから逃げるために。

──いや、それでも変だ。逃げるつもりなら遠くに行く。手間暇かけて、こんな近所に隠れるなんておかしい。心当たりがあるから、とっさに病院を頼ったのだ。

院長は無関係なのだろうか。不破病院で何かが起きていて、院長はそれを知らないだけなのだろうか。

(ハシムは幸せな子どもだったの！)

棚原の叩きつけるような声が耳に甦り、背筋がぞくりとした。

(もしかしたら、世界一幸せな子どもだったかもしれないの。あなたは何も知らない。わかってない！)

──世界一、幸せな子ども。

その言葉は、不破院長の講演と奇妙に呼応していないか。

携帯で島津に電話をかけた。

「島津さん、棚原の新しい住所がわかった。不破病院が一棟まるごと借りてる寮なの。同じ寮に、三塚さんがいるみたい。ほら、前に病院を恐喝した時に協力してくれた看護師の」

『どういうことだ。棚原は、不破病院に勤めることになったのか？』

「――よくわからない」

『おい小暮、お前ひとりで大丈夫か？　深入りすると危険なようなら、俺も行くぞ』

「ううん。危険はないと思う。もう少し、あたしひとりでやってみる」

アキの不安を感じ取ったのか、島津がためらうように黙った。

『――わかった。一本立ちのいい機会かもな。頑張ってみろ』

島津の激励に頷き、携帯をしまう。こんな時に、つい島津に電話してしまったのは、まだ頼る気持ちがあるからだ。甘えているのだ。

――しっかりしなよ。

自分の頭をコツンと叩く。ここで棚原を見張るべきか、迷った。箱の底のスマホに気づいた時、棚原はアキがやったと疑うかもしれない。居場所を突き止められたことに気づくだろうか。気づいた時、棚原はまた逃げ出すだろうか。それだけの気力と財力があるだろうか。

どちらにしても、アキひとりでここを二十四時間見張ることはできない。

もう一度、携帯電話を取り出し、今度は不破病院にかけた。日曜だが、入院患者の見舞いなどがあるためか、受付は開いていた。

「そちらにお勤めの、棚原さんという看護師さんにつないでいただきたいのですが」

用件を聞かれたので、落とし物を拾ったのだと適当に答えた。受付の女性はしばらく何か調べていたが、棚原という名前の看護師は、不破病院にはいないと言った。

「最近勤め始めたか、以前、働いていたことはないですか。手帳には勤務先が不破病院だと書いてあるんですけど」

『お待ちください。以前、棚原という看護師が在籍していたことはありますね。でも、五月末で退職しています』

「連絡先はわかりませんか」

『それはもう、こちらではわかりませんね。その手帳には書いてないんですか』

「書いてないんです。それじゃしかたがないですね。警察に届けておきます」

礼を言って電話を切った。

――棚原が以前に勤めていたのは、不破病院だったのか。

まさかと思っていたが、あのマンションから歩いていける病院のひとつではある。しかし、最近また働き始めた事実はない。勤務してもいないのに、棚原は不破病院の寮に住むことになった。病院には、寮を管理している人間がいるはずだ。その人間は、何か知っているだろうか。

二階に住むのがあの三塚なら、寮の管理者を知っているはずだ。

——三塚に会ってみよう。

覚悟を決めた。彼女は自分を恨んでいる。何も教えてくれないかもしれない。それでも、新たに三階に住み始めた女について、何か知っているかもしれないし、病院で働いていない人間が寮に住んでいると聞けば、興味を示すかもしれない。

二階に上がり、三塚と書かれた二〇一号室のインターフォンを鳴らしたが、反応はなかった。日曜だが、勤務中なのかもしれない。

棚原と直接対決する前に、なぜ彼女が不破病院の寮に受け入れられたのか、ある程度の事情を摑んでおきたい。棚原の口からは、説明してくれないだろう。アキは、まっすぐ不破病院に向かった。

三塚は、いつも桂を呼びに現れる。桂は不破院長のもとで細胞の研究をしているのだから、三塚も彼らを手伝っているのだろうか。

——どうして看護師が必要なんだろう。

今まで、看護師の三塚が医師の桂と接触しても疑問を持たなかったが、考えてみれば妙な話だ。細胞の研究者に、看護師は必要ないのではないか。

不破病院の白亜の建物が、今日はいつも以上に堂々とそびえ、威圧的に感じられた。玄関までの、わずか三段の階段を上がりながら、どうやって三塚を捜そうかと考える。受付で呼び出してくれるだろうか。——いや、できれば三塚の不意を打ちたい。土曜日の昨日、桂は休みだと言っていた。今日はどうだろう。彼らは日曜日まで仕事をするだろうか。

絶対に三塚を見つけるという意気込みが、あれこれ考えるうちに萎《しぼ》んできた。その時、スピーカーから流れていた環境音楽が中断し、柔らかいチャイムが流れた。

『——研究推進室の桂先生。お電話が入っております。内線6番をお取り下さい』

繰り返される放送にハッとした。桂は今日も、職場にいるらしい。彼に聞けば、三塚の居場所がわかるだろうか。

一階のロビーで院内の案内図を見つめて思案していると、エレベーターから降りてきた看護師たちが、話しながらアキの背後を通りすぎていった。看護師のひとりは試験管立てと大きなファイルを抱え、エレベーターの裏側にある階段を下りようとしている。その後ろ姿が、三塚に似ているような気がした。

とっさに声をかけなかったのは、ためらったせいだ。アキは看護師の後を追った。以前にも、ここを下りていく三塚を見かけた。それ以来、気になって、一度は地下に下りてみようとしたのだが、関係者以外立ち入り禁止の立て札を見て臆したのだ。今日こそ、そんなものにひるんでいられない。

階段は地下一階までで、看護師は立て札の向こうにあるドアを開け、奥に入っていった。アキはそうっとドアを開いた。コンクリートで固められた、しんと静かな地下の廊下が続いている。灰色の廊下に沿って歩いていくと、途中にボイラー室があり、さらに歩くと、ぽっかりと広い場所に出た。それで気がついた。ここは、千足が話していたゴミ置き場だ。ポリバケツがいくつも並んでいるし、ゴミ袋も積み上げられている。奥に外へと続くらしい通路が見えるのは、たぶん産廃業者のトラックがそこから入ってこれるようになっているのだ。通路の脇に守衛室があり、明かりが点いている。日曜日でここに下りてくる人間が少ないせいか、初老の守衛はこちらに背を向けて小型のテレビを見ている。アキが入ってきたことには気づいていない。

床には青いテープで矢印が貼られていた。ゴミを捨てに行く人はこのテープに沿って歩けという指示らしい。それを見て、すぐそばで千足が命に関わる事故を起こしたのだと、思い出した。目の前にある、感染性廃棄物の保管場所に侵入し、マールブルグ出血熱に感染してしまった。

――ちたりん。

眉をひそめ、周囲を見渡した。さっきの看護師はどこに行ったのだろう。

他にも扉がふたつある。守衛がこちらを見ないよう祈りながら、そちらに近づいていく。

大きな扉には「倉庫」と書かれていた。千足が話していた、毛布や非常食などを備蓄してある倉庫だろう。もうひとつの扉を引いてみると、簡単に開いた。鍵はかかっていないようだ。さっきの看護師は、ここに入っていったのだろうか。

そっと中を覗くと、更衣室のような灰色のロッカーがずらりと並んでいた。

（ナースや、お医者さんの一部は、地下にロッカールームがあるらしいですよ。仮眠室があるって噂も聞いたなあ）

千足の言葉を思い出す。ここがそのロッカールームだろうか。

先ほどの看護師は、試験管を持って階段を下りていった。ロッカールームに、なぜそんなものを持って入るのだろう。

今にも見つかるのではないかと、びくびくしながら室内を覗いたが、静まりかえり、人の気配はしなかった。看護師は、ここに入ったのではないのだろうか。

扉を開いて、内部に滑り込んだ。背の高いロッカーが並んでいる。消毒薬の匂いがかすかに漂う清潔な空間だ。看護師を捜して、こそこそとロッカーの間を覗いて回るうち、無人のロッカールームの奥に、クリーム色の扉が見えた。脇に、暗証番号を入力するキーパッドがついている。

――彼女は、あの向こう側に入ったんだ。

そう考えたとたん、なぜか総毛立った。

ノブを回してみたが、鍵がかかっていてびくとも動かない。暗証番号を入力しなければ入れないのだ。この扉の先に、何か他人の目から隠したいものでもあるのだろうか。

「――何があるの、この向こうに」

アキが囁いた瞬間、入ってきたばかりの扉が勢いよく開いた。とっさに姿を隠す場所を探したが、どこにもない。手近なロッカーを開けようと試みたが、鍵がかかっている。

――どうしよう！

大股で歩く足音は、まっすぐこちらに近づいてくる。扉を背にして、アキは凍りついた。

「――小暮さん」

息を弾ませて、白衣の桂が立っていた。アキは目を瞠り、驚きのあまり声も出せずにその場に立ちすくんだ。

「いつかは見つけると思ったんだ、君なら」

「桂――先生？」

「いま仁美さんから電話があって」

――電話。桂を呼び出す放送と、外線でかかってきた電話。

あれは棚原仁美からの電話だったのか。棚原はアキが仕掛けた罠に気づいて、桂に電話をかけたというのか。

――そんな。

「カメラの映像を見たら、ここに入っていく君が見えた」

息を切らしながら、桂が近づいてくる。白皙《はくせき》の額に、汗が滲んでいる。茶色い前髪のひと房が、額に落ちかかっている。いつも悪戯っぽく笑っている目が、今日は暗く真剣だった。アキはすくみ上がって扉に張りついた。

――カメラ。

千足は、感染性廃棄物の保管場所に入るところを、防犯カメラに撮影されていた。あのカメラは、廃棄物の保管場所を撮影するためのものではなかったのだ。本当は、この部屋に近づく人間を撮影するために――。

「怖がらないで。君に何かしようってわけじゃない。その扉の向こうが見たいんだろ。見せてあげるよ、特別に」

「いったい――」

「しっ」

桂がほっそりした指を、アキの唇の前に立てた。

「先生の許可ももらってる。いいから、そこをのいて。僕に暗証番号を入力させて」

桂は意外に力の強い腕で、アキの身体を横に動かし、慣れた様子で暗証番号を打ち込んだ。カチリと音がし、鍵が外れた。

――先生の許可もらってる？

桂が言う先生とは、不破院長以外にいるはずがない。桂――不破院長――三塚――棚原。彼らの顔がもつれあい、ぐるぐると回るような気がした。

「おいで、小暮さん」

桂が手を差し伸べている。戸惑いつつ、アキはそっとその手に触れた。ひんやりと冷たい、乾いた手だった。

開いた扉から、桂が中に滑り込んでいく。クリーム色の扉の向こうには、白い廊下があった。延々と続く、長い長い廊下だった。

「君が見たかったもの、知りたかった答えはここにある。さあ、来るんだ」

軽く指を触れているだけなのに、なぜか振りほどく気にはなれなかった。アキはそのまばゆい廊下をふらふらと進んだ。

まるで、長い迷路の入り口に迷い込んだ人のように――。

8

——どうして、こんなに静かなんだろう。

白いトンネルのような廊下は温度と湿度が快適に保たれ、今が蒸し暑い七月であることを忘れそうだった。時おり、爽やかな微風が顔を撫でていく。見上げると、天井の小型扇風機がゆっくり首を振っていた。

アキの手を握ったまま、どんどん先に行く桂について、小走りに廊下を進む。もっとゆっくりとは言えない雰囲気だったし、言う気もなかった。

——この先に何があるのか。

早く知りたい。ライターとしての好奇心だけではない。千足の死と、木更津に流れ着いた子どもの骨と、棚原と——。さまざまな物事が、この場所につながっている。そう直感したためだ。

長い廊下は、メゾンメトセラの方向に向かっているようだ。

——正確には、メゾンメトセラの地下に。

病院の建物は古くからあったが、メゾンメトセラは八年前にできた。この廊下も、それに合わせて造られたのだろう。

廊下の行き止まりには、再びキーパッドつきの扉があり、桂が暗証番号を入力すると、カチリと音がして開いた。

「――どうぞ」

促されるまま、扉の向こうに足を踏み入れる。壁も床も天井も、白い空間だ。眩しいほどの光に曝《さら》されている。その輝きは、真夏の太陽を思わせた。廊下と異なり広々とした空間だが、壁際にはガラスや柵で仕切られた小部屋と、スチールラックがずらりと並んでいる。ラックには、ケージがいくつも置かれていた。爆《は》ぜるような緑をたたえた植木鉢もあちこちに配置され、豊かに葉を広げて、色とりどりの果実を実らせている。

――森林が放つ、フィトンチッド。

「メゾンメトセラへ、ようこそ」

桂が低い声で告げた。

――メゾンメトセラだって？

アキは不安でいっぱいになりながら、周囲の小部屋とケージを見回した。中に何かいる。動いているのが見える。

「大丈夫だよ。近づいて見てごらん」

びくびくしながらケージににじり寄った。小動物が走り回っている。初め、それが何なのかわからなかった。手のひらに載るサイズの生き物。自在に動く、長く細い尻尾、ちょんと立った耳、小さな黒い目玉。

——ラットだ。

ケージにおさまったラットは、妙な色をしていた。緑のまだら模様のせいで、迷彩柄をまとっているかのようだ。

「可愛いでしょう」

いつの間にか桂がそばにいて、細い指先をケージに近づけ、ラットの関心を引いている。

「何なの、これ——」

囁くような声になった。怯《おび》えているのが桂にもバレてしまうが、抑えようがない。

「ラットだよ。実験用のラット」

周囲を見回すと、どのケージにも同じように小さなラットが一匹ずついて、真っ黒な目でこちらを見上げたり、ちょろちょろと駆けまわったり、ケージの網を噛んだりしているのが見えた。時々、キィキィと鳴いている。

——緑色のラット。

これだけの小動物がいるわりには、ほとんど臭いがせず、むしろ森林のフィトンチッドが香りたつようだ。目の前のケージには、１１６４と番号が書かれている。

「どうしてこんな色をしているの」

ラットというのは、実験用に改良されたネズミのことだ。ほとんどが真っ白な毛を持つのかと思っていた。白でなければ、茶色か灰色。そして赤い目。こんな緑色の毛に黒い目のラットなんて、見たこともない。それどころか、オウムやインコなどの鳥類ならともかく、緑色をした哺乳類なんて見たことも聞いたこともない。

「この個体は、性質が安定していないんだ。だからこんなふうに毛色がまだらになる」

桂の説明は理解できなかった。ふと、ケージの中に、生き物を飼うなら当然あってしかるべきものが、ないことに気がついた。エサを入れる容器だ。

「エサ――」

「え？」

「エサの容器がないみたい。水の入れ物はあるのに。ちゃんとご飯あげてる？」

桂が含み笑いをし、ケージに手を当てたまま、緑のラットにウインクをした。

「エサなんていらないんだ、こいつらには。な？」

――桂は何を言っているのだろう。

いぶかしみながら、ケージに沿って移動した。ラット、ラット、ラット――みんな緑色をしている。次の棚には、緑色のコウモリらしきものがおり、隣の棚には緑色のウサギがいた。やはり、目は真っ黒だ。

ウサギたちは、ケージの手前に寝そべり、身体いっぱいに光を浴びようとするかのように四肢を長々と投げだしている。軽いめまいを感じた。

「小暮さん、こっちに来てみて」

桂の手招きに応じ、ガラス板で仕切られた小部屋に近づいた。何かがいるのは見えていたが、近くでまじまじ見つめるまで、それが熱帯植物の鉢植えではなく、生きた動物だとは夢にも思わなかった。

知性を感じさせるつややかな黒い双眸《そうぼう》が、ガラス越しにこちらを見返す。

「やあ、ナイト。元気かい」

話しかけながら、桂が手近な籠からバナナを一本取り、小窓を開けて中に入れた。その動きは素早かった。桂の手からひったくるようにバナナを奪い、小部屋の奥に駆け戻ると、壁に背をつけてぺたんと床に腰を下ろし、器用にバナナの皮を剝いて、食べ始めた。

——緑色のチンパンジーだ。

無心に白い実を齧《かじ》るチンパンジーを見つめ、アキは立ちすくんだ。

「ナイトくらいのサイズの生物になると、必要な栄養を充分に作りだすことができないんだ。だから、この子にはこうしてエサやおやつをあげて、カロリーを補っているんだよ。他のラットやウサギたちにしても、自分で生産できるのは糖類だけだからね。他に必要な栄養素は、水に混ぜて与えたりしてる」

「ナイトって――」

「うん、ほら」

桂がガラスの小部屋の上部を指差した。７１０と番号が振られている。アキにもようやくわかってきた。これは、実験動物を識別するための番号に違いない。７１０を無理やりこじつければ、ナイトと読めなくもない。

最初の衝撃をどうにかやりすごすと、今度は震えが襲ってきた。大きく身体を震わせると、アキは声を低めた。

「桂先生、この動物たちは――」

「遺伝子を改良した生物だよ」

桂はなんでもないことのように言い、ナイトの小部屋を仕切るガラスを爪でつついた。バナナを食べ終えて皮を投げ捨てたチンパンジーが、桂に視線を向け、笑いかけるように歯を剝き出す。

「あの、皮膚や毛が緑色なのって、ひょっとして――」

アキの目に浮かんだのは、研究室で見せてもらったバイオリーフだった。

「葉緑体を発現する遺伝子を組み込んだのさ。ミドリムシっているでしょう。ムシという名前がついてるけど、実際には藻の一種なんだ。ミドリムシの葉緑体を発現するための遺伝子を切り取って、動物の細胞に導入したわけ。当初は、葉緑体が光合成で作りだした糖類を、どうやって細胞が利用可能な形で吸収させればいいのかわからなかったんだけど、ラットで実験してみたら、案ずるより産むがやすしというやつでね。細胞内に生みだされた糖類を、周辺の細胞が見逃すはずがなかったんだよね。うまく自分たちで吸収してくれたよ」

桂は饒舌だった。いつぞや研究室を見学させてくれた時よりもずっと、口調に熱がこもっている。戸惑いを隠しきれず、アキは頬に手を当てて口ごもった。

「でも――でも、これっていいの？　こういう実験をしても、大丈夫なの？」

「法律的にということ？　倫理的にということかな？」

桂がこちらを横目で見て、微笑む。

「実際、遺伝子を改変して動物実験を行うのは、よくあることだ。たとえば、特定の遺伝子が働かない状態にしたマウスを、ノックアウト・マウスと呼ぶんだけど、遺伝子の機能を調べる上で有用なんだよね。糖尿病を発症しやすいマウスとか、人間の耳を背中に生やしたマウスとか――あるいは、もっとわかりやすい例で言うなら、クローン羊なんてのもいたな」

「こういう研究については、法律的な縛りはないということ？」

呆然とアキは呟いた。

「縛りはあるよ、もちろん。たとえばわが国では、『ヒトに関するクローン技術等の規制に関する法律』や『特定胚《とくていはい》の取扱いに関する指針』といった法律や規則で、誰かと同じ遺伝子構造を持つ人――つまりクローンだよね――をつくったり、人と動物の異種間交雑を行った個体――キメラというんだけど――をつくったりすることを禁じている。だけどそれは、今回のような受精卵のゲノム編集とは別なんだ」

「クローンじゃないから、いいってこと？」

「ゲノム編集の技術はごく最近になって急に発展したので、法律が追いついてないという面もあるけどね。あるいは他にも、『カルタヘナ議定書』とそれに基づく『カルタヘナ法』というものがある。二〇〇三年に発効したカルタヘナ議定書は、生物の多様性を保全するためのもので、遺伝子組換え生物が国境を越える移動についての手続きなどを取り決めたものだ。国内では、カルタヘナ議定書に基づいて、いわゆるカルタヘナ法、『遺伝子組換え生物等の使用等の規制による生物の多様性の確保に関する法律』というものが制定された。でもこれはね、簡単に言ってしまうと、遺伝子組換え生物を生みだすことを禁じているわけじゃなく、その利用や移動などについて制限する法律なんだ。たとえば、遺伝子組換えを行った植物が、実験室から外に洩れていつの間にかそのへんで増えていたりすることを防ぐ法律なわけ。農薬や害虫に強い遺伝子組換え植物が、自然に生えている在来種を駆逐して、どんどん増えていったりする可能性があるからね。それから、遺伝子組換え食品についての表示義務などもあるよね。現在は、大豆、とうもろこし、馬鈴薯《ばれいしょ》など八種類の作物と、豆腐や納豆など三十三種の加工食品群について、表示が義務づけられているけど」

「え、待って——それじゃ、つくること自体は禁止されてないの？」

桂の説明は複雑すぎてよく理解できない。ごまかされているような気もする。アキは眉間に皺を寄せ、しつこく尋ねた。

「研究によって、人類が享受するメリットがあまりにも大きいからね。もちろん、病気になりやすい遺伝子を持って生まれてくるマウスにしてみれば、とんでもない話だけど——そういうマウスを人為的につくれるようになったおかげで、遺伝子と病気の関係が研究しやすくなったし、医薬品の開発にも役立っている。ゲノム編集は、遺伝子組換えにはあたらないとする考え方もあるし。さっきも言ったとおり、カルタヘナ法が禁じているのは、要するに、遺伝子レベルで操作した動植物を、実験室の外には出すなってことなんだ」

「ねえ、ちょっと待って——たしか以前、中国の研究者がヒトの受精卵をゲノム編集したって研究成果を発表して、騒ぎになってなかった？」

「よく知ってるね。二〇一五年には、中国の研究者がヒト胚のゲノム編集について、研究成果を『プロテイン&セル』という研究誌に発表し、大きな議論を呼んだ。『ネイチャー』誌が、『ヒトの受精卵を編集するな』という記事を出したことも話題になったし、国際幹細胞学会も、当面は臨床目的でヒト受精卵の遺伝子を改変しないようにと呼びかけた。その後、二〇一八年には、中国で世界初のゲノムを編集された双子の赤ちゃんが生まれてね。——僕らが研究を始めたのは、そのずっと前だったけど。だって、ヒトの受精卵を編集しないというのは、あくまでも研究者間の暗黙のルールでしかないからね」

ちなみに、と桂は淡い微笑を浮かべて続けた。

「ごく一般的なラットの平均寿命は、二、三年というところだけれど、ここにいる緑色のラットたちは、みんな五年近く生きてる。つまり、遺伝子をいじったのは、葉緑体だけじゃないという意味だけど」

——どうしよう。

アキはめまいを感じて、ガラス板に手を突いた。桂の説明は、自分の常識で判断できる範疇《はんちゆう》をとうに超えている。緑色の肌や毛を持つ生物を見て最初に感じたのは、言いようのない嫌悪感だった。こんなものは存在すべきではない。自然の摂理に反している。神に対する冒瀆《ぼうとく》だ。アキは決して信仰心の篤い人間ではないし、いわゆる葬式仏教徒で、ふだんは神仏など意識することもない。そんな自分ですら、人間が自然と生物に大きすぎる影響を及ぼすのを目の当たりにすると、怖くなった。

「小暮さんが感じたことを、代わりに言ってみようか。——気持ち悪い、でしょ」

桂がふいに顔を寄せ、ふふ、と笑った。その大きな目が、悪戯っぽい光を放っている。

「わかるよ。最初はみんなそう感じるはずだ。だって、こんな生き物を誰も見たことないからね。初めて見るものに対して、人間は嫌悪感を覚えるのさ」

そうだろうか。初めて見ても、自然界に生息するものなら——たとえばアマゾンに棲《す》む華やかな色彩の鳥たちなら——美しいと思うはずだ。黙り込むアキに、桂は言葉を重ねた。

「先入観だよ。これが人為的につくられた生き物だと思うから、気味が悪いんだ。先入観にとらわれずに、あのラットを見てごらんよ。あるいは、ナイトのあの目を見てよ。あの子は賢い子だ。僕らの言葉を、こちらが考える以上に理解していると思う。細胞のなかに取り込んだ葉緑体のおかげで、ここにいる動物たちはね、生きていくのに何かの命を奪う必要がないんだ。ナイトは身体が大きいから、完全ではないけど。僕に言わせればさ、僕ら人間のほうが、よっぽど気味が悪い生き物じゃないか？　ほかの動物や植物の命を奪わなければ、生きていけない。彼らのように、光を浴びて水分を補給するだけで、命をつなぐことなんてできない」

桂の言葉に混乱し、アキは目を瞬《しばたた》いた。たしかに自分は、生まれてから今までどれだけ多くの豚や、鶏や、牛や、魚たちの命を奪ってきただろう。動物だけではない。米を食べればイネの命を奪っている。野菜だって同じだ。だけど、それは自然な命の営みなのだ。神様がそのように生き物をこしらえた。ライオンがシマウマを食べるのも同じ、大きな魚が小魚を食べるのも、みんな同じだ。

「ねえ、小暮さん。こっちに来て、ラットたちを見てよ。これが人為的につくられた生き物だということはいったん忘れて、閉鎖された環境の南の島で、独自に進化した生き物だとでも想像してみてよ。この毛の色、美しいと思わない？　つやつやした緑色の毛並みが、みごとだと思わない？　葉緑体を自力で取り込んで生きるウミウシが見つかったことを知ってる？　そいつは、食べた藻類の葉緑体を自分の体内に取り込んで、光合成もしてしまうんだ。数か月程度の期間限定らしいけどね。それと、この生き物たちと何が違うの？」

ケージの前に引っ張られた。

――たしかに、美しくはある。

オウムやインコのように鮮やかな緑ではない。ところどころ、茶色と混じったような深緑をしていたり、まだらに黒っぽかったり、迷彩柄のようという表現がしっくりくる。

扉が開く音がして、アキはそちらに目をやった。アキたちが入ってきたのとは反対側の壁に、観音開きの簡素な扉があった。その片側を開けようとした白衣の看護師が、こちらを見て仰天している。三塚より年配の女性だった。四角い顎の下の肉が、柔らかくたるんでいる。髪型や体型がよく似ているので、先ほど後ろ姿を見て三塚と勘違いしたようだ。

「この人は――」

桂が急いで看護師に手を振った。

「彼女はいいんだ。院長の許可をもらってあるから」

「で、でも――」

何か言わねばならないと焦ったのか、看護師は軽くどもった。

「――ねえ、どうしたの。誰かいるの？」

かぼそく甲高い、女の子の声が聞こえた。看護師がぎくりとして、誰かをかばおうとするかのように、あるいはアキの視線から隠そうとするかのように、扉の前に立ちはだかり、顔だけ背後に向けた。

「いいから、さあ、向こうで待っててね」

緊張しながらも優しく諭している。

「ヤヨイ、こっちに来ちゃダメだ。早く部屋に戻りなさい。あとで遊んであげるから」

桂の声が、それまでよりずっと厳しかった。

「ねえ、省吾がいるの？」

看護師の腰のあたりから、ちらりと何かが覗いた。こちらを見ている。看護師の腰にまとわりつくように、抱きついている。

腰に手を回して――手を――。

アキは片手で自分の口を覆った。

——緑の手。

少女はふわふわしたレモン色のネグリジェを着て、輝く瞳をこちらに向けていた。八歳前後だろうか、好奇心でいっぱいの黒い目が、アキを見て驚いたように大きくなる。

鮮やかな緑色をした肌。つややかな黒い髪。

少女が、看護師の腰に回した手を、ゆっくり開いた。指の間に、薄い水かきのようなものが広がった。

——ヒトならぬもの。緑の肌と水かきを持つ、人類を超えた人類。

アキは声もなく、雷に打たれて身体中が痺れたような感覚がして、ただその場に立ちつくしていた。


「どう、少しは落ち着いた？　今日は、ここまで見せるつもりじゃなかったんだけど」

桂が差し出したペットボトルの水を受け取り、アキはふたを開けて口をつけた。未開封かどうか、開ける前に確認してしまった。

「大丈夫だよ、小暮さん。ヘンなものは入ってないから」

桂が苦笑しながら保証する。あいかわらず、他人の気持ちに敏感な男だ。アキは無言で水を飲み下した。口の中に感じていた苦い味を、洗い流してくれる。

——今日ここで見たものを、まだ消化しきれていない。衝撃が強すぎて、受け止めきれないのだ。

ヤヨイと呼ばれた少女は、アキの目から隠すために看護師によって連れていかれた。ヤヨイは、不思議そうに何度も振り返ってアキを見ていた。知らない人間がこの部屋に入ってくること自体、めったにないのだろう。

肌の色に視線が釘付けになってしまったが、可愛らしい顔立ちをした、華奢《きやしや》な少女だった。見た目どおりの年齢なら、本来は小学校に通っているはずだ。

「八歳——」

アキの呟きを聞きとがめたのか、桂が首を傾げた。

「うん、あの子は今年で八歳になる。それがどうかした?」

「桂先生は、五年前に不破院長に誘われて、この病院に来たと言ったけど——」

「そうだよ」

「それなら、桂先生が来た時には、あの子はもうここにいたの?」

「——あのね。僕はその前から——生まれた時からずっと、あの子を知っていたよ。僕が大学にいた頃から」

「正直、何がなんだかよくわからない。——あの子は、どうやって生まれたの? 新しい遺伝子セットを組み込んだ受精卵を使って、人工的に誕生させたの?」

桂の微笑みは、どこか弱々しかった。

「そんなすごいことができるようになれば、いいんだけど。今の科学技術では、受精卵をそのまま母体の外で成長させることはできないんだ。だから、受精卵を代理母の子宮に戻して、普通の子どもと同じように、十か月間育ててもらう」

「代理母——」

一瞬、棚原の顔が浮かんだ。ひょっとして彼女は、ヤヨイの代理母としてここに雇われていたのだろうか。もしそうなら、木更津に流れ着いた骨の少年、ハシムもここで育てられたのだろうか。ヤヨイと同じように、緑の肌と水かきを持っていたのか。

島津の事務所で目にした週刊誌の記事を思い出した。海上で河童の死体を見たという漁師は、その手に水かきがあったと証言していたではないか。

「ハシムもここにいたの？」

桂が一瞬、不意を突かれたようにたじろいで、おかしそうに笑い声を上げた。

「——ほらね、小暮さん。君ならきっと、もうとっくに、いろんなことを探り当てていると思ったよ」

「——やっぱり、いたのね」

——ハシムの正体がわかった。

本来なら、地道な調査が実を結んだことを躍り上がって喜ぶところだが、今はそんな気分にはなれなかった。喜びよりも、裏切られたような痛みが勝っている。

——不破病院には、重大な秘密があった。

「ハシムは、どうしてあんなふうに木更津で見つかったりしたの」

「僕らが目を離した隙に、ここから逃げたんだ。仁美さんがドアの施錠を忘れたらしい。ハシムは頭が良くて好奇心の旺盛な男の子だったから、ロッカールームから車輛《しゃりょう》用の通路を使って病院の外に出てしまった。僕らは仁美さんの緊急連絡を受けて周辺を捜しまわったんだけど、見つからなかった。後になって、思いもよらないほど遠くまで行っていたらしいとわかったけど」

それにしたって、子どもがひとり亡くなったことには変わりない。最初に恐れたような、虐待ではないにせよ。

「仁美さんは、責任を感じて辞めたんだ。先生は辞めなくていいと言ったんだけど」

「あの子たちの代理母は、棚原仁美さんだったの？」

アキの質問に、桂はあっさり首を振った。

「違うよ。仁美さんは世話をしていただけ。代理母は日本人じゃない」

「どういうこと？」

「国内で代理母を探すのは無理があった。当時、タイには代理母ビジネスがあってね。彼女らの中から、適性のある女性を選んで、代理母になってもらったんだ」

「あの子たちはタイで生まれたの？」

「いや。代理母のおなかが目立たないうちに日本に来させて、国内で帝王切開をした。もちろん、充分な謝礼を払ったよ」

アキは桂の言葉の裏に、考えをめぐらせた。代理母の子宮に受精卵を入れるのは、タイで行ったということだ。日本への入国時におなかが目立つと、出国時に勘繰られるかもしれない。だから、まだおなかが目立たない時期に日本に入国し、ビザの有効期間内に日本で帝王切開を行って、子どもを取り出す。そうやって、子どもが生まれたことを隠したのだ。

――ハシムとヤヨイ。存在を公にできない子どもたち。

「ふたりだけだったの？　もしかして、ああいう子どもたちが、他にもたくさんいたんじゃ――」

アキの口調にこもる攻撃の気配に、桂が口ごもった。

「受精卵という意味では、たしかにふたつだけではなかったよ。だけど、他の受精卵はみんな着床しなかったり、いったん着床しても、母体が異物とみなすのか流産したりして、生まれたのはふたりだけだった」

異形の子どもは、ふたりだけだった。

長いため息をつき、周囲を見回す。この研究室にいると、緑色の毛や皮膚を持つ実験動物たちに、見つめられているような気がする。

階上の病院にある桂の研究室は、カモフラージュかもしれない。研究に必要な薬品や資材を購入したり、製薬会社のMRに相談に乗ってもらったり。あるいは、アキのように過剰な興味を示す人間の注意を逸らすためのもの。本当の研究は、地下で行われていた。

「これが、小暮さんが知りたがったことだ」

桂がどこか投げやりに呟いた。そう、これはアキ自身が知ろうとし、調査を続けていたことだ。まさか、こんな事態を目の当たりにするなんて、夢にも思わなかった。

何をどう考えればいいのかわからない。思考が先ほどから堂々巡りを続けている。

「——あの子、これからどうなるの」

考えたあげく、自分の口からぽろりと洩れたのが、そんな言葉だったことに驚く。桂は「うーん」と困惑したように唸った。

「僕らはみんな、あの子を大切にしている」

「そういう問題じゃない。わかってるくせに」

桂は、事態に正面から向き合うことを避けているのだとしか思えない。ハシムは死んでしまったが、ヤヨイは生きている。今はまだ八歳で、幼い子どもでいる限りは気にならないかもしれないが、彼女も少しずつ大人になる。地下研究室の外が気になり、いずれは出て行こうとするはずだ。

看護師の腰にしがみつき、ヤヨイが興味深そうにこちらを見つめていたのを思い出して、ふいに制御不能な怒りが湧きあがった。

「あの子はペットじゃない。生きた人間なの。わかってるでしょう、こんなふうに、世間から隔絶した環境に、いつまでも閉じ込めておけるはずがないじゃない！」

その時、背後で静かな息遣いが聞こえた。

「あなたの言うとおりだ」

豊かな響きのある声だった。振り向かなくとも、不破院長が来たのだとわかる。こんな歌うような話し方と、声を持つ男はめったにいない。

「ヤヨイは今年で八歳。私のほうがずっと先にこの世からいなくなります。そうなった時、誰が彼女の面倒を見てくれるのか、あるいは見ることができるのか――」

不破の声には沈痛な響きがあり、アキはたまらず振り返って彼を睨んだ。白衣を着た不破院長は、取り巻きの医師たちを連れて颯爽《さっそう》と院内を回診する時と同じように、堂々としている。それでも、その日に本心からの苦渋を認めないわけにはいかなかった。彼は、ヤヨイの将来を真剣に案じているのだ。

「だって先生、そんなこと最初からわかってたはずでしょう。どうして彼女を――生んだんですか。いいえ、もっとはっきり言います。どうして彼女をつくったんですか。こんな言葉は使いたくないけど、でもやっぱり、ここにいる動物たちは、彼女も含めて先生たちがつくったんですよね」

人間が人間を〈つくる〉という言葉の響きに、戦慄を覚える。――なんとおぞましい。

不破が小さく吐息を洩らした。

「わかってほしいとは言いません。この研究が外部に洩れたら、私も桂君も研究者として抹殺されるでしょう。しかし、私はここにいる生物たちが、いま地球上に生息する生物の正しい進化形だと考えています。あるいは、本来こうあるはずだったと言うべきか」

アキは、不破がゆっくり近づいてきてパイプ椅子を引き寄せ、腰を下ろすのを見守った。なにげないしぐさですら、さまになる男だ。

「あなたは先日、メゾンメトセラでの私の話を聞いてくれましたね。生物の種としての〈ヒト〉が、いまだ進化の途上にあるという私の考えを、どう思いましたか」

穏やかにこちらを見つめているだけなのに、惹き込まれるような力を持った切れ長の目を見て、アキは不安にかられた。

――自分はこの男に対抗できるのだろうか。

「人間も進化の途中だという先生のお話は、とても魅力的でした。認めます。でも、そのことと、あの子の存在とは話が別です」

不破は真面目な表情を崩さず、かすかに首を傾げた。

「――同じですよ。人間はなぜ、いつまでたっても殺しあい、奪いあい、蔑みあうのか。肌の色や、国籍や、宗教や、自分と他人とのわずかな違いをことさらに言い立てて、攻撃しあうのか。私はね、小暮さん。〈ヒト〉という種が進化すれば、そんな争い事はなくなる――少なくとも、ずっと減るはずだと考えているんです。たとえば、ここにいる緑のラットたちは、エサのために争う必要がありません。彼らはまるで植物のようにおとなしく、ただ光を求めて佇んでいます。それだけで生きていけるんです」

「人間とラットは違います」

「それも、あなたの言うとおりです。人間はエサのためだけに戦うわけじゃない。だが、もし〈ヒト〉が日光を浴びさえすれば自給自足の生活を送れるようになったら、争いから静かに身を避けることもできます。意外と多くの人が、その道を選ぶのではないかと私は予想しています。その時、戦いは馬鹿馬鹿しいものに見えるでしょう」

「みんなに、隠者のように山にこもれとでも言うんですか？」

「そういう選択肢が、今より現実的になるという意味です」

　不破は柔らかく微笑んで後を続けた。

「人間はこれからまだまだ進化することができます。私は〈ヒト〉が抱く不安を取り除きたい。〈食〉を求め続ける不安。いつか病に倒れるかもしれないという不安。〈死〉という究極の不安さえ、先送りすることができる。不安のない世界に生きることができれば、〈ヒト〉はもっと幸せになれるのではありませんか」

——不安のない世界か。

そんな世界がどこかに存在するなら見てみたかった。生活が破綻するのではないかという不安。ひとりきりになる不安。誰かを支えきれない不安。世の中が自分を受け入れてくれないかもしれないという不安。

そんなものから、自由になれるのなら。だが、心配ごとがひとつ減ったら、次のひとつが生まれる。それが現実だ。

「先生は、自信過剰なんだわ」

そう呟いた。不破は怒るかと思ったが、アキの言葉にちらりと苦笑し、まるでその言葉を認めるかのように、かすかに俯いただけだった。

「——こちらへ来ていただけませんか」

不破が立ち上がり、アキを視線で招いた。彼は歩きだし、先ほど看護師が出入りした奥の扉を開けて中に進んだ。桂を振り返ると、行けと言うように頷いている。

扉の奥は、似たような白い壁と、白い床と天井の部屋だった。もう少し進むと、いちばん奥かに本を読み聞かせる看護師と、活発に口を挟む少女の声が聞こえてきた。いちばん奥に子ども用のベッドがふたつ置かれ、ひとつは空っぽで、ひとつにヤヨイが腰かけていた。ベッドサイドだけ、子ども部屋らしい明るい花柄の壁紙が貼られている。空っぽのベッドの天板には、846と刻印があった。

——ああ、ハシムのベッドだったんだ。

見たとたんに、ハシム、ヤヨイという名前の由来が腑《ふ》に落ちた。ヤヨイのベッドには、841と刻印されている。

「子どもらを番号で呼ぶなんて、良くないことだと思うでしょう？　だから、名前に変えたんです」

不破がアキの視線を正確に追って呟く。ヤヨイのベッドには、カエルを擬人化したキャラクターのぬいぐるみがあった。木更津港に、花束と一緒に供えてあったのと同じものだ。あれはおそらく、ハシムお気に入りの人形だったのだ。緑色の肌をしたキャラクターだから。ハシムとヤヨイは、自分たちの仲間だと思っているのかもしれない。

「木元《きもと》さん、少しいいかな」

不破が声をかけると、看護師が読み聞かせを中断し、立ち上がって横に退いた。

「やあ、ヤヨイ。私の可愛いおちびさん」

不破が手を伸ばすと、ヤヨイが笑いながらその手にしがみつく。ベッドに横座りし、楽しげに言葉を交わす不破とヤヨイの顔を見比べて、彼らの相似に気づいた。鼻はヤヨイが幼すぎるせいか似ていないが、切れ長の力強い目は、どう見ても父親譲りだ。

「可愛い子でしょう」

不破がこちらを振り返り、ヤヨイと自分の顔を並べてみせた。ヤヨイは嬉しそうに笑顔を見せている。愛されて育ったことがひと目でわかる。

「肌の色は他の子どもと異なるけれど、他はとりたてて違うところもない。おしゃまで朗らかな、普通の女の子です。しかし、この子がもし、外の世界に姿を現せば、何が起きると思いますか？」

――間違いなく、迫害される。

怪物扱いされ、モルモットにされるだろう。ハシム亡きいま、葉緑体を持ち、自力で光合成できる世界で唯一の〈ヒト〉の個体だ。地球上で、たったひとりの異形の子だ。ハシムの遺体を見た漁師が河童と呼んだように、人間扱いしてもらえないだろう。気持ちが悪いと言われ、目を逸らされ、みんな逃げていく。石さえ投げられるかもしれない。

その瞬間、アキは、不破を責めても意味がないことに気づいた。ヤヨイは、既にこうして存在するのだから。不破がどんなに悔いても無駄なのだ。これからヤヨイをどうするかだ。この少女が、今後、人間らしい生活を営むために、どうすればいいのか。生まれてきた子どもには何の責任もなく、ただ生みだした大人に、その責任はある。

「あなたの力を貸してください」

不破がこちらの目を見つめ、そっと囁いた。

「私たちだけでは足りないのです。いつか、この子の存在を明らかにしても、きちんと受け入れられる日が来ます。必ず来るようにします。それまでの間、この子を世間の目から隠しながら、きちんと教育して、たいせつに育てあげるために、ひとりでも多くの信頼できる人の助けがいるのです。力を貸してください」

――そんなの、虫が良すぎないか。

自分たちが犯した過ちを隠すために、ヤヨイの存在を逆手に取るなんて。

――過ち？

アキはふと、自分は本当にヤヨイを否定したがっているのだろうかと首を傾げた。太陽の光を浴びて自足できる新しい〈ヒト〉の種族が、いま自分の目の前にいる。

――うらやましい。

そんな言葉がふいに浮かんで、アキはどぎまぎした。

食べる心配をしなくていい。太陽の光を浴びさえすれば、生きていける――。

それは過ちと呼ぶには美しすぎた。理想的でありすぎた。自然界にはありうべからざる、突飛な生き物かもしれないが、不破の夢の輝かしさにも、アキは惹かれすぎていた。

「小暮さんは、ライターさんでしょ」

いつの間にかそばに来ていた桂が、耳元で蠱惑《こわく》的に囁く。

「まだ世界中の誰もが知らないことを、観察できるんだよ。今はまだ公にしないでほしいのは確かだけど、あなただけの秘密の取材ができるんだよ」

思いもかけない言葉に戸惑い、それから桂の言葉がじわじわと自分を蝕み始めたことに気がついた。桂は、驚くほど正確にアキの性格を読んでいる。

「これはひとつの提案と考えていただきたいのですが」

不破がためらいがちに言葉を継いだ。

「あなたのお母さんのカルテを読みました。いろいろと難しい状況ですね。あなたひとりでお世話をされているようだし、時々はデイサービスも利用されているようですが、わずかな回数でしょう。もし、あなたが私たちを手伝ってくれるのなら、お母さんをメゾンメトセラに入居させてはどうでしょう。幸い、空きがあるんです。私たちはあなたに仕事を頼みやすくなるし、あなたはお母さんの近くにいられます。メゾンメトセラには医師や看護師も常駐しています。二十四時間の手厚いサービスが受けられますよ」

うちにはそんなお金はないと反射的に断ろうとして、気づいた。これは、取引なのだ。提案などと耳ざわりのいいことを言っているが、まぎれもない取引だ。水穂をメゾンメトセラに入居させてやる代わりに、口をつぐんで協力しろと言っているのだ。

「あ、あたし――ムリだから」

アキは慌てて後ずさった。逆上しかけていて、舌がもつれそうになった。不破や桂に対する口のきき方もぞんざいになった。

「そういうの、苦手でさ。絶対にムリ。ひとの足元を見るようなマネ、されるとは思わなかったよ——あたし、帰るわ」

「小暮さん！」

桂がすがるように叫んだ。アキはそちらに、宣誓でもするように手のひらを向けた。

「心配いらない、もちろん黙ってるよ。ええと——しばらくの間はってことだけどね。だって、あたしのせいでその子を辛い目に遭わせたくないし」

桂が指示を仰ぐように不破を振り返ると、彼は穏やかに頷いた。その傍らに、大人たちの会話を利発そうな目つきで聞いているヤヨイがいる。

桂が手を伸ばし、とげとげしい会話から守ろうとするかのように、ヤヨイを抱き上げ、そっと背中を撫でた。

——夢の子ども。

「あなたを信用します」

不破が囁き、桂はヤヨイを下ろすと、神妙な顔つきで、アキを地上まで送ると言った。長く白い廊下を、先ほどとは逆にたどる。ふたりの靴音が、以前より乾いて耳につく。

「根性あるよね、小暮さん」

桂がぽつりと呟いた。

「でも、たまには誰かを頼ってもいいんだよ。小暮さんは足元を見るようなマネだって言うけど、先生は、単に頼られるのが好きなんだ。頼られると頑張っちゃう人だ。——

僕は時々考えるんだけど、先生が神様なら良かった。そしたら、きっと人類は、戦争したり、誰かを憎んだり、自分の目的のために他人を蹴落としたり、そんな生き方をしないですんだはずだ。本当の神様は、人間に対してもっと意地悪だよね。どうしてなんだろう。厳しい目に遭わないと成長しないから？　僕らは苦しみながら育ち、一歩ずつ死に向かって歩いているの？　ねえ、小暮さん――先生が言ったことは、誓って取引なんかじゃない。あなたを気の毒に感じてるだけだよ」

病院の玄関で別れる間際、そんなことを言われた。アキは声すら出せなかった。桂も返事を望んではいなかっただろう。

――人生に苦しみがあるから、楽しみを深く感じられる。

そんなふうに言えるのは、きっと楽しむことを知っている人だけなのだ。桂の言葉を聞きながら、ふとそんなことを考える。桂は楽しむことを知らないのだろうか。

愛と憎しみは、表裏一体だ。

それなら、この嫌悪感が、いつか愛情に変わることもあるのだろうか。

白衣を翻して立ち去る桂を見送り外に出ると、まるで夢の中にいるかのように、現実感が希薄だった。さんさんと降り注ぐ日差しに目を細める。

――この光は、誰のためのものだろう。

自分のためのものではない気がする。きっといま地下室にいる、あの子のためのものだ。あの子どもこそ、この陽光の下にいるべきなのだ。

病院の隣に建つ、メゾンメトセラの建物が垣根越しに見えた。協力するとひとこと言ってさえいれば、水穂はあそこの住人になれたのか。自分たちとは縁のない、選ばれた人々の住まいだと考えていたあの場所にいられたのか。

なにもかも上の空でふらふらと帰宅し、階段を上がると、誰かが自分の家の前で、どんどんとドアを叩いているのを目にした。

「どうしたの、おばさん！」

隣家の主婦が、ドアを叩きながら水穂を呼んでいる。その形相が必死で、良くないことが起きたのだとひと目でわかった。

「アキちゃん！　さっきお母さんの悲鳴が聞こえたの。呼んでも返事がないし、中でうんうん唸ってるようで。救急車呼ぼうか」

青くなり、震える手で鍵を開ける。中に飛び込むと異臭がして、水穂が寝室で唸っていた。寝室を見て、やっと様子が知れた。魔法瓶が床に転がっている。周囲にこぼれた湯から、まだ湯気が立っていた。水穂は真っ赤に火傷した左手を右手で押さえ、痛い、痛いと泣きながら呻いている。異臭は、痛みと驚きで失禁したせいだ。

「お母ちゃん！　お湯をかぶったの？」

隣家の主婦が状況を見てとり、「119番に電話するよ」と叫んで自分の家に駆け込んでいった。

火傷の応急処置なら、水で冷やすといいはずだが、水穂は泣くばかりでベッドから下りようとしない。抱えあげて台所に連れていく力はアキにはない。幸い、救急車はほどなく到着し、救急隊員がすぐ重度の熱傷患者として水穂を担架に乗せ、救急車に運んでくれた。しっかり固定された担架の上で、水穂は痛みに声を上げて泣いている。

——あたしが目を離したせいだ。

つい先日も、水穂が魔法瓶をひっくり返したことがあったではないか。いつ、こんな事故が起きても不思議ではなかった。ひとりでおとなしくしていられるから大丈夫と、仕事にかまけて甘えていたのだ。

「不破病院が受け入れてくれるそうです」

救急隊員から声をかけられ、アキははっとした。

——不破病院はダメ。

そこだけはダメ。お願いだから他を探して。

そう言おうとして、全身が硬直したようになり、声が出なくなった。

いま不破病院に水穂がかつぎ込まれれば、院長に逆らえなくなる。そんな予感がする。

しかし、そんなに頑《かたく》なに拒む必要があるのだろうか。救いの手を伸ばす不破を、拒絶する意味はあるのだろうか。

今の自分に、金銭的な余裕はまったくない。別の病院に水穂を入院させたとして、その費用をどうやって工面すればいいのだろう。その後のことも心配だ。これまで、木更津に流れ着いた子どもの骨を調べていけば、一冊の本を書けるくらい密度の高い話になると考えていたし、それで少しはお金になるとも見ていたが、あの件は絶対に記事にできないとわかったのだ。書いてはいけない――ヤヨイのために。

不破を強請ればいいのか？　それとも――。

――あの先生はきっと、助けてくれる。

桂も言ったじゃないか。頼っていいと。不破は自分を見捨てない。今までひとりで頑張ったじゃないか。みんながもっと軽々と生きて、人生を楽しんでいた時に、歯を食いしばって頑張ったじゃないか。

――このへんでちょっとくらい、ズルをしたっていいんじゃないの？

自分のなかの、何かが囁く。

――もういい。もういいんだ。

ひとりで何もかも面倒を見るなんて、無理だ。できるわけがない。自分だって、少しは楽をしてもいいはずだ。このまま黙って流されていればいい。自分の弱さを認めて、許してやればいい。自分が悪いわけじゃない。こういうめぐりあわせだったのだ。

――水穂が不破病院に搬送されるのを、ただ黙って見ているだけでいい。

救急車は、不破病院に向かって走りだしていた。アキは水穂の肩に手を置いて、静かに涙を流した。

サイドテーブルに載せた携帯電話が、ブルブルと震えている。

アキは画面をちらりと見て、島津からの着信だと知った。

「アキさん、アキさあん」

「なあに」

水穂の呼び声に応え、島津からの電話はひとまず放置する。

「おまんじゅうがなかったかしら」

「プリンならあるよ」

クリーム色の壁に、西側の窓から入る日差しが、温かく反射している。窓のすぐ外では、背の高い楠《くすのき》が木陰をつくり、そよ風に涼しい葉ずれの音をたてている。住人にそれと意識させないくらい、適度に空調が効いていて、ほのかに森林の香りが漂っている。気持ちのいい午後だ。

――メゾンメトセラの二階、西の端。

嘘のように穏やかな時間だった。

本来は夫婦で住むための、小ぢんまりとした部屋だ。ＬＤＫに寝室がひとつ。キッチンは一応あるが、お湯を沸かすくらいがせいぜいだ。住人には毎食、栄養のバランスを考えた食事が提供されるので、調理の必要はない。

冷蔵庫からプリンを取り出し、ふたを開けてスプーンを水穂に渡す。まだ左手は使えないので、プリンのカップはアキが支えた。いそいそとスプーンを口に運ぶ水穂を見守りつつ、アキは放心していた。

水穂は不破病院に搬送され、手当てを受けた後、入院を勧められた。火傷は左手首から先だけだったが、高齢だし、本人が受傷のショックで精神的にまいっている。しばらく病院で落ち着かせたほうがいいと親切に言われ、アキもほっとして承諾した。

ところが翌日、病院に行ってみると、水穂の姿は病棟にはなかった。看護師に尋ねると、メゾンメトセラの住人だとわかったので、部屋に移動させたという。不破が手を回したのは明らかで、急いでメゾンメトセラの教えられた部屋に来てみれば、水穂はすべてが行き届いた室内で眠っていた。何の不安も、わだかまりもない、安らかな眠りだった。

——ああ、やっぱり。

最初にそう考えた。

不破は何ひとつ見逃さない。

——これで良かったんだよね。

不破は、アキに断る隙を与えないよう、黙って水穂をメゾンメトセラに移動させたのだ。汚くて、うまいやり方だった。もし、面と向かって「メゾンメトセラに空きがあるから、移していいか」と尋ねられていたら、アキは断るしかなかっただろう。

水穂がここに来てから三日経つが、不破からは何も言ってこない。しかし、自分たちがここから追い出されず、自分たちも逃げ出していないのが、すべてを物語っている。

ここにいれば水穂は何の不安もなく、上げ膳据え膳の暮らしができる。看護師や介護士が見回り、二十四時間態勢で介護の目を光らせてくれる。自分も水穂を心配せずに、仕事ができる。たとえその仕事が、不破から与えられた役割にすぎないとしても。

——ごめんね、ちたりん。

心残りは千足のことだった。あんな死に方をした千足を、裏切っているような気がしてならない。

また、携帯が震え始めた。島津からだ。

「ちょっと、電話してくるから」

プリンを食べ終えた水穂に声をかけ、携帯を握って廊下に出た。メゾンメトセラの居住棟は、廊下や階段など共用スペースのすみずみにいたるまで、居住者が快適に過ごせるよう気を配っている。ほどよい明るさの照明。壁面にちょっとくぼみのあるスペースを設けて籐椅子《とういす》を置いてみたり、廊下の隅に長椅子を置いて、居住者同士がコミュニケーションを取りやすくしたり。

そんな長椅子のひとつに腰を下ろし、アキは電話に出た。

「——もしもし」

『お前、何やってたんだ。棚原仁美はどうなった？　何も言ってこないから、あれからずっと心配してたんだぞ』

島津の声が険しい。それも無理はない。棚原の新居を発見した、不破病院の寮だったと報告し、それきり連絡を怠っていたのだ。木更津の人骨の件は、アキに任せたとけしかけただけに、心配してくれていたのだろう。

——だって、どう報告すれば良かったのだろう。

「——ごめんね。こっちは大丈夫。言いにくいんだけど、棚原さんの件はいろいろ調べた結果、書けないとわかったから調査を打ち切ろうと思ってるんだ」

島津は驚くと思っていた。とんでもない、何を言うんだと怒りだすと考えていた。

『——そうか』

硬い声音で、突き放すようにあっさりそう言われ、かえってどぎまぎした。

『お前がそう考えるなら、それでいい。だが少し、話がある。お前、お母さんが火傷して救急車で運ばれたんだってな。それから家に帰ってないそうじゃないか。いったい、今どこにいるんだ』

「それは——」

島津がそんなことまで知っているとは夢にも思わず、もっともらしい答えを用意していなかった。心配して自宅まで様子を見に来て、隣家の主婦と話したのだろうか。

本当のことを告げる勇気はなかった。島津に何と言う？　不破病院のとんでもない秘密を摑んだが、それは世間に公表することができない内容だったとでも？　島津なら、ヤヨイの存在の是非はさておき、不破の研究について世間の判断を仰げと指示するだろう。アキがそれを断っても、自分で記事にするかもしれない。とても本当のことを話せない。

「——まだ母さんが入院してるんだよ。そう、あたしもまだ、付き添ってるんだ」

『——そうか』

島津の声に、どことなく気になる響きがあった。

『そこから下りてこないか。俺は今、メゾンメトセラの門の前にいる』

喉に石が詰まったようだった。島津は知っている。何が起きたか、気づいている。

階段を駆け下り、門の外に飛び出すと、薄手のジャケットを肩に引っ掛けた島津がいた。

「——よお」

無精ひげの伸びた青黒い顔をこちらに向け、軽く片手を上げる。アキは言葉もなく、島津の無表情な顔を見つめた。

「お前、不破病院を調べてるうちに、向こうに取り込まれちまったんだな」

ミイラ取りがミイラになったか、と島津は呟き、足元の小石を軽く蹴った。

「――違うんだ、島津さん」

いや違わないと、アキの心臓が言っている。

「いいんだ。俺にお前を責める資格はない。お前にそういう、汚い世間を見せたのは俺だ。責任は俺にもある」

島津は怒るというより、悲しみに満ちた目でこちらを見つめた。

「しかしな、それでいいのか。何があったのかは知らないが、お前、これでジャーナリストとしての芽を摘まれるんだぞ。棚原のネタは、お前を一流にする、とびきりのネタだったんじゃないのか。それを捨てて、目先の安楽さに飛びつくのか。お前、そんなに浅はかな奴だったのか」

「違う――そうじゃないんだよ。棚原さんの件は、島津さんが思ってるような、そんな事件じゃなかったんだよ」

もっととんでもない事件だった。関わる人間をすべて、不幸にしかねないような。

「それなら俺に説明してみろよ。俺が納得するように話してみろ」

説明なんかできるわけがない。島津が、不破病院の地下研究室を放置できるはずがない。ヤヨイの澄んだ大きな目が脳裏に浮かぶ。あの可愛らしい子どもが、好奇に満ちたマスコミの餌食になり、あるいは学者の研究対象として、人々の驚愕と恐怖の対象となるなんて耐えられない。ましてやその混乱を、自分が引き起こすなんて。

「俺はお前を買ってたんだ。いまいち本気を出さない奴だとは思ってたけど、いざとなったらガッツがあるし、勘もいい。そのうち一人前になるだろうと、楽しみにしてたんだ。それが、このざまとは」

涙が滲みそうになったが、必死でこらえた。泣いちゃダメだ。絶対に泣いてはいけない。自分は弱くて薄汚い人間だが、まだ卑怯者《ひきょうもの》じゃない。でも島津の前で涙をこぼせば、本当の卑怯者になってしまう。

「でも、しかたがないよな。お前が、お母さんを抱えて、ひとりで頑張ってたのは俺も知ってる。支えてやれなかったのは俺の力が足りなかったからだ」

――そうじゃない。そうじゃないのだ。

アキは首を横に振り続けた。島津は精一杯、自分の力になってくれた。自分たちのために、仕事を見つけ、支援してくれた。

「お前は悪くない。たぶん、お前が悪いわけじゃないんだ。弱い者が生きづらい世の中なんだ。――だけどな、小暮。これで最後だ。もう二度と、俺の前には顔を見せないでくれ」

じゃあな、と手を上げ、島津が背を向けた。何か言わねばならないと焦ったが、真っ白になった頭の中からは、ひとことも浮かんでこなかった。

背中を丸めて歩き去る島津の後ろ姿を、アキはただ見送るしかなかった。

9

朝、メゾンメトセラに立ち寄り、水穂が介助を受けながら朝食をとるのを見守る。水穂の容体は安定しており、テレビを見たりして日中を過ごしているようだ。

それから不破病院のタイムカードを押し、地下のロッカールームと白い廊下をくぐり抜け、〈職場〉に通うのがアキの日課になった。

緑のラット、ウサギ、コウモリ、チンパンジーたちが、黒々とした目で見守るなか、白衣に身を包んだアキは絵本やノート、教科書などを抱えてヤヨイの元を訪れる。看護師の三塚と木元は、ヤヨイの血圧や心拍数、体温など基本的な生体情報《バイタルサイン》を毎日決められた時刻にチェックして、健康管理に努めるほか、動物の世話も任されている。ヤヨイは身体が丈夫ではなく、すぐ発熱したり風邪の症状が出たりするので、その処置をするのも看護師の役目だ。

彼女たちと個人的な交流はない。三塚はいまだにアキを恨んでいるようだし、木元は三塚から話を聞いているのか、近づいてこようともしない。桂の態度は変わりなく、地下と地上の研究室を行ったり来たりしている。

アキは、ヤヨイの教師役だった。その役割は、能力的には看護師たちでも、医師の桂でも、あるいは不破院長でももちろん務まるだろうが、院長はいつも多忙だし、看護師たちはこまぎれの仕事が多く、桂は性格的に気まぐれすぎて不向きだった。

とはいえ、ヤヨイはすでに、棚原からある程度まで文字を教わっていた。簡単な絵本程度ならひとりで読むこともできたし、アキが読み聞かせる物語に、おませな女の子らしい鋭い反応をすることもあった。利発で呑み込みのよい少女だった。小学一年生の教科書から始めたアキの「授業」にも、彼女は難なくついてきた。

（本来なら、小学校で同い年の子どもたちと遊んでいる頃なのですが）

不破院長は、この白い牢獄《ろうごく》から出られないヤヨイの境遇を不憫に思うのか、悲しげに首を振った。

（それでも、ヤヨイにはなんとかして、きちんとした教育を受けさせたいのです。私は彼女が大人になるまでに、世間にこの〈緑衣のメトセラ〉たちの存在を受け入れさせるつもりです。そうすれば彼女は、堂々と世の中に出ていくことができる。その時、ごく当たり前の女性として世間に認めてもらうためにも、教育が必要なのです）

（〈緑衣のメトセラ〉？）

院長の言葉に、アキは目を細めた。

（そう――。この子たちは、生存に必要なエネルギーを自給自足できるという新たな武器と、常識を超える長寿を手に入れるでしょう。聖書のメトセラもかくやというような、ね）

――〈緑衣のメトセラ〉か。

アキは、不破の説明を聞き、緑色の生物で埋まったケージに囲まれ、奇妙な感慨にとらわれた。

この研究室は、いつも不思議なくらいの静寂に満たされている。「エサを得る」という本能のひとつから解放された生物たちは、悟りを得たようにおとなしかった。煩悩から解脱したなどと、ラットについて語るのは噴飯ものかもしれないが。

結局、〈メトセラ〉たちを生み出したこと以外に、不破に罪などないのだ。評判のいい医師と病院には、症状の重い患者が集まる。手厚い看護を求めてメゾンメトセラにも入居する。

そして、〈メトセラ〉は――これは本当に、不破の罪なのだろうか？

（不破先生ご自身は、彼らの能力をうらやましいとは思わないのですか）

（――私が？）

不破はケージをざっと眺め、微笑んだ。

（思いますよ。しかし、彼らの能力は、遺伝子に組み込まれたからこそ発現したのです。成体が後天的に得ることはできない力ですから。もちろん――）

何か言いかけた言葉を、不破は笑いに紛らわせた。

（以前、桂先生の研究室で、バイオリーフという人工の葉っぱを見せていただきました。ああいうものがすでに開発されているとは知らなかったので、私みたいな素人には驚きでしたけど）

（素敵な研究でしょう）

不破がにっこりする。

（私たちも、進化の過程で、あの力を獲得できていれば良かったのですが）

（ヤヨイとハシムは、ふたりとも先生のお子さんなんですか）

遺伝子に組み込まれるという不破の説明から、尋ねてみたくなった。不破と桂の研究は、本来、彼らが遺伝子を操作して生まれた子どもたちだけでなく、次世代が生まれて初めて、完成したと言えるのではないか。

（いいえ――ハシムの父親は別の男性です）

（そうなるように計画されたのですか。つまり、将来的に、ハシムとヤヨイを結婚させて――）

不破は苦笑いして否定した。

（もちろん、そうなれば理想的でしたが、そこまで考えていたわけではありません。そもそも、ふたりが生まれてきたのも偶然の結果ですからね）

そうだろうか。不破のやり方は完璧で、すべてが彼の思惑どおりに進行しているように見える。偶然に左右されたというのは、言い訳ではないのか。

（――小暮さん。私は本気で、あなたを立派な方だと考えているんですよ）

（――何のお話ですか）

面喰らい、アキはすぐさま身構えた。変に持ち上げられると、何か魂胆があると感じてしまう性質《たち》だ。

（お母様のことです。私も幼い頃、母ひとり、子ひとりの暮らしでね。シングルマザーで仕事を掛け持ちして私を育ててくれた、母を思い出しましたよ。あなたとは逆の立場ですが、小暮さんも、よく逃げずに頑張りましたね）

（――そんな美談じゃありません）

思わずアキの口からほとばしり出たのは、突き放すような言葉だった。不破に誉められたって嬉しくない。だいいち、恐喝で稼いで生活を支えてきた自分と比べられたのでは、不破の母も不愉快だろう。

（あなたは私が、生活の苦労なんか、何にも知らずに育ったと思うでしょう）

不破が微笑む。

（でも、そうじゃない。今でこそ、研究のおかげで、それなりの余裕ができましたが）

不破の年齢なら、母親は七十代くらいだろうか。そう言えば、院長の家族構成も知らないことに気がつく。

（お母様はまだお元気なんですか）

（いえ――）

不破の目に影が降りた。

（母は早くに亡くなりました。それで、私には責任を持つべき相手がいなくなりましてね。ボランティアの医療派遣チームに入ってアフガニスタンに飛んだのも、母が死んで、自分が何を目的にすればいいのかよくわからなくなったからかもしれません）

（院長先生、ご家族は――）

院長室に住んでいるような、不破の暮らしぶりにふと気がつく。

（家族はいません。私はそれからずっと、ひとりです）

逃げ出したハシムが隠れていたらしい、玉川上水緑道にも行ってみた。

江戸時代に、多摩川の水を江戸に引くため、水路を開削したのが玉川上水だ。今では一部が暗渠《あんきょ》になっているが、羽村《はむら》の取水口から杉並の浅間橋《せんげんばし》まで、水は地表を流れているし、一部区間は現役の水道施設として役目を果たしているそうだ。その流れが、病院の近くを走っている。

（たぶん、物ごころついた時からずっと、人目を避けるよう教えられてきたから、ハシムは玉川上水の木陰に逃げ込んで隠れたんじゃないかと思う。そこで亡くなり、海にまで流れ着いたんじゃないかな）

そう、桂が話してくれた。玉川上水の暗く静かな流れを目にして、アキはそっとハシムのために手を合わせるしかなかった。

――これで、いいのだろうか。

生活は安定した。水穂を、自分の本来の収入ではとても手が届くはずのない、有数の老人ホームに入れることもできた。おそらく口止め料の意味を持つ、簡単な仕事の内容からは想像もつかないほどの好待遇を受けている。

――ダケド、チガウ。コレハチガウ。

自分のなかの何かが、深い、深い場所でそう囁き続けている。アキはもう、何も書いていない。あれほど丹念に追い求めた棚原の情報は、どうでも良くなった。島津に許しを請うメールを書きかけたこともあるが、どの面下げて送るのかと考えただけで気持ちがすくみ、結局、下書きを削除してしまった。

――自分は、堕《お》ちた。

信じがたい事実に、目を向けざるをえない。自分は今まで、これよりもっと堕ちる場所などないと信じていたのだ。最低ランクの生活。島津と組んで、後ろ暗い部分を持つ連中を強請る、最低の仕事。

——ところが、それはまだ全然「最低」ではなかったのだ。

「どうしたの、アキちゃん?」

年齢よりも少し大人びた、黒い瞳がこちらを見上げている。ミヒャエル・エンデの『モモ』を学習机に置き、開いたページに小さな手を広げて載せている。その指の間に、うっすらと輝く緑色の水かき。

「ううん、なんでもないよ」

ヤヨイに国籍はない。公式には生まれていない子どもだ。不破院長を父に持ち、代理母はタイの女性。万が一の場合に備えて、不破は彼女の居場所を把握しているようだが、ヤヨイにそれを明かすつもりはないらしい。彼女は、自分が産んだ赤ちゃんを一度も目にしていない。もし、赤ん坊の肌の色を見ていたら、何と言っただろう。

(抱けば、情が移るから)

そう諭して、ヤヨイを一度も抱かせなかったと不破は話していた。

——なんて身勝手な。

そう思うが、ある一面だけを見れば、ヤヨイは幸せな少女だ。不破は彼女を溺愛している。娘としてか、実験の対象としてかという問いは無意味だ。できる限りの愛情を注ぎ、きちんと教育を受けさせて、いつか自立できるように心を砕いているのは間違いない。

可愛らしい壁紙を貼った子ども部屋に、学習机、ベッド、ぬいぐるみ、テレビ、タブレット端末、彼女が欲しがれば、不破は何でも買い与える。一日に何度か、太陽光を参考に作られたランプで日光浴をする。研究室の一角に、それ専用の部屋が設けられている。光に包まれながらシャワーやミストを浴びることができ、冬場はサウナにもなるらしいのだが、その部屋に入るだけで、彼女は必要なエネルギーをほとんど得ることができる。その部屋を使うのは、ヤヨイと桂だけだった。桂は研究室に住んでいるのかと思うほど、長時間にわたりここにいるので、時々シャワーを浴びるのだろう。

ヤヨイは、恵まれた少女だとすら、言えるかもしれない。

――ただ、自由がない。

「ハシム、どこ行っちゃったのかなあ。そのうち帰ってくる？」

「――さあ。帰ってくるかもね」

同じさやに包まれたエンドウマメのように、赤ん坊の頃からずっと一緒に育ってきたハシムが、もうこの病院どころか、世界のどこにもいないことを、彼女はまだ知らない。

アキは本当のことを言えず、曖昧な笑みを浮かべてヤヨイの柔らかい髪を撫でるしかない。

そのニュースを見たのは、ヤヨイの部屋で休憩している時だった。

ヤヨイが好きな、カエルを擬人化したキャラクターのアニメを見て、直後に始まったニュースから、目が離せなくなったのだ。見覚えのある顔が映っていた。

『――私はマールブルグ出血熱のウイルスに感染し、免疫があります。現地に戻って医療行為に携わるのは、理にかなっているのです』

画面の中で理知的に語っているのは、ウガンダで患者の治療中にマールブルグ出血熱に感染し、不破病院に入院していた沢良宜医師だった。体調を万全に整えて、マールブルグ出血熱が猛威をふるう現地に戻るのだという。一度は死にかけた現場に戻る行為を、英雄的と称《たた》える声もあれば、他人に迷惑をかけたあげく、同じことを繰り返すのかと非難する声もあるようだ。

アキは、淡々とインタビューに応じる彼を見て、懐かしくなった。一度会って話しただけの相手だが、誇らしい気持ちにすらなった。

『今月の十四日、沢良宜医師は羽田空港から再び現地に飛びます』

アキは、ニュースキャスターの言葉を聞いてすぐ、羽田を発《た》ちウガンダに向かう航空便を調べた。直行便はなく、ドーハで乗り換えるカタール航空の便と、ドバイで乗り換えるエミレーツ航空の便を見つけた。どちらも深夜零時半に羽田を発つ便で、沢良宜が乗るのがどちらかは不明だが、これなら仕事を終えた後に見送ることができるだろう。

ほんのひと目でいいから彼を見送りたいと思ったのは、沢良宜が千足と自分を結ぶ糸のような気がしたからだろうか。

他人を救うために、ウイルスが蔓延《まんえん》する地域に戻る沢良宜が、今のアキにはまぶしい。いや、千足の存在にしても、彼が生きていた頃よりずっと、貴いものに感じられる。

八月十四日の夜八時半、ヤヨイを寝かしつけ、メゾンメトセラに水穂を見舞い、その足で羽田に向かった。吉祥寺から羽田空港の国際線ビルまで一時間と少しかかる。十時過ぎに国際線のターミナルに着き、出国の保安検査に並ぶ人々の列を眺められるベンチに腰を下ろして待った。ここにいれば、沢良宜が通りかかった際に気づくだろう。

機内に持ち込む小型のスーツケースや、ビジネス用の鞄、ボストンバッグなどを抱えた人々が、次々に列に並び、ゲートの向こうに消えていく。その表情はおおむね明るく、旅への期待で足取りも弾んでいる。

──みんな、どこに行くんだろう。

アキは腰を下ろしたまま、羨望のまなざしを注ぎ続けた。自由にどこにでも行ける人たちがうらやましい。

──不破病院の秘密を知ってから、いっぺんに十も年をとったような気がする。

色とりどりの帽子に、シャツやパーカーの軽装で、溌剌《はつらつ》と海外に飛び出していく若い女性たちを眺め、自分ならどんな国に行ってみたいかと思いをめぐらせ──。

「小暮さん！」

突然、名前を呼ばれてアキは現実に引き戻された。あたりを見回し、黒い小さなスーツケースを引いた、沢良宜医師を見つけた。今日は、紺色のポロシャツにグレーのパンツ姿で、マスコミの目を意識したのか、サングラスをかけていた。

「沢良宜先生――」

「見送りに来てくれたんですか？」

驚いたように沢良宜が近づいてくる。アキは微笑んで頷いた。

「テレビのニュースを見ました。またウガンダに戻られると聞いたので、お見送りに参りました。誰にでもできることではありません。本当に、先生を尊敬します」

「何を言うんですか」

沢良宜はサングラスをむしり取り、どこか邪慳に首を振った。

「それより、ちょうどいい。あなたと話したいと思っていたんです」

沢良宜の言葉にも態度にも、アキを戸惑わせるほどの、とげとげしさが滲んでいる。

「――私と？」

「不破病院の厨房で働いていた男性が、マールブルグ出血熱に感染した件です。あの時あなたは、その人が感染性廃棄物の保管場所に近づき、中身に触れたんだと話していましたね」

「病院の事務長がそう教えてくれたんです」

「しかし、それで感染したのだとすると、納得がいかない」

アキは目を瞠った。沢良宜は困惑を表情に滲ませ、アキの隣に腰を下ろした。

「あなたから話を聞いた後、よく考えてみました。たしかにあの時、僕はまだウイルスを体内に持っていました。しかし、当時は検査を受けて、もう血液中にはウイルスは認められないと言われていたんです。その男性が、触れて感染した廃棄物とは、いったい何だったのか？」

「え——？」

沢良宜は何を言わんとしているのだろう。アキは眉間に皺を寄せ、彼の言葉をよく聞き取ろうとした。

「その、沢良宜先生が言われているのは、先生の体内には、もう感染するほどのウイルスがいなかった——ということですか？」

「一部の臓器や体液には、まだウイルスがいたはずです。しかし、たとえば血液や汗などには残っていなかった。一般的に廃棄されたものに、ウイルスが付着していたとは考えにくい。——僕の身体から採取したウイルスを、培養して増やしたのでもない限りは」

「培養——」

啞然とする。海外で数多くの死者を出した危険なウイルスを、培養するなどということがあるだろうか。沢良宜は苦しげに顔を歪めた。

「僕がウガンダで感染した時、なぜ不破先生はあんなに熱心に自分の病院で治療をすると申し出てくれたのか。専用の航空機を手配し、大金を使って、まだ完全には回復していない病人を、日本に連れて帰ってくれたのか。もちろん他人に親切な彼のことですし、僕は若い頃からよくしてもらいましたが――。退院した後、僕は不破先生に会って、ウイルス培養についての疑問を直接ぶつけてみたんです。もちろん、そんな馬鹿なと否定されましたが、その後、ウガンダに戻るので挨拶しようと、何度、彼に電話をしても出てくれないし、会ってもくれないんです」

「え――」

舌が痺れたような感覚がした。沢良宜の疑念を、不破はどう受け止めたのだろう。やましい点がないのなら、なぜ彼と話さないのだろう。――いや、アキはよく知っている。不破には秘密が多い。病院の地下の研究室について外部に知られただけで、彼の医師生命は終わる。

不破という男がよくわからなくなる。

いろんな顔を持つ男だ。研究者としても医師としても有能で、患者の受けもいい。アキの見るところ、若干自信過剰ぎみだが、それが彼にオーラを与えてもいる。生まれついての王者のような風格すらあるが、彼の言葉を信じるなら、母子家庭に育って苦労を重ねたようだ。

——そして、秘密の多い男。

「万が一ですよ、不破病院でマールブルグ出血熱の研究を行うために、ウイルスを培養して調べていたのだとしましょう。しかし、マールブルグ出血熱のウイルスは、取り扱いに危険を伴うため、ＢＳＬ－４と呼ばれる、高いセキュリティレベルを持つ特定の施設しか取り扱いを許可されていないんです」

「それは——どういうことですか？」

ますます混乱してアキは眉をひそめた。

「不破病院では、マールブルグ出血熱のウイルスを研究できないということです。患者の診療はできますが」

沢良宜の言葉が、腹の底にゆっくりと落ちていき、意味が浸透するまで時間がかかった。呆然とするアキをよそに、彼はそわそわと周囲を見回した。

「——僕はもう、行かなければいけません。こんな形で、不破先生と袂《たもと》を分かつことになるなんて、考えてもみませんでした。先生にはお世話になりましたから、僕自身が彼を告発する気はありません。しかし、このままにしておいていいとも思えません。だから、あなたにだけお話ししました」

「待ってください。不破先生は、そんな恐ろしいウイルスを使って、何をしようとしているんですか？」

「それは僕が知りたいくらいです」

沢良宜はスーツケースを引き寄せ、立ち上がった。その瞬間、彼がウガンダに発つ本当の理由もわかったような気がした。彼は不破から逃げるのだ。千足の死を知り、彼なりに推論を立ててみた。そして、どういう理由があるのかはわからないが、自分が不破に利用されたと感じたのではないか。

サングラスをかけ直し、人目をはばかるように保安検査場に向かう沢良宜を見送り、アキは魂を抜かれたように座り込んでいた。


深夜の不破病院は、守衛のいる夜間用の出入り口だけが開いている。病院関係者のIDカードを見せ、アキは日付の変わった院内に入った。救急患者やその家族ら、医師や看護師らが出入りするスペースを除き、外来の受付や待合室は照明を落としている。非常灯の明かりを頼りに、薄暗い廊下を通り、地下に下りていく。

ロッカールームで暗証番号を入力すると、電子音がやけに大きく響いた。心臓が縮み上がる気分がした。

地下の研究室には、二十四時間、誰かがいる。主に、木元と三塚が交代で詰めているのだ。あまり丈夫ではないヤヨイの体調が急に変わるかもしれない。緑色の実験動物たちも、突然、体調を崩すかもしれない。

廊下を通り抜け、〈緑衣のメトセラ〉たちのケージが詰まった部屋に入る。奥の扉の向こうには、ヤヨイのいる子ども部屋と、看護師の仮眠用ベッドがある。今夜は、三塚がそこで眠っているはずだ。アキは、足音を忍ばせて他の扉に向かった。桂が忙しそうに毎日出入りしている扉だ。

病院に戻る途中、コンビニに寄って、軍手を買った。

もちろん、ロッカールームに入る前に、防犯カメラで撮影されている。アキが深夜にここに来たことは知られてしまうが、この部屋に入ってしまえばもう、カメラはない。この部屋にあるものはすべて極秘で、わざわざ撮影して証拠を残すことなどありえないからだ。

軍手をはめた手でドアノブを回すと、鍵はかかっていなかった。入ってすぐ照明を点け、眩しいLEDの明かりに目をつむる。

ようやく光に慣れた目に映ったのは、なんの変哲もない、白い研究室だった。階上の研究室にもある光学顕微鏡や、冷蔵庫も設置されている。空っぽのシャーレやビーカーなども並んでいる。桂は一見いいかげんそうだが、実験器具や実験ノートはよく整理され、整然と並んでいる。

——特別、怪しいところはない。

アキはそろそろと研究室を進んだ。桂の仕事場だ。ここで〈緑衣のメトセラ〉を生みだすための、細胞や遺伝子の研究をしている。彼は朝から夕方まで、ここと階上の研究室に入り浸りで、実験の待ち時間にふらりと姿を消すのは、煙草を吸うためだ。

十畳ほどもある、ひとりで使うには広い研究室には、研究用の資材や機材がびっしりと詰め込まれている。桂の求めるまま、不破が研究資金を出した結果だろう。ゆっくりと見て歩き、部屋の隅の壁に貼られている、大判のポスターを見つめた。ブリッスルコーンパインの〈メトセラ〉の写真を引き伸ばしたものだ。

——桂らしくない。

アキは目を細めた。たしかに彼の好きな写真だろうが、こんなふうに壁を無駄遣いするのは、桂の性格には似合わない。

この壁に秘密があるのかもしれない。そう考えて、ポスターの周辺を観察し、壁の隅を押したり、スイッチがないかと探したりもしてみた。いくら叩いても、ただのコンクリートの壁だ。空洞があるわけじゃない。

——考えすぎだよね。

苦笑いし、研究室の隅々まで見回して、見るべきものはすでに見たと、踵《きびす》を返しかけた。

——あの床。

デスクに隠れた、リノリウムの床の一部が、わずかに盛り上がっている。桂はこういう瑕疵《かし》を嫌いそうだ。彼が、すぐに直せと言いださない理由を考え、そっと足を伸ばして、盛り上がった床を踏んでみた。

どこかで、カツンと音がした。

振り返ると、メトセラのポスターを貼った壁が、わずかにずれて隙間が見えていた。

——隠し扉だ。

これは最後の扉なのだ。万が一、誰かが地下室の秘密に気づき、ここに調査に訪れても、最後の隠し扉に気づかなければいい。そのくらい大切なものが隠されているのに違いない。

心臓が激しく鼓動を打ち、存在を主張している。アキはそろそろと隠し扉を押し、中を覗いた。——暗い。壁に手を沿わせてスイッチを探ると、パチリと音がして照明がついた。

そこは、ロッカールームのように見えた。

すぐ気がついた。これは手前にある控室だ。奥にもうひとつ部屋がある。その部屋の扉に貼られているのは、バイオハザードと英語で大きく書かれた、黄色と黒のシールだ。映画などでもよく見かける、不穏なマークだった。

扉にはめこまれたガラスの向こう側は、暗くてぼんやりとしか見えない。

――この奥が、桂の本当の研究室なのだ。

鍵がかかっているようで、その扉は開かなかったし、知識のない人間が開いてはいけないと、理性が囁いた。

――危険。キ・ケ・ン。

これは、素人の手に負える代物ではない。この向こうにあるのは、本当に危ないものだ。沢良宜の言うBSLという言葉について、念のため調べてみた。バイオ・セーフティ・レベルの略称で、ウイルスの研究を行う施設に、BSL－1から4までのランク付けがされている。特に危険なウイルスを扱うには、ウイルスを物理的に封じ込めるための、BSL－4指定の施設が必要なのだ。それには、研究者が自分の身を守るための防護服や、防護服に付着したウイルスを洗い流すためのシャワー室、排水を消毒した後、煮沸して殺菌するための設備、ウイルスを安全に取り扱うための安全キャビネット、実験室からの排気を通すフィルターなど、さまざまな設備が必要になる。

――この扉の奥が、そうなのだろうか。

（ウイルスを、培養して増やした）

沢良宜の声が耳に甦る。外は蒸し暑いが、地下室は常にエアコンが効いている。アキはふと寒気を感じて震えた。

――なぜ、そんなことをしたのだろう。

ウイルスを培養したりしなければ、千足が感染することもなかったのか。そもそも、BSL-4の設備を持つ施設は日本に数か所しかない。不破病院には、本来、そんな研究を行える設備はないはずだ。

――でも、ちたりんは死んだ。

沢良宜の言葉を咀嚼《そしゃく》するうち、堂々巡りのようにその言葉に行きついて、アキは唸った。

――このまま、見過ごすの？

ふらつく足で研究室を出た。三塚が起きてこないことを確かめ、来た時と同じように照明を消しておく。階段を上がり、夜間出入り口に向かうと、救急車のサイレンが聞こえてきた。そのまま進むと救急隊員や当直の看護師らと鉢合わせしそうだったので、真っ暗な待合室のソファに腰を下ろし、静かになるまで待つことにした。

バタバタと駆けだす足音が重なる。耳を突きさすサイレンの音が近くで止まり、ストレッチャーに乗せた患者を運ぶ音も聞こえた。

「鈴村清美《きよみ》さん。つい先月まで、不破病院に入院していたそうです。僕らが到着した時には、まだ意識があってそう話していました」

「そうですか。すぐカルテを取り寄せます」

「主治医は木村《きむら》先生ね。当直には入ってないけど、オンコールの当番だから電話します」

救急隊員と看護師の会話も聞こえてくる。アキは鈴村と聞いてハッと身を乗り出した。図書室ボランティアをしていた時に、本を貸し出した記憶がある。病状が重いと聞いていたのに、知らぬ間に退院していて驚いた患者だ。

「鈴村さん。鈴村さん、聞こえますか」

看護師が患者に話しかけ、意識レベルを確認している。アキはなんとなく、廊下の暗がりから様子を窺った。せっかく退院できたのに、鈴村はまた体調を崩したのだろうか。鈴村を乗せたストレッチャーは、看護師たちと緊急処置室に入っていった。救急車が帰り、廊下が静かになるまで、じっと待っていた。

——そろそろいいかな。

鈴村の容体が気になったし、付き添う家族もいないらしいのが心配だったが、自分がこんなところで気を揉《も》んでいても、何の役にも立たない。

立ち上がろうとした時、また夜間出入り口の自動ドアが開き、足音が聞こえた。

「鈴村さんが救急で運ばれたって?」

「木村先生、こっちですよ!」

内科の木村医師が呼び出されたらしい。医師もたいへんな職業だ。アキは、看護師の「心肺停止!」という声にぎくりとした。断続的な電子音のアラームが鳴り響いている。

鈴村の容体はそんなに急変したのだろうか。無関係な他人とはいえ、言葉を交わしたことのある相手なので、気になってこのまま去りがたく、ソファに腰を下ろしたまま迷っていた。

エレベーターの扉が開く音がした。誰かが急ぎ足でこちらに向かってくる。アキは暗がりで息をひそめ、なんとなくそちらを見つめた。

白衣を着流し、厳しく物憂い表情で歩いてくるのは、不破院長だ。隅のソファに腰かけたアキには気づかなかったようで、彼はまっすぐ緊急処置室に向かった。木村医師とのやりとりは、低い早口で聞き取れない。

——院長がどうして？

わけもなく鼓動が速くなる。鈴村はガン患者だったのだろうか。不破院長はガン治療の専門家で、ガン患者のカルテにはすべて目を通しているそうだ。鈴村の容体が急変したと聞いて、院長みずから乗り出したのだろうか。それにしても、いま不破は、院長室のある棟から下りてきたようだ。

家族はいないと言っていたが、まさか病院に住んでいるのだろうか。

不破が緊急処置室にいるので、よけいに出づらくなり、アキは身を縮めて座っていた。

また、自動ドアが開く音が聞こえた。

「——先生」

押し殺した声を聞いて、はっと顔を上げる。

――桂だ。

桂の足音も、緊急処置室に向かったようだ。混乱して、アキはますますソファに隠れるように小さくなった。

どうして桂まで現れるのだろう。鈴村の治療に、桂もスタッフとして参加していたのだろうか。彼は、ガン細胞と不老の研究は紙一重だと話していた。

処置室からは、心臓マッサージのカウントが聞こえてきた。鈴村の心肺停止状態が続いているらしい。

――まだあんなに若いのに。

処置室から、誰かがこちらに向かってくる。廊下を曲がってきたのは、桂だった。手に試験管を握っている。血液を採取したようだ。

見つからないよう息をひそめていたのに、桂は廊下を曲がるなり、はっとしたようにこちらを見つめた。

――たしかに視線が交わった。

桂はアキに気づいてぎょっとした様子になったが、何も言わず、地下に続く階段を駆け下りていった。いま声をかければ、ふたりの間の何かが壊れる。彼はそのことに、とっくに気づいていたようだった。

「――どうしたの？　アキちゃん」

黒々としたヤヨイの大きな目が、こちらを見つめている。その肌が抹茶よりも濃い緑でなければ、おしゃまで愛らしい女の子だと素直に思えただろう。アキは無理に微笑した。

「――なんでもない」

ふうん、とヤヨイはやや不満そうに呟いた。

昨夜、鈴村は一命をとりとめたものの、まだ予断を許さない状況が続いているようだ。あれからアキはいったん自宅に戻ったが、桂は地下の研究室に泊まり込んだらしい。昼前になって、げっそりした顔で研究室から出てきて、缶コーヒーを買いに行った。

「みんな、ヤヨイのこと、子ども扱いするんだから」

ヤヨイが口を尖らせ、チンパンジーのナイトにバナナを剝いてやっている。ナイトは、他のスタッフより、ヤヨイが与えるバナナを特に喜んで食べるようだ。

おしゃまな言い方がおかしくて、アキは小さく笑みを浮かべた。不破病院の秘密にどれだけ頭を悩ませていても、ヤヨイの存在は慰めになる。彼女の存在そのものが、最大の秘密だとしても。

内線電話が鳴り、当番看護師の木元が奥にいるので、アキが受話器を取った。

『――小暮さんですか。桂君はいますか』

不破院長の声だった。

「さっき、コーヒーを買ってくるとおっしゃって、外出されましたが」

『そう。戻ったら院長室に来てほしいと伝えてください』

不破の声には、アキに対する疑念のかけらもこもっていない。昨夜、病院の待合室で身をすくませるアキを見て、桂はどう思ったのだろう。不破にはまだ何も話していないのか。研究室への侵入には気づかれなかったか。

受話器を置き、桂を捜すため屋上に行ってみる気になった。初めて桂に会った場所だ。沢良宜に聞いた話を、桂に直接ぶつけたところで、本当のことを教えてはくれないだろう。しかし、さりげなく真実に迫れるかもしれない。

「ちょっと、桂先生を呼びにいくから」

ここでおとなしく本を読んでいてねとヤヨイに頼み、アキは屋上に上がった。

――照りつける夏の日差し。

ここまで暑いと、リハビリを受ける患者と理学療法士たちの姿はない。

「桂先生」

喫煙所に腰を下ろし、のんびり煙草をふかしている桂に声をかけると、彼はまぶしげに目を細めて手を上げた。やはり、どこかくたびれて見える。

「やあ」

「不破院長が、戻ったら院長室に来てほしいとおっしゃってました」

桂は何も言わなかったが、その目に一瞬、険しさが宿ったように見えた。

「——鈴村さん、たいへんでしたね」

けるこのタイミングを逃すと、桂から聞き出す機会はない気がして、さりげなく話しか
ける。

「桂先生も治療に関わってらっしゃったんですね。知りませんでした」

「僕は、ガンの遺伝子治療の研究のためにね——そうだ、小暮さんは、鈴村さんと知り合いなんですか？」

「図書室ボランティアをしていた時に、本の話を少ししたことがある程度ですけど」

「そうなんだ。昨夜見かけたから、知り合いなのかと驚いたんだ」

「忘れ物を取りに、地下に入ったんです。出ようとしたら救急車が来て、なんとなく出そびれてしまって」

すらすらと嘘が口をついて出る。だんだん、島津に似てきた。

「患者さんのことを話すのはあまり良くないけど、小暮さんも病院内部の人だからいいよね。鈴村さんのガンは、全身に転移しているんだ。まだ若いのに気の毒だけど、余命は長くないと思う」

桂は、短くなった煙草を灰皿に押しつけ、すぐまた新しい煙草に火をつけた。院長が呼んでいると伝えたのに、慌てて駆けつけるつもりはなさそうだ。

「良くなって自宅に戻られたと聞いていたのに――」

「薬で、表面的な状態が良くなっただけでね。身体の中は何も変わらない。決して病気が治ったわけじゃないんだ。だけど、病院でじわじわ衰えていくより、少しでも自宅に戻れたほうが本人にとってもいいよね？」

「不破病院のガン研究は、とても進んでいるんですよね？　新しいお薬ができれば、少しは良くなるのかなって」

「『アンチエイジングは、ガン治療と表裏一体』だから。小暮さんも、僕の持論にだいぶ毒されてきたよね」

桂がいたずらっぽく片目をつむった。

「間違いじゃないですよね？」

「もちろん。ただ、まだ完成したわけじゃない。不破先生も僕も、ガン細胞と老化の関係を研究しているけど、いろんな要素が複雑に絡み合っていてね。簡単にはいかない」

「――そうなんですね」

自分でも意外なほど、がっかりした声になった。松原の母親が、あれほど不破院長の新薬を楽しみにし、頼りにもしているのを見ていたからだろうか。

──だってそれじゃ、松原のお母さんにも、鈴村さんにも、間に合わない。時間との闘いなのに、薬が完成するまでに、彼女たちの命が尽きてしまう。

「──そうなんだ。だから」

ぽつりと吐き出すように桂は言いかけ、すぐにそれを呑み込んでしまった。続きを促そうとしたアキに、桂はにやりと笑いかけた。

「そろそろ行かないと。院長に睨まれるね」

背中を丸め、そそくさと屋上を立ち去る桂の後ろ姿を見つめる。彼も何か隠している。周到に隠された地下の実験スペースについて尋ねてみようか。マールブルグ出血熱のウイルスを培養したというのは本当かと聞いてみようか。

地下の研究室に戻ると、ヤヨイが言われたとおりおとなしく『モモ』を読んでいた。傍らに、光合成だけでは補えない栄養素と水分を補給するための、ドリンクが置いてある。これを用意するのも、看護師ふたりの仕事だ。

「そろそろ算数の勉強をする？」

「うーん、あと少し。ここまで読んでいい？」

時間を区切って、小学校で習うカリキュラムを習得できるようにしてある。ヤヨイが切りのいいところまで読み終えるのを待っていると、研究室のドアが勢いよく開き、桂が飛び込んできた。いつもとぼけた表情をしているのに、今は余裕が感じられない。

「待ちなさい、桂君。話は終わってない」

驚いたことに、不破院長がすぐ後に続いている。

「まさか！　この話は終わりです！　絶対にダメです、〈メトセラ〉の論文を投稿し、記者会見で公表するなんて！　お断りします」

噛みつくように桂が叫んだ。アキはびっくりして、ヤヨイが怖がらないように、彼女をかばって腕を回した。

「桂君、よしなさい。ここでする話じゃない」

不破が厳しい口調でたしなめると、桂はヤヨイがすぐそばにいることに気づいたらしく、うなだれて黙り込んだ。

「小暮さん、申し訳ないですが、ヤヨイを連れて奥の部屋に行ってもらえませんか」

不破の声には有無を言わせぬ響きがあり、アキは黙って頷き、ヤヨイの手を引いて奥の部屋に逃げ込んだ。ヤヨイを学習机に座らせたものの、気になって研究室の様子を窺った。

ふたりの医師たちは、桂がいつも引きこもっている研究室に入り、そこで議論の続きを始めたようだ。アキはそっと研究室の扉の前に移動した。不破の声は、常に低く穏やかだったが、桂は興奮しているのか、時おり声が高くなる。ものごとには順序があるとか、〈メトセラ〉の増やし方を彼らが知ったらどうなるかとか、桂が叫ぶのが聞こえた。

不破は、今すぐラットの存在を公表し、〈メトセラ〉を少しずつ表舞台に立たせたいと考えている。桂は世間一般の排他意識の強さに触れ、たとえラットでも〈メトセラ〉など気持ち悪いと言われて受け入れられないと、感情的に反論していた。

――不破院長が、緑のラットをマスコミに公表したら。

マスコミの反応を予想して、ごくりと唾を飲み込む。

細胞に葉緑体が組み込まれ、食事を摂らなくとも、ほとんどの栄養を光合成で賄うことのできる小さな実験動物。それはきっと、センセーショナルなニュースになることだろう。不破は、ヤヨイが大人になる頃までには、世間が〈緑衣のメトセラ〉を受け入れられるよう、態勢を整えると言っていた。少しずつ、世の中の認識を変えていくつもりなのだ。

「そりゃ、桂先生が正しいわよ」

振り返ると、いつの間にか看護師の木元がすぐ背後にいて、息を殺して不破たちの会話に耳を澄ませていた。

「外の世界の人たちが、そう簡単にここの生き物を受け入れられるはずがないわ。院長は理想を追いすぎるのよ。人間がみんな、自分と同じように理性的で、論理的に物事を考えられると思ってるのよね。医者ってのは、これだから」

三塚に肩入れして、アキとはほとんど口もきかない木元だが、外に出れば小学五年生の子どもがいるシングルマザーだと聞いている。体格は最初に感じたよりがっしりしていて、よく見れば三塚とは似ても似つかない。夫を早くに亡くし、ひとりで子どもを育てる看護師だけあって、しっかり者を絵に描いたような、みじんも弱さを感じさせない顔つきだ。思えば、この研究室にシングルマザーの木元を入れたのも、不破の母親に対する思い入れなのかもしれない。

「医者だから——？」

「前の病院にいたとき、よく先生に聞かされたわ。医者ってのは、特に外科医や救急医になるようなひとは、緊急事態にいわゆる左の脳しか働かないタイプでないと困るって。突発事態にも感情でなく論理で行動するんだって。目の前で患者が死にかけていても、あくまで冷静に処置できなきゃいけないんだから」

その言葉の正しさは、理解できる。たしかに、患者の急変に医師が動転していては、患者が迷惑だろう。

しかし、世間の人間は、その多くが感情で動く生き物だ。

僕の功績なんてどうでもいいんです、と桂が叫んだ。僕は〈メトセラ〉を生みだしたかっただけ。世界に新しい〈種〉を、祝福された〈種〉を定着させたかっただけ。

「——省吾はどうして怒ってるの？」

突然、右手を小さな手に引っ張られ、アキはびっくりした。ヤヨイがすぐそばに来ていた。

「わたしやナイトみたいな生き物は、他の人から見たら、肌の色が違っていて気持ち悪いんでしょう？　それで省吾が怒ってるの？」

つぶらな瞳で見上げられ、アキはまごついた。この少女は、想像以上に大人びていて、こちらの会話を理解しすぎるほど理解している。目の高さを合わせるために膝をつき、小さな緑の手を握って微笑む。

「ヤヨイは気にしなくていいの。あのね、たしかにヤヨイの肌の色は他の人たちと違うけど、そんなことでヤヨイを嫌ったり、いじめたり、気持ち悪いなんて言う人がいたりしたら、ここにいるみんなで必ず守るからね。そんなことを言う人が馬鹿なんだと思って、ヤヨイは堂々としていたらいいんだからね」

「アキちゃんは、気持ち悪くないの？」

素直な黒々とした瞳。ふと胸を突かれる。

「戻りましょう。さあ」

ヤヨイの手を引いて子ども部屋に戻る。

正直に言えば、初めて見た時には自分も緑の肌を不気味に感じ、不健全だと思い、恐怖さえ覚えたはずだ。しかし、肌の色が何だろうが、この利発で愛らしい少女に、惹かれずにはいられない。

「あのね。ヤヨイの肌は、個性なの。個性ってわかる？　あなたにしかない、素敵なもの。ここにいる人たちは、不破先生や桂先生も含めて、みんなヤヨイのことが大好きなの。だから、ヤヨイを守るために、あんなふうに怒ることもあるのよ」

「ふうん」

いまひとつ不確かな声だったが、ヤヨイが呟く。そう言えば、この子は桂を「省吾」と呼び捨てにするのだと今にして気がついた。アキのことは「アキちゃん」と呼ぶのに。

「ヤヨイは心配しすぎなのよ。誰もあんたをいじめたりしてないじゃない。気持ち悪いなんて、誰かに言われたことあった？」

木元がヤヨイの頭を撫でてやる。真摯な顔つきで、ヤヨイは「ううん」と首を振った。

「だけど、ハシムが帰ってこないから」

その言葉に、ずきん、と胸がうずく。

扉を丁寧にノックする音が聞こえ、不破が入ってきた。いつの間にか、桂の怒声はやんでいる。

「やあ、私の可愛いおちびちゃん」

ヤヨイの頭を優しく撫でる。疲れて見える。

「怖がらせてすまなかったね」

「省吾とケンカしたの？」

「いや、ケンカじゃないんだ。桂君は、何と言ったらいいか――人生には賭けも必要だということを、わかってくれないんだよ。彼はとても真面目だからね」

ヤヨイに話しかけているようだが、その実はアキと木元に釈明しているような気もした。ふうんとヤヨイは小さく不満そうに呟き、不破の手が頭を撫でるに任せている。

「心配しなくていいから、ふだんどおりに勉強しなさい」

優しくヤヨイを諭し、不破は研究室を出て行こうとしている。アキは急いで彼の後を追いかけた。

「――桂先生はどうなさるんですか」

不破は振り返り、処刑場に引かれていく殉教者のように、儚《はかな》い笑みを浮かべた。

「心配いりません。私と桂君の問題ですから。今はちょっとこじれていますが、必要ならじっくり話し合います」

マールブルグ出血熱のウイルスについて、不破に問いただしたかったが、その隙はなかった。アキがためらっている間に、不破は研究室から立ち去った。

「院長が心配いらないって言うなら、本当に心配いらないんでしょうよ」

木元が肩をすくめ、さばさばと言い放つ。腰につけたタイマーの電子音が鳴りだし、彼女はヤヨイのバイタルサインをチェックするため、その場を離れた。一時間おきに、体温や血圧、心拍数などをチェックしているのだ。

桂の研究室のドアが開く音がした。振り向くと、珍しく険しい表情をして、桂が煙草をくわえていた。

「桂先生、地下は禁煙ですよ！」

　自棄《やけ》を起こしたような彼の表情が心配になり、アキは強い声で呼びかけた。火事でも起きたらどうするつもりだろう。

「――ん。シャワー浴びたら、どのみち火が消えるよ」

　――そういう問題じゃない。

　桂は、ヤヨイが〈食事〉に使っている、シャワールーム兼日光浴サロンに向かっている。アキは小走りに追いかけた。

「桂先生、院長はここの生き物を公表するつもりなんですか？」

「そうみたいだね。僕はお断りだけど」

「でも、もちろんヤヨイの存在を公表するのは反対ですけど、ラットならかまわないのでは――世間がびっくりするところを見てみたい気はします」

　桂が背中でため息をつき、くるりと振り向いて意地悪く笑う。煙草を指でつまみ、ふうっと煙を深く吐き出した。この男は、他人をからかったり、自分の思いどおりに動かしたりしている時、実に生き生きとして楽しそうだ。目がきらめいている。

「そう？　ライターさんとしては、ここのラットを記事にしたいと思う？」

アキの目を覗き込み、魅力的に微笑した。

「それは――」

アキは口ごもった。自分はあまりにも深く、研究に関わってしまった。本来、知らなくてもいいようなことまで知ってしまった。

「報道は中立の立場で行われるべきです。私にはもう、ここの研究を記事にする資格がありません」

「へえ、それって本気?」

「もちろん、知りたいことはたくさんありますよ」

「たとえば?」

「マールブルグ出血熱のウイルスのこととか」

桂の瞳から光が消えた。

「――ウイルス?」

桂の視線が自分からそろそろと離れていくのを、アキは目ざとく見つめていた。こんな形でぶつけることになるとは思いもよらなかったが、いま聞いておかなければ、誰も答えてくれないような気がした。

桂は白衣のポケットから、濃い色のサングラスを出してかけた。シャワー室は、ヤヨイが充分な光を浴びることができるよう、快晴の日の陽光並みに明るい照明をつけてある。普通の人間にはまぶしすぎるので、サングラスは必需品だ。

「ここの研究室で、ウイルスを培養しているんじゃありませんか。目的はわかりませんけど——そのせいで、厨房で働いていた人が感染したんじゃないんですか」

「——まさか。小暮さん、どうかしてるよ」

桂の口ぶりは苦く、彼はくるりと背中を向けて脱衣所の扉を開けた。顔だけこちらを向いて、にやりとする。

「ああ、良かったら一緒に入る？　中でゆっくりウイルスの話でもする？」

「そんなセクハラみたいな冗談で逃げるなんて、桂先生らしくないですよ」

直感で投げた質問だったが、桂の反応を見る限り、間違ってはいないようだ。

「——そうかな。僕はずっと逃げているし、逃げたいと思っているよ」

謎めいた微笑とともに、するりと脱衣所に逃げ込む。

「ねえ、この扉を開けちゃダメだよ。そっちがセクハラになっちゃうからね」

「外で待ってます」

やれやれと肩をすくめ、桂が扉を閉めた。白衣を無造作に脱ぎ捨て、ジーンズを下ろし、脱衣かごに投げ込む音が聞こえる。ヤヨイの入浴を手伝うため室内を知っているだけに、中の様子が目に浮かんで顔が熱くなってきた。

——何なのよもう、関係ないじゃない。

シャワー室のガラス扉を開ける音に続き、シャワーから吹き出す爽快な水音が聞こえる。

――あれ、今のはなに。

ばさりと、大きな鳥が翼を広げるような音がしなかったか。桂がタオルを広げて振ったのだろうか。

ポケットの中で携帯が鳴り始めた。島津と袂を分かって以来、しばらく使うこともなかった携帯だ。松原からだった。

「――小暮ですけど」

シャワー室の前を離れ、電話に出る。

『俺だ、松原だよ。いま話してもいいか』

「どうしたの？」

子ども時代はガキ大将だった松原だが、声が切迫していた。

『おふくろが、急に具合を悪くしてな。昨日の夜、不破病院に運ばれたんだ。今夜が峠だと医者が言ってる。アキはずっとよくしてくれたから、もしできれば、後で見舞ってやってくれないかと思って』

「おばさんが？」

鈴村に続き、松原の母まで容体が悪化するなんて――。

アキは不安を呑み込み、病室の番号を尋ねた。すぐにでも見舞うつもりだった。

10

病室に入ると、薬品臭とかすかな腐敗臭がしてアキは眉をひそめた。

電子音が小さく鳴り続けている。白いベッドの横で、人工呼吸器とバイタルサインのモニターが並んで稼働していた。

「――アキ。わざわざすまんな」

作業服姿の松原が母親の枕元に立っていた。

「――おばさん。どうしたの」

ひと目見て、動揺を隠せなかった。松原の母は、退院前に見舞った時より、ひとまわり縮んだように見える。声をかけても眠っているかのように反応がなかった。松原は目の下にクマが浮き、憔悴《しょうすい》しているようだ。

「しばらくは、調子が良くなって喜んでたんだけどな。昨日の夜、急に疲れたと言いだしたと思ったら、あっという間に意識がなくなって――。ガンが全身に転移していて、いつ何が起きてもおかしくないとは言われていたから」

覚悟を固めていたのか、松原は疲れた様子ながらも、しっかりした口調で語った。アキは枕元に近づき、点滴を受けるために毛布の外に出した腕をそっと撫でた。

「おばさん、新しいお薬が効くんじゃないかって、すごく期待してたのに――」

「別の病院で余命三か月と宣告されたのが、半年以上もったんだ。まだ望みを捨てたわけじゃないが、ここの先生もおふくろも、よく頑張ったと思うよ」

「そんなに悪かったなんて――」

松原の母の様子が、いかにも元気そうだったので、そこまでとは思っていなかった。あれは、完治の希望を抱いていたせいだろうか。

そばに近づくと、腐敗臭が強くなった。身体の中から少しずつ、死に向かうような臭いだ。

ベッドのヘッドボードには、主治医として苑田医師の名前が書かれていた。以前、水穂が診てもらった医師だ。

「新しいお薬って、ここの院長先生が開発したもの？」

「そうらしいな。治験をしている遺伝子治療薬だと言われた。俺には細かいことまでわからなかったが、おふくろのガン細胞は、ある遺伝子が働かなくなっているんだと。それを薬でうまく働かせてやれば、ガン細胞をやっつけてくれるんだと言ってたよ」

「――そう」

不破院長の秘密の研究を知る身としては、彼の言葉を信じきれなくなっているのだが、それを松原に告げて疑心を抱かせる必要もない。

「おばさん、アキだよ。聞こえる？」

耳元で呼びかけてみたが、意識が戻る気配はなかった。それも、悪くないのかもしれない。ぎりぎりまで元気で、ある日、夢の中にいるように命を終える。ある意味、理想的だ。

「わざわざ来てもらって、悪かったな。ここまで急に悪くなるとは、俺も思ってなかったもんだから」

「ううん。教えてくれて、ありがたかったよ」

気落ちした様子の松原を残して病室を辞去し、地下の研究室に戻った。

「桂先生は？」

シャワーを浴びた後、姿が見えなかった。看護師の木元に尋ねると、屋上じゃないかと肩をすくめた。ここのスタッフは、桂の首に縄でもつけてやりたいと思っているだろう。桂は勤務時間も不規則で、常にふらふらして居場所を摑ませない。

屋上に上がると、真夏の息苦しいような熱気に包まれた。屋上のひさしにミスト発生装置をつけ、涼を取れるようにしているようだが、リハビリ目的で屋上に上がっている患者は今日はいない。喫煙所では、桂がぼんやりベンチに座っていた。

「――桂先生。ここでしたか」

桂は煙草をくわえたまま、ぼうっとした視線をこちらに投げた。心がどこかに逃げ出したみたいだ。

「松原さんと、鈴村さんのお薬について、教えてください」

「――治験の？」

桂が煙に目を細めた。

「彼女たちが飲んでいたのは、どんな薬だったんですか」

「――不破先生が開発した〈アンブロシア〉」

「アンブロシアという名前なんですか」

松原の母が、その薬について話していた記憶がある。

「先生が名付けた仮の名称だよ。アンブロシアというのは、ギリシア神話に出てくる神々の食べ物でね。ギリシア語で不死という意味も持つ。まだ臨床試験のフェーズⅡに入ったばかりで、松原さんと鈴村さんは、ガン患者に投与された数少ない例だ。治験の内容については、医師から患者と家族によく説明し、同意書ももらってある」

「なんだか、珍しく桂先生が言い訳しているみたい」

桂は顔を上げ、唇の片方の端をきゅっと吊り上げた。皮肉に笑っているようにも、引きつった笑顔のようにも見えた。

「ひどいな。これでも僕らは医者なんだ。患者に出す薬は、効くと信じて渡してる」

さすがに、言葉が過ぎたようだ。

「ごめんなさい。ふたりの病気が重かったことは知っています。でも、一度は良くなりかけたのに急に悪化したので、いったいどんな治療を受けていたのかと思ったんです」

桂は、煙とともに長い息を吐いた。

「遺伝子治療薬だよ。ガン細胞というのは、正常な細胞をコピーする時に失敗しちゃった細胞だ。本来は免疫などが働いてうまく削除してくれるけど、削除されずに残ってしまったものが増えて、腫瘍になるんだ」

「ええ、知ってます」

「ガンを抑制してくれる、p53という遺伝子がある。この遺伝子は、p53タンパク質というものをつくる。このp53タンパク質は、ガン細胞を見つけた時に、そのアポトーシスを制御する性質を持っている」

「アポトーシス——ですか？」

「細胞死のことだよ。細胞はね、ある状況が発生すれば、自殺するようあらかじめプログラムされているんだ」

細胞の自殺——と口の中で呟き、アキは不思議な気分になった。まさか、細胞に感情や思考が備わっているわけでもあるまいに。

「ヤヨイの指のまたに、水かきみたいなものがあるでしょう」

桂の言葉に、どきりとする。ヤヨイの水かきは、彼女を特殊な存在にしている要素のひとつでもあった。

「ヒトは、母親の胎内で育つ時、最初は手の指がグローブみたいな感じにくっついているんだ。胎内で成長するにつれ、アポトーシスによっていらない細胞が死んで、一本ずつ指が離れていくんだよ。生き物の身体って、精密に設計されているよね」

「それじゃ、ヤヨイは——」

「ヤヨイの指は、何かの原因でアポトーシスがうまく働かなかったんだ。それで、あんな具合に水かき状のものが残ってしまった」

桂の口ぶりは淡々としているが、どこか楽しげでもあった。ヤヨイの水かきを、彼はむしろ誇らしく思っているのかもしれなかった。——新しい人類の象徴として。

「ｐ53遺伝子はアポトーシスを管理している。コピーされた細胞に異常を見つけると、死ねと命令するんだね。そうやって遺伝子を正常な状態に守ってくれるので、『ゲノムの守護者』という別名を持つ。この遺伝子が不活性化すると、ガン細胞を見つけても殺さなくなるんだ。鈴村さんも松原さんも、ｐ53遺伝子が不活性化していることが確認できたので、アンブロシアを投与して、ｐ53遺伝子を再活性化しようとしたわけ」

わかる？　と言いたげに、桂が濡れた茶色い瞳をこちらに向けた。

「ちなみに、ｐ53遺伝子を再活性化する薬は、世界のいろんな製薬会社が研究している。

いるよ」

「ｐ53遺伝子が再び活動を始めて、ガン細胞を殺す。アンブロシアだけでは効果が限定的なので、放射線治療などと併用する」

「再活性化した後は、どうなるんですか？」

中国のゲンディシン、米国のＡＬＲＮ‐６９２４――他にもいろんな国で研究されて

桂の口調はそっけなかったが、そのやり方に自信を持っていることは感じとれた。アキはこれ以上どう質問すればいいのかわからず、途方に暮れて黙り込んだ。

桂の隣に腰を下ろした。ベンチは日差しで焼けるように熱くなっていた。桂が、それと悟られない程度に身体を遠ざけた。セクハラまがいの言辞を弄してみたり、しなだれかかるように甘えてみたりするくせに、他人との接触を慎重に避けている。むしろ、こちらが彼の本質ではないかとも想像する。

「――ヤヨイの件があるから、小暮さんが僕らを信じきれないのはわかるよ」

桂が、短くなった煙草を揉み消した。

「だけど、松原さんと鈴村さんについては、全身に転移していたガンが小さくなったという報告を受けていたんだ。完治の期待もかけていた。容体が悪化した原因はわからないし、これから調べる必要があるけど」

アキは桂から目を逸らし、灰色の街並みを眺めた。自分が関わってしまったことが、

あまりにも自分の手に負えないものだったのだと、今さらながらに思い知らされた気分だった。

「この前も言ったけど、僕らの研究は道半ばだ。小暮さんがたまたま目にしたのは、うまくいかなかったケースかもしれない。他の患者さんで、腫瘍が小さくなって回復に向かっているケースも多々ある。どんな薬でもそうだが、すべての患者さんに百パーセント効果があるとは約束できない。人によっては、副作用のほうが強く出るかもしれない。だけど、たとえば治らないと言われた患者の半数が完治するとしたら？　その薬には、使うメリットがあるんじゃないかな」

「半数もの患者さんが、完治しているんですか？」

「たとえばの話だよ。治験は始まったばかりで、まだ明確な数字を出せるほど症例が集まっていない」

「これまで何人にアンブロシアを投与して、そのうち何人が治ったんですか？　完治した例もあるんですよね」

　アキはしつこく食い下がった。

「時間がかかるんだ、小暮さん。不破病院で投与した患者は、まだ三十人程度だろう。そのなかには、メゾンメトセラの住人も多く含まれる。彼らは、二十四時間にわたり身体の状態を看視することができるので、異変が起きたらすぐに手当てができるしね」

「三十人のうち、完治した患者は何人くらいいるんですか」

「今のところ、ふたりだ」

「たったふたりだけ？」

「まだ半年だよ」

桂が困惑したように応じた。

「不破先生の評判を聞いて、ここには病状の重い患者がわらにもすがる思いで大勢やってくる。転移が進み、他の病院では手の施しようがないと言われた末期ガンの患者を、半年でみんな完治させろというのかい。他の患者についても、腫瘍の縮小など、容体は好転しているんだ。あとは、時間をかけて放射線治療などを併用し、治療していく。完治するまでは時間がかかる」

そう言われれば、たしかにそんなものかとも思う。ただ、と桂が眉をひそめて続けた。

「ただ――？」

「先生が、焦り始めたのも確かだな。だから、メトセラの研究を公表すると言いだしたんだ。研究には莫大《ばくだい》な費用が必要だ。アンブロシアの開発には製薬会社が協力しているが、結果が出なければ研究費が打ち切られるおそれもある。不破病院は黒字経営だし、先生が多くの特許を持っているとは言っても、単独では限界があるからね。治験でアンブロシアの効能を明らかにして、画期的な遺伝子治療薬ができたと世間を驚かせるつもりだったのに、昨夜、患者がふたり危篤状態で運ばれてきた。それで珍しく動揺して、危機感を抱いたのかもしれない。メトセラの研究を公表して、外部の投資を受けようと考えたのかもね」

桂の口調と表情は、苦痛と嫌悪に満ちていた。アキは興味深く見守った。投資とか経営とか、お金の問題は特に苦手そうだ。そんな言葉を口にするたび、眉間に影が落ちる。

「桂先生はやっぱり、反対なんですね。ラットですら、世間一般の目にさらすべきではないということですか。でも、どうしてそこまで反対なんですか？　世間がまだメトセラを受け入れられないっておっしゃってましたよね。私もそうでしたけど、初めて目にするものですから、最初は反発も大きいでしょう。だけど、素朴な疑問ですけど、研究って発表するためにするものかと思ってました」

桂は嫌がるが、研究の成果を公表したいと不破が考えるのも無理はない。あのラットを見れば、世間は驚くだろう。自分の身体と太陽の光でエネルギーを生み、食物をほとんど必要としない偉大なラットだ。

もちろん、生物種にあそこまで手を加えることは、倫理に反するという議論も起きるだろう。緑の皮膚に嫌悪をもよおす人もきっといる。逆に、ラットで可能なら人間も――と期待する者もいるかもしれない。どちらにしても、一大センセーションを巻き起こし、不破と桂が時の人になるのは間違いなかった。

桂が黙り込んだので、アキは彼の様子を窺った。桂の横顔は憂鬱そうだった。

「メトセラは――そんなつもりで研究したわけじゃない。あれは僕の理想、僕の夢。僕はあんなふうでありたかった。何も傷つけず、何も殺さず。淡々とひとりで生きていく――そんな存在でいたかったんだ」

なんと声をかければいいのかわからず、隣に腰かける、小柄で華奢で、姿勢のよくない青年研究者を見つめた。

――繊細すぎるよ、桂先生。

彼のナイーブさは、今にも切れそうな、はかない蜘蛛《くも》の糸を思わせた。王者のように見えるが、実は実際的で経営者としても有能な不破とは、ずいぶん異なるようだ。

(あの子は夢の子ども、世界中の誰よりも幸せな子どもだった)

元看護師の棚原が、自分に語った言葉が耳に甦る。

(人間のほうが、よっぽど気味が悪い生き物じゃないか？　他の動物や植物の命を奪わなければ、生きていけない)

桂は以前、そう言っていたではないか。

緑衣のメトセラは、桂の夢の結晶だった。誰とも関わらず、誰ともつながらず、傷つけず、殺さず、たったひとりで生きたいのか。

「──だけど、そんなの寂しすぎるよ」

ぽつりと飛び出した言葉に、アキは自分自身でうろたえた。

「──寂しい？」

──植物のように。

桂がかすかに唇を歪めてこちらを見る。その顔はあいかわらず、これから誰かをたらしこもうとしているみたいに、魅力的な笑みを浮かべている。相手はいま、職場の「先生」なのだと自分を戒めても、いちど口から転がり出た言葉は止まらなかった。

「桂先生は、ひとりぼっちがいいって言うんでしょう。何も傷つけず、殺さずっていうけど、それは嘘。先生は怖がってるんだ。自分が傷つけられること、嫌な思いをさせられること。違う？」

いつの間にか、必死で言葉をつむいでいた。なぜこんなに必死になって桂を説得しようとしているのか自分でもわからないけれど、このまま彼を放ってはおけない。

「生きてる限り愚かなことをするし、それで誰かを傷つけることもある。あたしなんか、しょっちゅうだよ。本当はたいせつな人なのに、冷たい言葉を投げたり、馬鹿にしたり、手ひどくからかったり。傷つけられることもある。ついこの前も、自分が悪いからだけど、二度と顔を見せるなって、ある人から言われたよ。刃物で切られるより、辛かったし痛かったよ」

島津の無愛想な顔が浮かび、千足のぼさぼさ頭と、みっともないスウェットと、へらへら笑いながらスーパーのレジ袋を提げてぺこりと頭を下げる姿が目に浮かんだ。

——傷つけて、傷つけられて。どうしてこんなに自分たちは不器用なんだろう。

「そんなに辛いなら、やめればいい。いっそみんな、自分だけの繭をこしらえて、閉じこもってしまえばいいんだ」

桂が静かに首を傾げた。できるならそうしたいと桂が本気で考えていることは、聞かなくてもわかった。

純白の繭の内側で、真っ白な翼にくるまれて目を閉じる桂の姿がふと脳裏に浮かぶ。ひどくもどかしい気分だった。桂の整った顔を揺さぶり、彼を世界から隔てている繭の中から、引っ張り出してやりたかった。それはおそらく、桂がいちばん嫌うことだろう。

「そうじゃないよ、桂先生。あたしたちみんな、辛いこと以上に、喜びだってたくさんもらってるんだ。誰かと一緒に笑って、泣いて、喧嘩して、喜んでさ。ひとりきりじゃ味わえない楽しさを、きっと誰かにもらってる。桂先生には、そういう経験はないの?」

子どもの頃、年下の男の子たちにまでいじめられている千足を見つけ、アキが仁王のようにいじめっ子の前に立ちはだかったら、そいつらは二度と千足にいじわるをしなくなった。それからだ、千足が「アキ姐、アキ姐」と言いながら、鼻水垂らして自分の後をついて歩くようになったのは。

わずかな小遣いを出しあって、松原たちと棒アイスを一本だけ買って、ちょっとずつ齧ったりして。そしたら千足がガブリと大きくかぶりついて、松原に目から火花が出るほど、どつかれたりして。

——馬鹿みたいな。

本当に馬鹿みたいなささやかな記憶が、いま心を温めてくれる思い出として、いくらでも浮かんでくる。千足の思い出話を聞かせるうちに、涙が出てきた。

「——小暮さんは、自分のなかに太陽を持ってるんだね」

いいな、とぽつりと呟いて、桂は新しい煙草をケースから抜き、何かを思い返したようにケースに戻した。

「小暮さんみたいな人と一緒にいたら、僕のなかの氷も少しは溶けるのかな」

「桂先生のなかに、氷なんかないよ」

「だといいんだけど」

桂は不思議に乾いた声音でそう応じ、立ち上がった。やっぱり背すじが丸まっている。

本当に姿勢の悪い男だ。

「千足善雄っていうんだったね。小暮さんの幼馴染みで、病院の厨房で働いてた人」

「――そうだよ」

何を言いだすのかと、戸惑いながら桂を見上げる。彼は、午後三時のぎらつく陽光に照らされた街並みに顔を向けていて、こちらからは表情が見えなかった。

「僕が代わりに死ねば良かった」

――馬鹿なことを言うんじゃないよ。

そう叱りつけるのをためらわせる雰囲気が、桂にはある。

「どうしてそんなこと言うの」

桂は黙った。立ち上がって肩を抱いてやりたくなるくらい、頼りなげな後ろ姿だ。

――この人はもう、ニンゲンをやめたがっているのかもしれない。

アキが戸惑い、ためらう間に、桂は無言でエレベーターに向かい、屋上から立ち去った。ひとりぼっちで荒野に放り出されて、なすすべもなく嵐に翻弄される少年のようだった。

二日のうちに、松原の母が息を引き取り、鈴村も次の日に亡くなった。ふたりとも、急激な体調悪化の後は、意識を取り戻すこともなかったらしい。アンブロシアを投与された患者が、他にも亡くなったという話を聞くことはなかったが、メゾンメトセラで空室が出たという話は聞いた。むろん、それが不破の患者だったかどうかはわからない。

多忙さゆえか、その後、不破がメトセラの公表について桂に迫ることも、少なくともアキが知る限りはなかった。

ヤヨイは『モモ』を読み終えて、『たのしいムーミン一家』に取りかかっていた。不破に頼まれて、アキが選んだ本のなかの一冊だ。ヤヨイは本が好きで、放っておくといつまでも読んでいる子どもだった。片肘をテーブルについて、黙々と読んでいる姿を見ると、微笑ましくてつい勉強時間を遅らせてしまう。

――どうして彼女が、普通に学校に通い、友達と駆けまわってはいけないのか。

ヤヨイ自身が、いちばん理不尽に感じているだろう。不破の行為は罪深いが、なかでも許せないのはヤヨイをこうして閉じ込めていることかもしれない。

――とはいうものの、あれ以来、地下の生活には奇妙に和やかな時間が流れていた。

看護師の木元が、八月二十二日はヤヨイとチンパンジーのナイトの誕生日だと言って、ケーキを焼いてきた。非番の三塚も現れて、ケーキにカラフルなローソクを立て、忙しい不破も呼んで、ハッピーバースデーの歌を合唱しながら、ヤヨイがローソクを吹き消すのを待った。桂もその時ばかりは皮肉を口にせず、優しい目でヤヨイを見つめていた。

ヤヨイと同じ日に生まれたナイトは、ケーキを少し切り分けてもらい、ご機嫌で歯を剝き出して笑っている。黒檀《こくたん》のような目が、つややかに輝いていた。彼も、ヤヨイの誕生日を祝福しているようだ。

みんなに囲まれて、まぶしいほどの笑顔を見せるヤヨイが愛らしかった。不破が小さな電子ピアノをプレゼントし、桂がヤヨイお気に入りのキャラクターのぬいぐるみを、三塚はポシェット、木元はフリルつきのエプロンを贈った。アキは迷った末に、水彩画の画材セットをプレゼントした。本を読みながら、ヤヨイが食い入るように挿絵を見ていたからだ。

「ありがとう！」

ヤヨイはひとつひとつに目を輝かせ、大喜びだった。

なんという夜だっただろう。

遅くまでお菓子を食べたり、ゲームをしたりしてヤヨイにつきあった後、誕生日の飾り付けを片づけて仕事を終えた。ヤヨイは疲れて途中で眠り込み、不破がそっと抱きかかえてベッドに運んだ。

今日の夜勤は木元で、三塚はもう帰宅し、桂は自分の研究室に戻ったようだ。

アキは自宅に戻るつもりだった。夜間出入り口から外に出た時、路肩に寄せて駐車している車を見た。

——島津さん。

運転席にいる男の顔が、通りの向こうにある街灯のかすかな光で見えた。島津はこちらに気づいたようだが、知らん顔をしている。

——このまま、通りすぎようか。

足が凍りついたみたいに動かない。島津はなぜここにいるのだろう。夜間、取材対象に車で張り込み、出入りする人物を見張るのは、彼が得意とするやり方だ。島津は不破病院を調べ始めたのだろうか。

——今さら、どうして。

気がつかなかったふりをして、黙って横を素通りすれば、島津とは確実にこれきりだ。二度と、口をきいてもくれないだろう。

意を決して、助手席の窓を叩いた。島津は横目でこちらを見て、頷いた。乗れという意味だ。

「——どうしてここに」

助手席に滑り込み、尋ねる。懐かしい、島津の車の匂いだった。煙草の臭いと、島津がいつも魔法瓶にたっぷりと入れているコーヒーの香りが染みついている。

「お前とは長いつきあいだったから、ひと言だけ忠告しておく。不破とはすぐに手を切れ。でないと、お前も面倒に巻き込まれるぞ」

「どういうこと？」

島津はそれきり黙り、顎をしゃくって降りろと合図した。アキの顔を見たくもないと言ったのはどうやら本気らしく、こちらに顔を向けようともしない。だが、島津が自分を嫌悪しようと軽蔑しようと、不破と手を切らなければ面倒に巻き込まれるという言葉は、聞き捨てならなかった。

「島津さん、理由があってまだ公表はできないけど、不破病院は意味のある研究をしてるんだ。何か知ってるなら教えてよ。まさか、島津さんは不破病院を潰す気で動いてるわけじゃないよね」

不破の考え方に、百パーセント賛同できるわけではない。現行の法律に照らしてみれば、おそらく医師、研究者としてアウトだろうし、良くてグレーといったところだ。それでも、島津の機嫌を損ねてでも食い下がったのは、ヤヨイのためだった。――それから、地下の研究室に流れている、不思議に濃密で、温かい時間を守るため。

島津が目を細め、眉をひそめた。癇癪《かんしゃく》をこらえている時に、彼がよく見せる表情だ。

「いいから、降りろ。お前とはもう、話したくない」

島津がどれだけ癇癪持ちで頑固か、よく知っている。アキはため息をつき、言われたとおりに車を降りた。島津は今夜の張り込みを諦めたのか、すぐに車を出して走り去った。

――どういうこと。

不破と手を切れと言われても、無理な相談だ。百歩、いや千歩譲ってヤヨイを諦めたとしても、水穂をいますぐメゾンメトセラから連れ出すことはできない。自宅に連れて帰れば、自分が働きに出ることもできなくなるし、受け入れてくれる老人ホームを探すにしても、先立つものがない。たちまち、暮らしに行き詰まってしまう。

──島津さん。あたしは理想だけでは動けないよ。

島津の理想の高さは賞賛すべきだ。しかし、理想をまっすぐに追えない人間を、許せないという彼は偏狭すぎないか。島津の妻はウェブデザイナーとして稼いでいて、家庭を守ってくれる。だから島津は後顧の憂いなく理想を追える。それとも、そういう環境を整えるのが、大人のやり方なんだろうか。

考えれば考えるほど、ため息しか出てこなかった。ふと思いつき、このところご無沙汰している臨床検査技師の杉原にメールを打った。

不破病院について、最新の噂を聞いていれば教えてほしいと送り、帰途についた。杉原は宵っ張りで、まだ起きているはずだ。返信は来なかったが、アキがマンションに帰り着く頃に、電話がかかってきた。

『まだ不破病院を調べてるのか？』

杉原の声が、どこかよそよそしい気がする。島津とあんなことになったので、自分は被害妄想に陥っているのだろうか。自宅の玄関に突っ立ったまま、靴も脱がずにアキは通話を続けた。

「調べてるわけじゃないんだ。今は、ちょっと恥ずかしいけど、不破院長の経歴と考え方にすっかり感心しちゃってさ。病院の下働きみたいな仕事をしてるんだよ」

『お前が？　病院の下働き？』

杉原は呆れたような声で鸚鵡返《おうむがえ》しに呟き、小さく唸り声を上げた。

『――まいったな。それじゃお前、何にも知らないのか。こんな時にメールしてくるから、てっきり――』

「どういうこと？」

『誰にも言わないと約束できるか。特に、病院の関係者に』

不破と桂の顔が浮かんだが、約束しなければ教えてくれないこともわかっていた。

「――わかった。杉原が黙ってろと言うのなら、誰にも言わないよ」

『絶対に言うなよ。――厚生労働省が、近く不破病院に監査に入る予定だ』

「厚生労働省の監査って、不正請求とかを調べるのがほとんどじゃなかったっけ」

『不破病院も表向きはそうだが、裏の理由があるらしい。厚生労働省にいる友達から、こっそり聞いたんだ。万が一、俺から洩れたことがわかったら、その友達が面倒な立場に追い込まれる。だから絶対に言うな』

それで合点がいった。島津が病院を張り込んでいたのも、案外、厚生労働省の内部から情報を得たのかもしれなかった。彼はいろんな場所に、意外な情報源を持っている。

「わかったよ。それで、裏の理由っていったい――」

『告発があったんだ。千足がマールブルグ出血熱に院内感染した件について』

　思いがけない言葉に、鼓動が速くなる。

『病院側の発表では、正しい手続きにのっとって保管されていた感染性廃棄物を、千足がわざわざ保管所のドアを開けて容器の中身に触れ、感染したということだったじゃないか。その発表を、警視庁の捜査が裏付けた。千足がウイルステロを企んでいたという、ありえない報道もされたが、とにかく最終的に、病院側には落ち度がなかったという結論になった』

「うん——もちろん覚えてるよ」

　忘れられるはずがない。

『ところが、手続きには問題なかったが、感染性廃棄物の中身について、疑いが出てきたようだ。当時、マールブルグ出血熱に感染して帰国した患者の血液には、既にウイルスは含まれていなかった可能性が高く、廃棄物から感染する可能性はほとんどなかった』

　それは、患者本人である沢良宜医師が話していたことだ。しかし、現実に千足は感染した。

『不破病院は、マールブルグ出血熱のウイルスを培養して、研究しているんじゃないかという告発があったんだ。取り扱いに不備があったために、何も知らない千足が感染したんじゃないかとね。千足も馬鹿なことをしたかもしれないけど、あれをただの事故として片づけてはいけなかったのかもしれない』

——告発したのは沢良宜だ。

アキは直感した。不破には世話になったので告発したくないと言っていたが、思い直したのか。

『表向きは不正請求の監査だが、その期間に院内の設備や使用状況を徹底的に調査するつもりだ。不破病院に勤めているのなら、早いところ次の職場を探したほうがいいかもしれないな』

杉原の口調は、自嘲ぎみだった。彼は以前、不破病院を誉めていた。不破の講演や著書に、共感を覚えていたのかもしれない。

「まさか、そんなことが——」

声が震えた。ふだんは隠せているとはいえ、専門家が調査すれば、地下の研究室に気づかないはずがない。アキですら気づいたのだ。

——ヤヨイの存在が明るみに出てしまう。

あの小さな、緑色の肌をした女の子はどうなるのだろう。

『もっとも、「下働き」ってのがなんの仕事だか知らないが、危ないのは院長や研究に参加した医師たちだろうな。お前みたいなスタッフは、心配しなくても大丈夫だよ』

杉原の気休めを聞き流し、何度も礼を言って電話を切った。

——どうしよう。

いっそ知らなければ良かった。そうすれば、監査が入ってもみんなと一緒に右往左往するだけで、成り行きに任せていられたのに。知ってしまったら、杉原には約束したが、黙って見ていることはできそうにない。

——大事な友達を、またひとり失うの？

自分は何をやっているのだろう。千足を死なせ、島津と袂を分かち、今また杉原も失おうとしている。それも、つい数か月前まで会ったこともなかった人たちのためにだ。

——いいじゃない、別に。正しいことのためだけに、働いてきたわけじゃない。

やや捨て鉢に考える。正義の味方だったことなんて、一度もない。自分は悪党にさえなりきれない、みじめな小悪党だった。

——それでも。

アキは首を振った。そこにはたしかに、一抹の「正義」への言い訳があった。今は、自分が何のために行動しようとしているのか、自分でもさっぱりわからない。

——ヤヨイさえどこかに隠せば、どうにかなる。

ラットなどの実験動物は、なんとでも言い逃れができるはずだ。不破がうまくやるだろう。最悪の事態になって、不破や桂がなんらかの処分を受けたとしても、ヤヨイの存在を守ることさえできれば——。

今すぐ病院に戻るべきだった。

アキはすぐマンションを出て、階段を駆け下りた。午後十一時を過ぎているが、桂はまだ地下の研究室にいるはずだ。不破もきっと院長室にいる。

通い慣れた不破病院への道のりを急いだ。この時刻、まだ人通りはある。酔漢も、家路を急ぐ会社員も、みんな早足で目的地に向かって歩いていく。

病院周辺に、島津の車は見えなかった。守衛は、夜中に戻ってきたアキを見てけげんそうな表情をしたが、何も言わなかった。

非常灯だけが点いたロビーを通りすぎ、まっすぐ地下に向かった。地下の守衛室は真っ暗だった。ロッカールームの奥の扉を開け、白く長い通路をたどる。

「ねえ、桂先生はどこ？」

研究室に桂の姿は見えず、仮眠室で休憩していた木元を起こした。

「さあ？　私はずっとここで寝てたから」

眠たげで迷惑そうな木元に謝り、引き返す。地下の研究室の照明はまだ点いており、桂のデスクにはマグカップが置かれていた。几帳面《きちようめん》な桂が、飲み残しを放置して帰宅するとは思えない。どこかで煙草を吸っているか、階上の研究室にいるか——院長室に呼ばれたか。

どのみち、不破とも話す必要があった。エレベーターに乗り、院長室のある三階に向かう。病院内が静まりかえっているので、エレベーターの作動音がひどく耳ざわりだ。踏み出す一歩、一歩が、すべて島津と杉原への裏切りのような気がした。自分を信頼し、秘密を打ち明けてくれたり、仕事のやり方を教えてくれたりした人たちを、自分は捨てようとしている。

院長室の分厚いドアをノックすると、返事の代わりにいきなり開いた。沈鬱な表情の桂が、すぐ目の前に立っていた。

「——小暮さん？」

桂が囁くように言った。

「突然お邪魔して、すみません。大事なお話があるんです」

「それじゃ、僕は下に戻ろう」

「いえ——院長先生と桂先生のおふたりに、聞いていただかないと」

「——なんだか怖いね」

しばしためらった末に、アキを中に導き入れた桂は、憂いに曇る眉を開いた。意志の力で、明るい表情をとりつくろったようだった。それでも、院長室に沈澱《ちんでん》する淀《よど》んだ気配は、隠しても隠しきれなかったようだ。

「先生、小暮さんですよ。どうやら、悪い話みたいです」

奥のデスクについている不破が、疲れた表情でほろ苦く笑った。オリュンポスの神々のような、自信に満ちたいつもの笑顔より、何歳も年をとったように見えた。

「悪い話以外、私にも予想できないね」

その表情を見て、不破はもう知っているのだと察しがついた。アキの耳に入るくらいだ。杉原はああ言ったが、不破病院の知名度の高さから考えても、噂はすでに広まりつつあるのかもしれない。なかには、不破に恩を売るためか、それともシンパシーを感じているためか、教えてやろうとする人間がいてもおかしくない。

──自分のように。

「厚生労働省の監査の件です。──先生はすでにご存じのようですが」

不破は「ああ」と吐息のような声を洩らし、頷いた。

「聞いている。マールブルグ出血熱で亡くなった人物の件だね」

「さすがライターさん。耳が早いな」

桂はからかうように唇の端を上げ、デスクの前にあるソファに腰を下ろした。自然に、不破と桂のふたりを相手にする形になった。

「その件で、桂君を説得していたところだ。彼らの矛先を逸らすには、メトセラの研究を公表するしかないと私は考えている」

「お断りします」

桂が不破に視線を向けることなく、断固とした口調で応じた。ソファの背もたれに両腕を広げて載せ、口元にはうっすらと曖昧な笑みすら浮かべている。不破は桂の不遜な態度にも動じなかった。

「しかし、この方法しかないんだ。メトセラを公表すれば、マスコミが騒ぐ。その状況下で、監査官はこの病院の監査に入ることになる。不正請求の有無を調査するというのは表向きで、病院内部を調べるつもりだろうが、マスコミが詰めかけるなかで、ひそかに調査を進めるなんてできるわけがない。少なくとも、進行を遅らせることはできるだろうし、ヤヨイと研究設備を移動させる時間を稼ぐことができる」

「そんなことは問題になりません。知らない間に、先生は科学誌に論文を送っていたそうですね。共著者として僕の名前を挙げて」

「当然だ。私が、君の功績を横取りしたりするはずないだろう。あれはもともと、君のアイデアじゃないか」

「むしろ、僕については伏せておいてくれたほうが良かった。先生の単独研究として発表してくれるなら、僕もここまで拒否したりしません」

「まさか。そんなことは、研究者のはしくれとしてできないよ。それに、自分の手を動かした研究でないことは、論文を読めばわかってしまうさ」

冷ややかな桂と、困惑ぎみの不破のやりとりを、アキはハラハラしながら見守った。

自ら渦中に飛び込んでしまった、愚か者の自分を呪うしかない。

「桂君。君の気持ちは、私も少しは理解しているつもりだ。公表する際には、私が矢面に立つ。君は外部と接触しなくていい」

「本気でそんなことをおっしゃるんですか？　メトセラを公表すれば、研究者の先生と僕だけじゃない。そこの小暮さんも、看護師たちも、みんなマスコミにしつこく追いかけ回されますよ。人物像も経歴も、良くも悪くも、洗いざらい明らかにされてしまう。僕が外部と接触しなくてすむなんて、本気で考えてるんですか」

不破が黙った。桂をどうやって説得すればいいのかと、考えているようにも見えた。

「待って——待ってください」

アキは慌ててふたりを制止した。どんどん論旨がずれていく。短い沈黙が落ちた今しか、口を挟む余地はない。

「そもそも、マールブルグウイルスの培養が疑われたために、こんな事態を招いたのでしょう。培養は本当に行われていたんですか」

今度は桂もしばし黙り込み、憂鬱そうな視線をこちらに注いだ。

「——行っていた。僕が」

「桂君」

たしなめるように不破が声をかけたが、桂は意に介さなかった。

「先生、小暮さんは僕らの味方ですよ。今夜だって、ヤヨイを守るために、こうしてわざわざ知らせに来てくれたんだから」

桂の言葉は無神経だ。あるいはこれは、自分に対する嫌がらせなのだろうか。

「どうして？　どうしてそんなことしたんですか。そのせいで、人が死んだんですよ！」

命を落としたのは、他ならぬ千足で、自分の幼馴染みで、ちょっと頭の回転がゆっくりだったかもしれないけど、気のいい男で身内にとても親切で――。

「遺伝子を導入するために、ウイルスを利用すると話したよね」

桂が突然、話題をすり替えたように感じて、アキは戸惑いより怒りを覚えた。

「何の話を――」

「ウイルスだよ。遺伝子導入によく使われるのは、風邪やヘルペスのウイルスだ。ヘルペスウイルスには、そもそも成人の七割以上が感染しているとも言われている。ただし、そのまま利用すると、病気を発症させる毒性を持つから、毒性を発現する遺伝子を切り取り、その代わりに導入したい遺伝子を注入する」

「まさか――遺伝子導入に、マールブルグウイルスを使おうとしたんですか？」

「インフルエンザやヘルペスのウイルスは、サイズがおよそ〇・一マイクロメートル。一マイクロメートルというのは、一メートルの百万分の一だよ。イメージは摑みにくいと思うけどね。ところが、マールブルグウイルスのサイズはおよそ〇・八マイクロメートルで、ヘルペスなどの八倍くらいある」

「ウイルスが大きいってことですか？」

アキは顔をしかめた。桂の説明は、正確なのかもしれないが、理解しにくい。

「そう。マールブルグ出血熱よりもエボラ出血熱のウイルスのほうがさらに大きくて、一マイクロメートルを超えるものもあるんだけど、エボラは手に入らなかった。理論上は、ウイルスが大きければ導入できる遺伝子の数も多くなる。葉緑体を生成する遺伝子を導入するために、今はヘルペスウイルスを使って、何回も繰り返し遺伝子導入をしているので、効率が悪いんだ」

（僕が代わりに死ねば良かった）

桂が洩らした言葉の意味が、ようやくわかった。千足は、たしかに桂のせいで死んだのだ。桂はマールブルグウイルスを使って、メトセラ生成の効率を上げようとした。ウイルスを培養し、毒性を消して、遺伝子導入に利用するつもりだった。その過程で、千足はまだ毒性のあるウイルスに触れてしまった。

「言い訳に聞こえるだろうけど、僕はウイルスに汚染されたものを、きちんと焼却処分するか、専用の密閉容器に閉じ込めて、廃棄処分していたんだ。まさか、二重になった密閉容器をこじ開けて、中を調べようとする人がいるなんて、思いもよらないじゃないか。中身の危険性をくどいくらい、容器の周囲に書いてあるのにさ」

——ああ、ちたりん。

二重になった密閉容器。いかにも秘密めいた、中身の危険性に関する注意書き。千足はアキのために、容器を開けてしまった。

——ちたりんを殺したのは、やっぱりあたしだね。

心の中で、そっと千足に謝る。謝ったところで、千足は二度と戻ってこない。

「マールブルグウイルスの使用を許可したのも、沢良宜君に帰国を勧めたのも私だ。責任はすべて私にある」

不破が静かに告げた。彼の態度は立派だが、桂の気持ちを理解しているとは思えなかった。誰かに責任を押しつけて、それですむと考える桂ではないだろう。

「待ってください。死んだ千足君は、私の幼馴染みでした。私自身にも責任がないわけじゃないけど、不破先生も桂先生も、絶対に許せませんし——許しません」

アキは深く息を吸い、言い放った。ふたりは、言葉の矢に深々と射貫《いぬ》かれたように、黙り込んだ。

「だけど——お願いですから、今は前向きな会話をしましょう。問題はヤヨイちゃんです。メトセラを公表するにせよ、しないにせよ、彼女を安全な場所に隠すことができれば、少なくともこの場をしのぐことはできるんじゃないですか。大人の責任問題は後回していいでしょう。まずは彼女を助けないと」

話し続けるうちに、呆然としていた不破の表情が、だんだんしっかりしてきた。

「――小暮さんの言うとおりだ。ヤヨイについては私も考えている。前にここで働いていた、看護師の棚原仁美さんに預けるつもりだ。私の自宅は、真っ先に調べられるからね」

「不破病院が借り上げているマンションだって、危ないですよ」

「いや、小暮さんがマンションを突き止めたと聞いてすぐ、彼女には別のマンションに移ってもらった。病院とは直接関係がない物件だ。費用も、棚原さんの実家から出たように装ってある」

不破も抜け目がない。看護師の木元や三塚も協力する気はあるだろうが、現役のスタッフなので、調査の対象になる可能性がある。

「仁美さんは、ハシムを死なせたとずいぶん後悔してたけど？」

桂が冷ややかな態度で言った。棚原とは連絡を取り合っていたようだったが、桂自身も、ハシムをうっかり外に出すきっかけを作ってしまった棚原を許していないのかもしれない。

「ヤヨイを無関係な人間に預けるわけにはいかない。棚原さんなら事情をすべて知っているし、ヤヨイもなついていたじゃないか」

結局、不破は誰に対しても、どんな罪でも、許せるのかもしれない。彼の言葉を聞いて、アキはしみじみそう感じた。「聖人」と桂自身が評したではないか。感情が表に立つことのない、理性的な聖人。

桂は鋭く舌打ちし、立ち上がった。

「もちろん、僕はいいですよ。僕がどうこう言う問題じゃない。ヤヨイはあなたの娘ですからね」

「桂君——」

「論文も記者会見も、先生単独でお願いします。僕は無関係です。いっそ退職します。あとは好きにしてくれればいい」

桂の口調はやけっぱちだった。吐き捨てて、院長室を立ち去る彼の背中を見送り、不破が長い吐息をついた。

「小暮さん。ずいぶん、面倒なことに巻き込んでしまったね」

不破の言葉に、軽く下唇を噛む。

「——桂先生は、院長先生には厳しく当たるんですね。他の人には、いい顔ばかり見せるのに」

桂が「人当たりがいい」とはとても言えないが、誰にでも魅力を振りまこうとするのは確かだ。不破に対してだけ、まるで人が違ったように、厳しい皮肉屋になる。

——それだけ、心を許しているのかも。

「長いつきあいだからね。彼は昔から、神経が細やかすぎるくらい細やかなんだ。素晴らしいことだが、とても傷つきやすい」

「院長先生が大学で教えておられた頃の、教え子なんですね？」

不破は三十二歳で思慧大学の医学部教授になり、研究を続けていた。不破が微笑んだ。

「——そうだ。彼が医学部に入学してすぐ、面白い学生がいると思って、ゼミに呼んだ。もう十二年近く前になるんだね」

十年が二十年の長さになろうと、桂が受け入れられない相手は多いだろう。不破は、桂にとって特別な存在なのだ。その不破なら、知っているかもしれないと思った。

「桂先生は、強烈な人間嫌いですね。どうしてあれほど、自分の殻に閉じこもろうとするのか、理由をご存じですか」

不破はデスクについたまま万年筆を取り、ペン先を照明にかざした。もうじき、地位も名誉も財産も、すべてを失う可能性のある男にしては、穏やかな表情をしていた。

「——さあ、どうだろう。少なくとも、誰にでも理解できるような理由は、ないんじゃないかな。自宅の一室に引きこもる人がいる。彼は、その代わりに研究室に引きこもっただけだと、私は考えているよ。外の世界で人間たちに揉まれて生きていくには、あまりに繊細すぎたんだろう。人間嫌いというより、人間が怖いんだよ」

「北海道に父親が健在だ。資産家らしい。桂君は中学、高校と学校に行かず引きこもりで、高等学校卒業程度認定試験——当時の大検に合格して、思慧大学に来たんだ。成績はとても優秀だった」

「ご両親や家族は——」

いつか桂から聞いた話と同じだった。

〈メトセラ〉を不破が公表したいと言った時の、桂の猛反発を思い出す。異質な存在をはじき出そうとする世間に、彼は心の底から嫌悪感を抱いているようだった。

それは、彼自身が異物であると、どこかで感じていたからなのかもしれない。

——たったひとりで、仙人のように。

（メトセラは僕の夢だった）

緑色の肌を持ち、ひとりで生きていけるメトセラに、彼はなりたかったのだ。

「君には本当に、すまないことをした」

不破が万年筆を緑のマットに寝かせた。

「お母さんのことが心配だろうね。今後の状況次第では、私は責任を取って病院の経営から手を引かざるをえないかもしれない。そうなっても大丈夫なように、手は打っておいた」

引き出しから取り出した厚紙のフォルダを、こちらに滑らせる。

「お母さんの部屋を、君の名義にしたよ。何かあれば売却して、別の施設に移ればいい」

「——受け取れません」

それが不破の純粋な善意から出た行為だとわかっていたし、この医師が、どれだけ突飛な研究をして研究者の倫理に反していたとしても、結局のところとてもお人よしで、他人のために働きたい一心なのだとは、アキにも理解できていたが——。

不破から恩を受けるつもりはなかった。どれだけ生活が苦しくても、水穂の行き先に困り立ち往生することになっても、それだけはできなかった。もう誰にも頼らない。

——島津にも、不破にも。

不破が天井を仰ぎ、目を閉じた。

「桂君もきみも、私の謝罪を受け入れてはくれないのだね。——当然かな」

不破の落胆が伝わってきて気の毒になったが、彼の厚意に甘える気にはなれなかった。

「地下の研究室を片づけます。ヤヨイちゃんを棚原さんに預けるなら、早く荷物をまとめないといけないでしょうし。彼女が地下にいた痕跡を消さないと」

「わかった。頼みます」

ふと気がついた。ヤヨイがいなくなれば、自分もここにいる理由がなくなる。騒動の中心に投げ込まれる不破と桂を見捨てることになるが、残る義理もない。自分はまるで騙《だま》し討ちにあったかのように、ここで働き始めたのだから。

院長室を出る間際、アキは肘掛け椅子にもたれて目を閉じている不破を見つめた。疲労が、目のふちに黒ずんだ影を落としている。彼が黙っているので、何も言わずに扉を閉めた。

思えば不思議な成り行きだった。

最初は、不破病院の悪事を探り、場合によっては院長を強請るつもりだったのだ。

地下に下り、ロッカールームから白い廊下に出る。そこで、ぎょっとした。廊下を緑色の小動物が走り回っている。

「なにこれ――」

ラットだ。メトセラのラットが、研究室を出て廊下を駆けまわっているのだった。キュウキュウという鳴き声が廊下に反響して、アキは耳を覆いたくなった。

――いったい、何匹いるのだろう。

見れば、暗証番号を入力しなければ開かない研究室の扉が、開けっ放しになっている。桂が閉め忘れたのだろうか。いや、彼に限って、そんなうかつなことをするはずがない。彼は閉めなかったのだ。

「桂先生！」

アキは、ラットを踏まないように注意しながら研究室に駆け込み、息を呑んだ。

――実験動物の、ケージの扉がみんな開いている。

「桂先生！　やめてくださいい、とんでもないですよ、こんなこと──。院長先生に何て言うんですか！」

看護師の木元が、必死になって桂を止めようとしているが、桂は彼女を無視して、時には突き飛ばしてでもケージを開け、床に落として壊していく。整然とした研究室の床は、駆けまわる緑のラットやウサギでいっぱいになっている。はっとして天井を見上げれば、そこには緑のコウモリが何匹もぶら下がっていた。

「桂先生！　やめてよ！」

アキは慌てて桂の後ろから彼に飛びつき、背中から手を回そうとした。彼の背中にある、しなやかに撓《たわ》むものが触れて、どきりとして反射的に手を放してしまった。

──今のは何？

桂が振り向いた。蒼白《そうはく》な顔色だった。

「──終わりにしよう。これでいいんだ」

「いけません、桂先生」

──この人、死ぬつもりじゃないか。

その直感に、アキは急いで言葉を継いだ。

「なんとかなります。今までどおりの生活を続けられます。研究だって、違う形かもしれないけど、きっと続けられますよ！」

「ムリだよ、小暮さん。無関係な人間を、マールブルグウイルスに感染させてしまった時から、この計画が破綻するのは目に見えていたんだ。もう終わりだ」

そんな、と言いかけて、アキははっと口をつぐんだ。

――ヤヨイがそばに来ている。

この騒ぎで目が覚めたらしい。愛らしいピンクのネグリジェ姿で、カエルのキャラクターのぬいぐるみを抱いて、不安そうにこちらを見上げている。足元にウサギが近づき、小刻みに身体を震わせながら、すり寄った。

「――省吾？　どうしたの」

桂がその声に振り向き、きゅっと唇の端を上げた。

「ヤヨイは心配しなくていいよ」

ヤヨイは、真っ黒な大きい目を瞠って、桂を見上げた。桂がその前にしゃがみ、目の高さを合わせて微笑む。

「いいかい、もうこんなふうに隠れなくていいんだ。外に行こうね。お日さまの下に、僕らは出ていく」

「――ほんと？」

桂は何を言っているのだろう。

いまヤヨイを外に出したりすれば、何が起きるかわかりきっているではないか。それを避けるために、不破も自分たちも、知恵を絞っていたのではないのか。

足元を走り回るラットを、ヤヨイはさも愛らしいと言いたげに見回して笑顔になった。

「省吾、ナイトは？」

緑色のチンパンジーは、まだ小部屋の中にいて、仲間のメトセラたちが解放されるのを不思議そうに見守っている。

「ナイトはダメだ。可哀そうだが、彼は大きすぎるから隠れることができないよ」

桂が悲しげにヤヨイの髪を撫でた。

「待って、桂先生！　先生はいま、自棄になってるだけだよ。長い間、大切にしてきた研究なんだから！　このくらいのことで、投げ捨てちゃいけないよ」

「いいんだ、小暮さん。目的は達成したから」

桂はそっけなく答えて、自分の研究室に歩み入った。木元が一生懸命、ウサギを捕まえてケージに戻そうとしている。手伝ってと呼ばれたが、それより桂が心配だった。研究室まで追いかけていき、ぎょっとした。

キャビネットを開き、真っ赤なスチール缶から液体を撒《ま》いている。ガソリンの臭いがツンと漂った。研究ノートや書類を燃やして証拠を隠滅してしまうつもりだ。たいへんだ、こんな場所で火災が起きたりすれば。

「桂先生！　ここ病院の地下室だよ！　やめてよ！」

桂はちらりとこちらを見て、何も言わずに研究室を出ていった。

「先生！　何するの！」

木元の金切り声が聞こえる。アキが飛び出すと、桂はヤヨイのベッドや学習机のある子ども部屋に向かい、やはりガソリンを撒いていた。

「桂先生！」

スチール缶を投げ捨てた桂が、振り向いた。顔色はまだ蒼白だったが、何かを心に決めた様子だった。

「みんな、今すぐここから脱出してほしいんだ。ヤヨイは僕が連れ出す。証拠になるものは焼いてしまうよ。地下室のスプリンクラーの電源を切ったから」

「ダメだよ、先生！」

「小暮さん、ここは病院の地下じゃない。メゾンメトセラの地下だ。君はすぐにお母さんを助けに行ったほうがいい。地上まで燃えることはないが、煙が届く」

ハッとした。桂は、アキを遠ざけるためにそう言ったわけではない。彼はもう、心を決めてしまったのだ。止めても無駄だ。誰かが、入院病棟の患者やメゾンメトセラの住人たちを、避難させなければならない。

「先生、死んじゃダメだよ！」

「当然だろ」

桂がにやりとした。ふてぶてしく、心惹かれる微笑だった。何を考えているのかさっぱりわからない。桂にはいつも振り回され、翻弄される。それも、この奇妙な笑みのせいかもしれなかった。

「死ぬもんか。僕らは行くよ。ようやく自由になれるんだ」

桂が丸めた紙にライターで火をつけるのを見て、木元が大声で助けを呼びながら廊下に飛び出していく。アキも身をひるがえした。院長室の不破と、守衛に知らせなければ。すぐに助けを呼んで、消防車と救急車も必要だ。

廊下を走りながら振り返ると、研究室の奥にオレンジ色の炎が見えた。熱気に驚き、逃げまどうコウモリが、キーキーと鳴いている。ナイトの叫び声が、心臓を貫いた。彼は怒っている。自分を翻弄し、ガラスの小部屋に閉じ込めて見捨てようとしていることに、激しく怒っている。

ダセ、ダセ、ココカラダセ。

――ごめん。ごめんね、ナイト。

アキは耳をふさぎたくなった。ラットとウサギは、いつの間にかアキを追い越してロッカールームに次々と走り込んでいく。木元が逃げてくるアキたちのために、扉を開けたままにしておいたようだ。

桂が言ったとおり、あれほど激しく燃えているのに、スプリンクラーや火災報知機が作動する様子はなかった。身体が震えてきた。

――これはあまりにひどい。

こんなことをして、無関係な入院患者や病院スタッフ、メゾンメトセラの住人たちに何かあったらどうするつもりなんだろう。

ロッカールームを通り抜け、階段に向かう。ラットやウサギ、どうにか炎から逃れてきたコウモリの残党は、地下のゴミ置き場に飛び込むものと、廃棄物運搬車輌用の通路を駆け上がって地上に逃れるものに分かれた。アキはまっすぐ階段を駆け上がった。

「誰か！　誰か来て！　火事よ！」

動転した木元が、一階の夜間通用口に走りながら叫んでいる。

「木元さん、１１９番に電話して！　私は院長に知らせてくる！」

「わかった！」

桂とヤヨイが心配だったが、もう彼らだけにかまってはいられない。入院病棟の百人、いやメゾンメトセラを合わせて二百人以上の命が、自分たちにかかっている。

のんびりエレベーターを待っていられず、階段を駆け上がり、院長室の扉を連打した。

「先生！　院長先生！」

鍵をはずす音がして、不破が顔を見せた。

「地下で火災発生です！　桂先生が、研究の書類や備品にガソリンを撒いて火をつけたんです！　メトセラを逃がして、ヤヨイちゃんを連れ出すって」

不破が呆然としたのは、ほんの一瞬だった。次の瞬間、彼は電話機に飛びつき、ナースステーションや守衛室に電話をかけ始めた。

「防火扉を閉めてしまえば、病院側はほぼ問題ない。煙も来ない。むしろ危険なのは、メゾンメトセラだ」

メゾンメトセラには、夜間でもスタッフが二十四時間態勢で待機している。ただし、入居者の健康状態に急変があった時のための要員で、全員を避難させるには人数が足りなかった。

「小暮さん、君も手伝ってほしい」

「もちろんです」

海外の内戦状態にある地域に飛び込み、診療所の指揮をとっていた不破は、並みの医師ではなかった。突然の火災にも、弟子の反逆にも、動じていなかった。もともと不破病院は、緊急災害時に発動されるリカバリーの態勢や、避難計画がしっかりとできあがっていたらしい。深夜でスタッフの人数が少ない時間帯だが、不破は近隣に住む非番のスタッフにも次々に電話をかけ、避難を手伝うために駆けつけさせた。

守衛室から木元が通報したらしく、消防車が列をなして、三点鐘とサイレンを鳴らしながら駆けつけてくる。こういった公共性の高い建築物の設計図や、火災発生時の対応は、あらかじめ消防署と情報共有されているが、地下の研究室は、メゾンメトセラの建設時に消防法の適用を受けずに造られた構造物だということがわかり、消防官が色をなして不破に食ってかかる一幕もあった。

外から炎は見えないが、通気孔から白い煙が昇ってくる。周辺に異臭がたち込めるなか、アキはスタッフらとメゾンメトセラの住人を一戸ずつたたき起こし、歩ける者はそれぞれ安全地帯に誘導し、歩けない者は車椅子や、担架などを利用して移動を手伝った。

母の水穂も、歩行がおぼつかない。車椅子に乗せて、外に連れ出す。

「ほんのしばらくだからね。眠いだろうけど、外で待っていてね」

火災だと教えたら、怖がるだろう。冷静に避難させたほうがいい。

「――ああ、大丈夫だよ。今夜はなに？　花火でもあるの？」

水穂は半分眠ったような声で、うっとりと尋ねた。メゾンメトセラでは、さまざまなイベントを開催して入居者を飽きさせない。ちがうよと言いかけて、アキは思い直した。花火だと勘違いしてくれるなら、そのほうが都合が良さそうだ。

「――そう。すごく大きい花火。危ないから、座ってじっとしていてね」

「うん。じっとしてるよ」

水穂の声は穏やかで、なんだか現実に起きていることを、本当は何もかも理解しているようにも感じられた。花火が上がるのを待つように、じっと暗い空を見上げている。

アキは思わず水穂の肩に手を回し、しっかりと抱いた。

「ごめんね、お母ちゃん。きっとこれから、いろいろあると思うけど、ごめんね」

「なに言ってるの。あたしはこのとおり、元気なんだから。あんたが心配することなんか、なんにもないよ」

微笑みながら水穂が答え、アキは目をこすりながら身体を起こした。

メゾンメトセラの住人は、ほぼ避難が完了したようだ。突然の火災だったが、ひとりの怪我人も出さずに全員を避難させることができたのは、不幸中の幸いだった。

「――院長先生」

メゾンメトセラの中庭に立ち、避難の指揮をとっていた不破は、すべてが終わったいま、身体の中に大きな空洞が生まれたように、天を見上げて立ちつくしていた。

目の前の男が、すべてを失いつつあることを、アキは悟った。

彼の指の間から、砂がこぼれるようにサラサラと落ちていく。

病院、メゾンメトセラ、長い時間をかけて積み上げた信頼、名声、地道な研究、有能で変人の部下、そして――ヤヨイ。

不破先生、と呼びかけようとして近づいた時、不破がすっと空を指差した。その顔が、思いがけなく涼しげな笑みを浮かべている。すべてを失《な》くしてなお、透明度を増したような不破の表情に、アキは戸惑った。

「——ほら。見えるかい」

何がですか、と尋ねながら不破と同じように空を見上げる。月が雲に隠れている。

——大きな鳥。

その鳥は、薄墨を流したような空に翼を広げ、グライダーみたいにゆったりと、不破病院の上空を旋回している。まるで火災を心配しているかのように見えた。見たこともない鳥だ。翼の形も変わっている。獲物でも捕らえたのか、何かを掴んでいるように見える。

雲の切れ間から、白い月光がほんの一瞬、差した。怪鳥の翼に光が反射し、それはわずかに輝いた。——緑色の翼。

——まさか。

「あいつ、飛ぶなと言ったのに。あれは、より広い面積で光を受けるための工夫にすぎない。バイオリーフはやわだし、飛んだら人工骨格が壊れてしまうぞ」

不破が苦笑し、呟いた。

——まさかそんな。

アキは、どこまでも深い夜空を見上げた。

緑色の翼が、ばさりと空気をはらんで舞う。緑の肌の少女をしっかり抱えた桂が、物憂げに微笑んで、鳥の王のように羽ばたくのが見えるような気がした。

彼らの影が小さくなっても、アキは不破と並んで、ただ空を見上げていた。

*

「ロック、よせよ。そっちは何もないよ」

闇に向かって喧嘩腰で吠えたてる犬をなだめ、仁《ひとし》はリードを引いた。

明日の朝は雪になるかもしれないと天気予報が言っていた。そのせいかとにかく寒くて、吐く息が白く凍りつく。ロックが吠えるたびに、彼の前にも白いもやがふわふわと舞う。

一歳半になるラブラドール・レトリーバーのロックは、一日に少なくとも二回、散歩しないと機嫌が悪い。午前は母親の担当だが、夜は高校生の仁が担当していた。身長百八十センチ、高校では柔道部にいて体格もいい。ロックに引っ張られることもないし、おかしな奴が出てきたところで、あっさり負けない腕っ節もある。

「ロック！　ほら、もう行くぞ」

リードを強く引っ張ったが、今夜のロックはそれを無視して、執拗《しつよう》に吠え続けた。いつもはこれほどわがままではない。

「何だよ、おまえ」

周囲を見回し、そこが半年ほど前までは、ガンとアンチエイジングに強いと評判で、引き切らずに患者が訪れる病院だったことに気がついた。

　昨年夏に起きた地下室での火災騒ぎの後、消防法違反やその他いろんな問題が発覚したらしく、院長が病院を辞めたり、警察が捜査に入ったりと、大きな騒動になってしまった。それきり新しい患者を診ることは控え、入院患者がよそに転院したりもして、あっという間に寂れてしまったようだ。隣の敷地はメゾンメトセラという老人ホームだが、いまその権利をめぐって裁判も起きている。院長は刑事責任も問われているようだ。

　以前、鷲《わし》みたいな高い鼻をしたルポライターのおじさんがテレビに出て、事件の背景を解説していた。ニュース番組では、もうひとりの若い女性のルポライターと激しく議論していたようだが、仁にはその内容はいまひとつよく理解できなかった。院長の行為が許されるかどうかというのだが、そもそも論点が理解しにくかったのだ。マールブルグなんとか、とか。

　しかし、仁の母は、ずいぶん興味を持って事件のニュースを見ていたようだった。その院長の研究がうまくいけば、自由自在に若返りができるようになるからというのだが、どこまで本当だったのだろう。

　――ひょっとしてここ、何か出るのかな。

　吠え続けるロックを横目で見ながら、仁は悪寒がして、ぶるっと身体を震わせた。

　そう言えば、ここの院長は地下に秘密の研究所を造って、妙な研究をしていたのだという噂もあった。

それほどオカルト趣味でなくとも、深夜の病院なんて、そもそも気味が悪いものだ。火災で亡くなった人はいないというが、本当のところはわからない。

「ロック！　行くぞ」

今度こそ、力まかせにリードを引っ張ると、痛かったのかキャンとひと声鳴いて、ロックがこちらの足にすり寄ってきた。

「なんだよ、まったくもう」

ぶつぶつ言いながら仁はリードを持ち直した。その時、冬枯れの立木の陰で、何かが動いたように見えた。

――あれかな。

ロックは何かの生き物を見て、吠えたのかもしれない。目をこらすと、たしかに細い尾のようなものが、ちらちらと動いていた。

――ネズミじゃないか。

仁は周囲を見回して、折れた枝の先を取り上げた。狙いを定めて投げつけると、立木の陰から躍り出た小動物が数十匹、一瞬立ち止まってキラリと目を光らせ、いっせいにこちらを睨んだような気がした。

黒々とした、黒ダイヤモンドのようなその双眸――。

衝撃を受けて、その場に立ちすくんだ。ロックが再び、喉が切れそうな勢いで激しく吠えた。その声に怯えたのか、小動物たちはくるりと方向を変え、駆けだした。冴え冴えと冷たい月の光に、ひときわ小さなネズミの毛並みがきらりと輝いた。

緑色のつややかな毛並みが——。

【主要参考文献】

『生物とは何か？　ゲノムが語る生物の進化・多様性・病気』美宅成樹　共立出版
『改訂　細胞工学』永井和夫・大森斉・町田千代子・金山直樹　講談社
『植物はなぜ5000年も生きるのか　寿命からみた動物と植物のちがい』鈴木英治　講談社ブルーバックス
『葉緑体の分子生物学』石田政弘　東京大学出版会
『植物は人類最強の相棒である』田中修　PHP新書
『光合成とはなにか　生命システムを支える力』園池公毅　講談社ブルーバックス
『新・老化学』平井俊策編著　ワールドプランニング
『がんとテロメア・テロメラーゼ』井出利憲・檜山英三・檜山桂子　南山堂
『ヒトはどうして死ぬのか　死の遺伝子の謎』田沼靖一　幻冬舎新書
『長寿遺伝子を鍛える　カロリーリストリクションのすすめ』坪田一男　新潮社
『生物にとって時間とは何か』池田清彦　角川ソフィア文庫
『わかる実験医学シリーズ　老化研究がわかる』井出利憲編　羊土社
『迷惑な進化　病気の遺伝子はどこから来たのか』シャロン・モアレム、ジョナサン・プリンス著　矢野真千子訳　NHK出版
『理系のアナタが知っておきたいラボ生活の中身　バイオ系の歩き方』野地澄晴　羊土社
『バイオ研究の舞台裏　細胞バンクと研究倫理』水澤博・小原有弘・増井徹　裳華房
『人クローン技術は許されるか』御輿久美子他　緑風出版

この作品はフィクションであり、実在の人物、団体、事件等とは一切関係ありません。

解　説

東　えりか

デビューから十二年、三十九作の著作を持つ福田和代の小説は大きく三つのジャンルに分けられる。

デビュー作の『ウィズ・ゼロ』（青心社）や航空自衛官・安濃将文を主人公にした『迎撃せよ』『潜航せよ』（角川文庫）『生還せよ』（角川書店）、『TOKYO BLACKOUT』（創元推理文庫）などのハイテクを駆使した国際謀略小説。このジャンルは福田和代の代名詞ともいえ、ファンの数も一番多いだろう。

続いて、病院経営を任された気の弱い青年の物語『ヒポクラテスのため息』（実業之日本社）や青春音楽ミステリーの「航空自衛隊航空中央音楽隊ノート」シリーズ（光文社）、そして若き花火師の旅立ちを描く『空に咲く恋』（文藝春秋）など、若者たちの恋と仕事と悩みを描くハートウォーミングな物語。

そして三番目は、私の好きなサイエンス・ミステリーだ。最新鋭のゴミ処理施設と人を溶かす薬剤の謎を追い、老刑事が嵌《はま》る罠《わな》を描いた『怪物』（集英社文庫）はテレビドラマ化され、主役の香西武雄を佐藤浩市《さとうこういち》が演じて話題を呼んだ。

神戸大学工学部を卒業した理系女子である福田和代は、システムエンジニアを経て作家になった。高校時代からの夢であるSF小説を書くには理系の知識が不可欠だと思ったという。サイエンス・ミステリーを書くことは、幼いころからの夢だったのだ。

本書『緑衣のメトセラ』はこのジャンルに当てはまる。バイオテクノロジーによって開かれるかもしれない私たちの近未来だ。

吉祥寺にほど近い中古マンションに住む三十歳の小暮《こぐれ》アキは母の水穂《みずほ》との二人暮らし。七十歳を過ぎ軽い認知症を患う母を気遣い、仕事をするのもままならない。

学生時代にフリーライターの世界へ引きずり込んだ、編集プロダクションの社長でジャーナリストの島津晃《しまづあきら》の助手として、ダーティな仕事にも手を染め、なんとか糊口《ここう》をしのいでいる。

幼馴染《おさななじみ》で五歳年下の千足善雄《ちたりよしお》（ちたりん）は、年の割には少し幼く、アキを慕って毎日のように家にやってくる。アキが仕事のときには水穂の面倒を見てくれるが、定職に就く様子はない。

雑誌に売り込むため、どこかに特ダネはないかと探していると、ちたりんが近くの高級老人ホームがガンの巣だと聞きこんできた。調理師の免許を持つ彼はアキの役に立ちたいと、そのネタを調査するために経営母体である不破《ふわ》病院の厨房《ちゆうぼう》に就職した。

だがある日、彼は特異な感染症に罹患《りかん》して急死する。死の責任を感じたアキは図書室のボランティアとしてこの病院に潜入した。しかし後ろ暗いところは全く見当たらず、むしろガンの最新研究が進められ、新薬も開発中の不破病院への信頼は増していく。

身元不明の子供の骨が木更津《きさらづ》の海岸で見つかったことによって物語は大きく動き出す。幼児虐待の事件が多い昨今、アキは特ダネの匂いを嗅ぎつけた。しかし、小さな証拠を積みかさねたどり着いたのは、また不破病院であった。

俳優とも見まごうような不破院長や風変わりな青年医師の桂《かつら》は、遺伝子移入の研究室で何を行っているのか。

老人ホームの名前であり、本書のタイトルである「メトセラ」とは旧約聖書の「創世記」に出てくるアダムの子孫で伝説の人物。九百六十九歳まで生きたことから長寿の代名詞にも使われるという。不老不死は古今東西、どの国どの時代においても夢であり、権力者たちはそれを手に入れようとあがく。

それは現代でも変わらず、死なないことより若くいたいという願望でさまざまな技法や薬が生み出されている。

いわゆるアンチエイジング医療は、化粧品などの身近なものから、ホルモン注射や美容整形の流行となり、近い将来は遺伝子操作によっても、若さを保つ方法が見つかるかもしれないのだ。

また各個人のゲノム構造を読み解くことによって、将来、罹患する可能性のある病気を予防することはすでに可能になっている。

ヒトゲノムプロジェクトによって人類のDNAの塩基配列がすべて解読されたのは二〇〇三年のことだ。約三十億あるというヒトの塩基配列は個々で微妙に違っている。その中には遺伝病の原因だけでなく、将来、病気になるリスクを持つ配列も発見されている。

二〇一三年、女優のアンジェリーナ・ジョリーが「遺伝子検査」によって、乳がんのリスクが八十七％もあることが発覚し、乳房の切除手術を受けたことは記憶に新しい。まだ病気になる前の健康な乳房を切除したことは全世界の人を驚かせた。

遺伝子の構成を突き止めると同時に始まったのは遺伝子の組み換えである。

青野由利《あおのゆり》『ゲノム編集の光と闇』（ちくま新書）では、二〇一七年に行われた、米国で十数万人に一人という病気の「ハンター症候群」という、糖の一種を分解する酵素の異常によって起きる障害の治療に、体内に直接投与するゲノム編集治療の方法を紹介している。

ガンのように切除できる病気であれば、アンジェリーナ・ジョリーのような予防法がある。だが遺伝子疾患そのものの場合、その配列を入れ変えることで病気を治すことができるのだ。

ゲノム編集の専門的な技術は文字通り、日進月歩を遂げている。人間にこんな能力が備わったら、とかつては夢物語であったことが、この技術によって実現する可能性があると考えるのは楽しい。

福田和代が本書をひらめいたときのことを、集英社 WEB 文芸 RENZABURO にある『緑衣のメトセラ』刊行記念インタビューでこう答えている。

——兵庫県の中学校に通っていたのですが、学校の廊下に、広島や長崎の原爆の写真や原爆のことを書いた詩がいくつも張りだされていた時期があったんです。その中に、ある男の子が書いた衝撃的な詩があって、原爆で焼死したお母さんのほかほかの肝臓を泣きながら食べるというシーンが出てくるんです。あとでフィクションだったとわかるんですが、その詩を読んでしばらくは、まったくお肉を受け付けなくなってしまった。

(中略)

そのときはどうして他の生き物を殺して食べるのかと真剣に考え込んでいました。何とか食べずにいられる方法はないのかとずっと考えていて、ああ植物みたいに自己完結して生きていければいいのにと思った。それは今作の発想にもつながっています——

子供のころの発想を大事に育み熟成させて物語に昇華する。同じ時期に有隣堂《ゆうりんどう》の Web 版有鄰でのインタビューでも真摯な作家の姿勢をのぞかせる。

——物語を書くために様々な本を読み、がんの研究がアンチエイジングの研究と深い関わりがあるなど、いろいろ学んで、とてもワクワクしました。私たちの遺伝子そのものが人類の壮大な歴史を引きずっていて、いちばん複雑で面白いのは人間の身体だと、折に触れて思います。新しいことを知っては、物語にして伝えたくなります――

今、自分のゲノムを知るのはたやすい。ゲノム解析をする会社は林立し、唾液によって個人のさまざまな可能性を診断する料金は一万四千八百円ほどという手軽さだ。

卵子や受精卵の段階でゲノム編集を行うことが可能な今、いわゆるデザイナー・ベイビーを産み、教育方針や将来の方向性を決めるという世界はすぐそこにきている。

それどころか、人類にとってプラスとなる能力を、卵子や精子で操作して、人間の進化を人間の手によって行える時代になるかもしれない。いつまでも健康で美しく、長生きしたいという願いは叶《かな》えられるのか。

そこにもまた、何らかの争いは起こる。金銭欲や物欲が無くなることはなく、利用する者とされる者の格差はさらに開くだろう。ヒトに利用された動物たちからの報復もあるかもしれない。

福田和代のサイエンス・ミステリーへの思いはさらに強くなっている。

二〇一九年二月に上梓《じょうし》した『梟《ふくろう》の一族』（集英社）は現代に残る忍者一族の物語である。

古くは甲賀忍びに人材を供出していたと噂《うわさ》のある〈梟〉と呼ばれる人々が住む里が何

者かに襲われ、一夜にして消滅した。

この里唯一の高校生、榊史奈は一族の長である祖母の命を受け、身を隠して襲撃を逃れた。消えてしまった人々を探すため、史奈はかつてこの集落から追い払われたり、自ら出て行ったりした仲間を頼り、謎を追い始める。

襲撃者の目的は〈梟〉の持つ「眠らなくても生きていける」という特殊能力を研究することだった。

〈梟〉一族は古《いにしえ》よりある神社のネットワークを使い、超人的な運動能力によって時の権力者の右腕となって働いていた過去がある。史奈はその正統な跡取りであった。

その〈梟〉の力は医学の最先端の研究で解明されつつあった。しかし獲得するためには彼らの身体を研究しなければならない。

消滅した人たちはどこにいて何をされているのか。そして〈梟〉はなぜ今まで生き延びて来られたのか。

『梟の一族』もまたファンタジーをサイエンスで読み解いていく。善悪のどちらでもない、人間の深層心理に迫り生存価値を探っていく。日本史の裏に存在した一族の壮大な物語なのだ。

国際謀略小説しかり、若者の恋愛ストーリーしかり、そしてサイエンス・ミステリーにおいても福田和代は新しい貌《かお》をみせてくれる。どの作品も先の読めない展開がワクワクする。

次回作はどんな貌をみせてくれるだろう。楽しみである。

（あづま・えりか　文芸評論家）

本書は、単行本化にあたり、加筆・修正を行い、
二〇一六年四月、集英社より刊行されました。

初出　「小説すばる」二〇一五年二月号〜十一月号

福田和代の本

怪物

〈死〉の匂いを感じる力を持つ刑事、香西。定年間近の彼は失踪者の足取りを追いかけ、やがてゴミ処理施設の研究者、真崎に行きつく——。正義と悪が織り成す衝撃の結末とは!?

集英社文庫

集英社文庫　目録（日本文学）

集英社文庫 目録（日本文学）

藤本ひとみ　令嬢たちの世にも恐ろしい物語
藤本ひとみ　皇后ジョゼフィーヌの恋
藤原章生　絵はがきにされた少年
藤原新也　全東洋街道(上)(下)
藤原新也　アメリカ
藤原新也　ディングルの入江
藤原美子　我が家の流儀　藤原家の闘う子育て
藤原美子　家族の流儀　藤原家の褒める子育て
船戸与一　猛《たけ》き箱舟(上)(下)
船戸与一　炎　流れる彼方
船戸与一　虹の谷の五月(上)(下)
船戸与一　降臨の群れ(上)(下)
船戸与一　河畔《かはん》に標《しるべ》なく
船戸与一　夢は荒れ地を
船戸与一　蝶舞う館
古川日出男　サウンドトラック(上)(下)

古川日出男　gift
辺見庸　水の透視画法
保坂展人　いじめの光景
星野智幸　ファンタジスタ
星野博美　島へ免許を取りに行く
細谷正充・編　新選組傑作選　誠の旗がゆく
細谷正充・編　時代小説傑作選　江戸の爆笑力
細谷正充　宮本武蔵の『五輪書』が面白いほどわかる本
細谷正充・編　時代小説アンソロジー　くノ一、百華
細谷正充・編　野辺に朽ちぬとも　吉田松陰と松下村塾の男たち
堀田善衛　若き日の詩人たちの肖像（上・下）
堀田善衛　めぐりあいし人びと
堀田善衛　ミシェル 城館の人　第一部 争乱の時代
堀田善衛　ミシェル 城館の人　第二部 自然 理性 運命
堀田善衛　ミシェル 城館の人　第三部 精神の祝祭
堀田善衛　ラ・ロシュフーコー公爵傳説

堀田善衛　上海にて
堀田善衛　ゴヤ Ⅰ　スペイン・光と影
堀田善衛　ゴヤ Ⅱ　マドリード・砂漠と緑
堀田善衛　ゴヤ Ⅲ　巨人の影に
堀田善衛　ゴヤ Ⅳ　運命・黒い絵
穂村弘　本当はちがうんだ日記
堀辰雄　風立ちぬ
堀江貴文　徹底抗戦
堀江敏幸　なずな
本上まなみ　めがね日和
本多孝好　MOMENT
本多孝好　正義のミカタ　I'm a loser
本多孝好　WILL
本多孝好　MEMORY
本多孝好　ストレイヤーズ・クロニクル ACT-1
本多孝好　ストレイヤーズ・クロニクル ACT-2

集英社文庫

緑衣《りょくい》のメトセラ

2019年6月30日　第1刷　　定価はカバーに表示してあります。

著　者　福田和代《ふくだかずよ》

発行者　徳永　真

発行所　株式会社　集英社
東京都千代田区一ツ橋2-5-10　〒101-8050
電話　【編集部】03-3230-6095
【読者係】03-3230-6080
【販売部】03-3230-6393(書店専用)

印　刷　凸版印刷株式会社

製　本　加藤製本株式会社

フォーマットデザイン　アリヤマデザインストア　　マークデザイン　居山浩二

ISBN978-4-08-745888-6 C0193